李奧納多·雷克思·阿德勒

第八皇子，18歲。在劍術、魔法、政治及所有方面皆屬優秀，下任皇帝的有力人選之一。性格既溫柔又能體恤他人，對於血濃於水的家人間互鬥懷有疑問。信賴兄長艾諾特甚於任何人。

雷克思·阿德勒

第七皇子，18歲。無能、偷懶成性又貪玩的放蕩皇子，因此被看扁成「讓雙胞胎弟弟李奧納多吸乾了一切的『廢渣皇子』」。實際上並非無能，而是以「操控強大古代魔法的SS級冒險者席瓦」名義暗中守護著帝國。

葵絲妲·雷克思·阿德勒

第三皇女，12歲。艾諾及李奧同父異母的妹妹，喪母後由密葉養育長大，因此跟艾諾兄弟倆很親。性格文靜而膽小，基本上都面無表情，只跟少數親人親近。天生會使用預測未來的魔法。由於效力並不穩定，時準時不準。

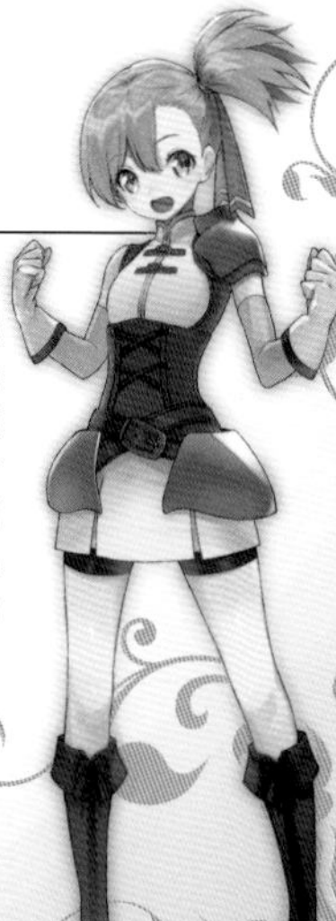

麗塔

平民出身的實習騎士，11歲。為了成為騎士而在城裡受訓的少女。無比開朗，天真爛漫。有如活力的化身，卻與性格相反的葵絲妲成了超越立場的朋友。

菲妮・馮・克萊納特

望族克萊納特公爵家的女兒。身為舉國第一的美女而獲得皇帝所賜的藍鷗髮飾，別號「蒼鷗姬（Blau Möwe）」。有副與嬌小體格並不相稱的誘人身材。個性堅毅，對艾諾特寄予全面信任。

愛爾娜・馮・奧姆斯柏格

艾諾特的青梅竹馬。繼承了誅討魔王的勇者血統，日後將接掌奧姆斯柏格勇爵家的嫡女。公認完美無缺，於勇爵家歷代子嗣之中更是優異。用上勇爵家所傳聖劍就有近乎無敵的傲人實力。

戈頓・雷克思・阿德勒

第三皇子，26歲。有望稱帝的人選之一，任將軍之職的好戰派皇子。以武官為後盾參加帝位之爭，性情單純直率。為立武勳而企圖在帝國內外引發軍事衝突。

Characters

タンバ

插畫 夕薙

最強廢渣皇子暗中活躍於帝位之爭

伴裝無能的SS級皇子背地支配王位繼承戰

4

Kadokawa Fantastic Novels

Contents

目錄

第一章　情勢變動

Episode 1

1

南部的異變解決了。由於事態規模超乎想像，李奧一度被召回帝都。

皇姊與約爾亨同樣被召到了帝都，用意在於問案與獎賞他們的行動迅速。

而我也混水摸魚地加入李奧他們一行人當中……

「這下傷腦筋了……」

我看著杵在帝都正門前的一行人，並且如此嘀咕。

李奧與近衛騎士，還有跟李奧一同作戰的主要騎士成員也有被召到帝都，李奧以率眾班師的形式踏進帝都，等在那裡的卻是熱烈歡迎。

「李奧納多皇子～！」

「英雄皇子凱旋歸來了！」

「李奧納多大人——！」

「請您看看我們這邊——！」

南部燃放紫色狼煙的消息舉國皆知。上次燃起時接獲了皇太子的訃告，這次大家也都有心理準備會聽見噩耗，壞消息卻僅限於帕薩城鎮受害，以國家規模的動盪來說可算小事一件。

而且面對湧現出眾多怪物與強大惡魔，皇子率眾騎士奮戰的捷報應該也同時傳回了帝都。

原本民眾已有沉痛的覺悟，如今也就分外喜悅。

前往城堡的李奧等人迎來了慶典般的歡呼聲。

「那是莉婕露緹殿下！」

「元帥大人！」

「姬將軍萬歲！」

李奧等人行經後，換成皇姊率領的騎兵連通過。這次的主角是李奧，所以皇姊讓出了帶頭的位置，不過她得到的歡呼可比李奧。以戰功這一點而言，她在皇族中遙居首位，衛守自國邊境的端麗公主。民眾們目睹那睽違的身影似乎都相當興奮。

我與約爾亨一同跟隨於後，起初被喊到的是約爾亨。

「是萊茵費爾特公爵！」

「他似乎為莉婕露緹殿下闢出了一條路！」

「元帥大人能在第一時間趕抵南部，聽說也要歸功於公爵竭力相助！」

「公爵～！」

歡呼聲不小。帝都這些人耳朵實在靈光。

而且這麼一來，矛頭就會指向我。

「出現啦，廢渣皇子。」

「明明是去救皇弟，結果他似乎累了就脫離戰線。」

「只是去扯後腿而已嘛。」

「真是沒用的皇子，無法相信他跟李奧納多皇子竟是雙胞胎。」

「他怎麼還明目張膽地走在路上，該有一點羞恥心吧。」

「對啊對啊！別出來亮相！」

「皇族之恥！」

到處有嘲弄的聲音傳來，誹謗汙辱無論到哪裡都沒有停歇。

方才朝李奧歡呼的嘴巴正在責怪我。明白民眾就是這樣，所以刻意抬頭挺胸。這時候把視線往下會讓聲浪更大，因為民眾不會認同丟人的皇族。實際上，我沒像這樣將怨聲控制在一定程度的話，會有麻煩的可是他們。

儘管現在就已經足夠冒犯，但是在皇族中唯獨對我不敬是另有底線的。除非朝隊伍亂扔東西，否則恐怕也沒有人會被抓。然而真有人亂扔東西的話，巡邏的帝都守備隊就不得不行動了。

朝我這種人丟東西而被捕，未免可憐。

畢竟他們身為國民，只是理所當然地表達不滿。

「殿下……若您希望，我倒是可以讓他們安靜喔？」

約爾亨這麼對我表示關心。會徵詢我的意願，很符合他的作風。

我靜靜地搖頭，於是約爾亨苦笑著把頭轉向前。

「請放心。您的仁慈與強大，我約爾亨・馮・萊茵費爾特與麾下眾騎士都很清楚。請殿下就這麼抬頭挺胸地繼續前進吧。您是配得起如此的人物。」

「你太抬舉我了。」

「在這世上，毫無作為是最輕鬆的。您確實沒有去救李奧納多殿下，然而您選了按兵不動。我認為那肯定是一個勇敢的選擇，至少我與騎士們就因而獲救了，縱使皇帝陛下也無法推翻那項事實。」

「按兵不動是勇敢的選擇……公爵，你果然很奇特呢。」

「會嗎？對我來說，那倒是常理。」

約爾亨說著就笑了笑。當我們談論這些時，耳裡便聽不見民眾的聲音。我一邊感謝他的貼心，一邊朝城堡而去。

■■■

「回來得好！我的孩子們！我的臣子們！見到你們平安，我甚感欣慰！」

父皇如此開口迎接我們。所有人都屈膝下跪，向坐在王座的父皇垂首。

之前父皇過度操勞病倒了，但身體狀況看來似乎已經康復，一如往常地展現出符合皇帝的架勢。

「先回帝都的冒險者們提到諸位的英勇善戰。國家大難當前，出力解決的諸位儼然都是英雄！今晚還備有一場小小的宴會，希望能讓各位在激戰後養精蓄銳。」

話說完，父皇咳了聲清嗓，然後對宰相法蘭茲使起眼神。

法蘭茲會意似的點了頭說道：

「這次南部生變，於危難之際挺身而出的所有人都有賞，陛下更會親賜獎賞給當中戰功特為突出者。被叫到的人上前受勳。」

他說完以後，就有侍女們帶著獎賞之物到父皇身邊。

法蘭茲做過確認，再高聲唱名：

「首先是功勞第一者！第八皇子，李奧納多．雷克思．阿德勒殿下。上前！」

「是！」

李奧應聲後到了父皇面前，並且再次下跪。見狀，父皇從侍女的手中接過一柄鞘上雕有金鷹的長劍。

那柄劍是任命武官擔任要職時會使用的禮劍。

「第八皇子李奧納多於南部陷入危機之際，妥切地做出了判斷燃放狼煙，並且率領眾多的騎士防止事態惡化。之後，為了從根本解決問題更帶頭展開突擊，誅討惡魔。根據其功績，我任命李奧納多接掌帝都守備隊空缺的名譽將軍之位，同時也准許他出席重臣會議。」

「謝陛下隆恩。」

李奧恭敬地將劍收下。觀禮者當中掀起了一陣鼓譟。

「不僅受封為名譽將軍，還能參與重臣會議……！」

「過於厚待了吧……？」

「表示殿下這次的功績就是如此豐碩啊……」

「這下不知道局面會怎麼演變了……」

就算是名譽將軍，地位仍無異於將軍。這代表李奧在稱帝人選中得到了僅次戈頓的武官地位，還能夠掌管帝都守備隊。名譽將軍到底是名譽頭銜，然而該部隊深受前任的多明尼克將軍影響，若有萬一，李奧在帝都能動用的戰力便相當可觀。

再者，李奧也獲准參與原本只有埃里格能出席的重臣會議。這樣他不必透過大臣就能對父皇表達自己的意見，與日前成為工務大臣的貝爾茲伯爵加起來將可獲得兩票。換句話說，李奧獲得對國政的明確發言力及影響力。

那也表示爭奪帝位的勢力圖被重新劃分。藉這次事件，李奧已非新崛起的第四號人物，而是成為足以威脅埃里格的稱帝人選。

「接著是功勞第二者！莉婕露緹·雷克思·阿德勒元帥。上前！」

「是！」

這次換莉婕皇姊上前領賞，父皇將一支手杖交給那樣的她。

「莉婕露緹元帥對李奧納多燃起的狼煙迅速地做出了因應，並且率領東部國境軍的精銳成員馳援。之後，更與李奧納多一同帶隊闖出了活路。根據其功績，我在此認可讓東部國境軍增員與加編預算。」

「謝陛下隆恩。」

不愧是父皇，很清楚勳章沒辦法取悅皇姊。

收下手杖的皇姊臉上頗具喜色。
「最後是功勞第三者！約爾亨・馮・萊茵費爾特公爵。上前！」
「是！」
最後被叫到的是約爾亨，父皇準備了碩大的寶石給他。
「約爾亨公爵為協助莉婕露緹進軍，與自己的騎士合力排除怪物，闢出一條路。另外，還具備修築道路以備變故的先見之明。根據其功績，我在此賜與約爾亨寶物，並認可他拓展領地。」
「謝陛下隆恩。」
約爾亨接過放在盒內的寶石後退下了。
特別表揚就此結束。之後，父皇形式上交代幾句便離去。
於是，可以聽見到場的大臣及權貴們在竊竊私語。
「該與李奧納多皇子親近嗎……」
「可是，事到如今才向他靠攏……」
「重要的是態度，要有態度。得先巴結那幾位稱帝的人選。照現狀看來，誰會成為下任皇帝實在猜不透……」
「然而，就算李奧納多皇子再有能耐，埃里格皇子的陣營裡仍舊是人才雲集。反觀李奧納多皇子這邊，甚至連廢渣皇子都不得不用。人才的差距可是一目了然耶……？」

「那個皇子確實都只會惹事……這次他似乎沒能活躍，但或許遲早會扯到李奧納多皇子的後腿……」

「但是，事有兩面吧？既然連那個廢渣皇子都不得不用，理應會需要人才。現在要投靠不失為一個好機會……」

意外地這些人似乎開始動起了腦筋，扮演無能算是值得了。

既然會用上像我這樣的無能之輩，人才理應有所短缺。我早就料到會有人這麼想，進而決定投靠李奧的陣營。雖說是兄弟，仍用上無能之輩的主子。對自己有自信的人，或者尚未對目前地位滿足的人，應會紛紛聚集至李奧麾下吧。

為此我還得繼續當個無能之輩。

重新體認到那一點以後，我就從現場離開了。

2

帝劍城空間廣闊。除非是居住於城裡的皇族，否則無法任意通行，內部更有出於各代皇帝之手的密室及密道，就連當代皇帝也無法完全知悉城裡的一切。而在城堡的中間樓層，有一名少女誤闖其中。

「唔……我迷路了！」

少女露出看似困擾的表情，發出聽似不太困擾的嗓音。

上層是屬於皇帝活動的區域，中層則是皇族與重臣們的區域。無須勞煩皇帝的報告會在這裡做出裁定，艾諾及李奧的房間也在此區。然而，身分不明的少女誤闖這裡就太過危險了。被逮住的話，在查明身分前都要遭受拘拿。

然而，少女一副悠哉。將暗金色頭髮綁成側馬尾的少女年齡十多歲，頂多十一、二歲。從腰際佩著木劍這點來看，在城裡工作者立刻就能認出她是實習騎士，或者說地位與其相近的人員。不過，實習騎士大多不會闖進這種地方。

「傷腦筋傷腦筋……如果我的飯被別人吃掉要怎麼辦……」

要是艾諾在旁邊就會傻眼地吐槽「還擔心吃的啊」，少女一邊嘀咕著一邊抬起臉邁出步伐。

遲早會走到自己認得的地方吧，她抱著這種魯莽過頭的想法。

「爬上階梯大概是錯的。教官好像有說過不能上樓，又好像沒有。」

「喂！那邊的小孩！」

被叫住的少女挺直了背脊，接著像壞掉的玩偶一樣緩緩地向後轉頭。

於是，眼前有兩個手持長槍的衛兵，雙方都用納悶的眼神望著少女。

「妳是什麼人？怎麼進來的？」

「這不是接受騎士訓練的小孩嗎？八成是打破規矩上樓的吧。不守規矩的人可無法成為騎士喔。」

「呃，聽我說……」

「妳被當掉啦。過來這邊！我要抓妳去見教官。」

衛兵們說完就朝少女伸手。然而，有個黑髮男子打斷衛兵們並向少女搭話：

「啊啊，原來妳在這，不行離開我身邊喔。」

「李、李奧納多大人？」

「啊啊，不好意思，這女孩是我叫來的。我看她似乎閒著，所以想讓她來幫忙搬一些東西。你們要不要也來幫忙？」

「不、不了。我們有任務在身！」

「剛才不曉得她是李奧納多大人叫來的，失禮了！我們會回去執行任務！」

「是嗎？那就麻煩你們嘍。」

李奧帶著笑容向衛兵們揮了揮手，然後朝周圍掃視一圈，確認過都沒有人後才輕聲嘆道：

「好險呢。」

「……好、好。」

「好？」

「好帥啊！小哥！我的老師說過，像你這樣的人就叫帥哥！謝謝你救了我！」

少女說著露出了活潑的笑容。親暱過頭的態度讓李奧睜圓眼睛，不過他立刻笑了笑向少女招手。

「妳真有活力。是來參加騎士訓練的嗎？」

「嗯！」

「這樣啊。等一下我陪妳一起歸隊吧，那樣教官應該也不會生妳的氣。不過，妳要來幫我分擔工作喔？」

「噢～！這就是交易吧！很好！我接受！」

「交涉成立嘍。我是李奧納多，親近的人都叫我李奧。妳呢？」

「麗塔的名字是叫——」

「嗯，妳叫麗塔啊。」

「你怎麼曉得！」

「啊哈哈，有趣的孩子。」

李奧說著就帶麗塔前往自己的房間。

■■■

「聽好嘍，麗塔。這是重要任務，我信任妳才交派的喔？」

「好、好的！我會努力！」

李奧說著就在麗塔面前的桌子擺了大量點心。全是貴族女性或城裡女性送的點心，那些都已經試過毒，總之量就是很多。

從帝國南部歸來後的李奧人氣驚人，在女性間更是變得比以往更受歡迎。為了公國遇難者用盡心思，以及於南部危機之際帶頭奮戰的事蹟也傳到帝都，替重傷者舉白旗一事在這陣子尤其成了帝都傳頌的佳話。

雖然李奧本身想澄清那是哥哥做的事，卻實在不方便說破，於是每天就像這樣吃著送來的點心。

然而，就算是李奧也快要到極限了。

「全、全都可以吃嗎？」

「對啊，都可以。因為吃這些就是麗塔的任務喔。」

「明白了！麗塔會加油的！」

她說完就亮著眼睛動手拆起包裝袋了，沒見過的點心讓麗塔露出燦爛笑容。李奧看到她那樣，內疚地將視線稍稍轉開，因為他發覺慫恿小女孩做自己覺得不好受的事是小人手法。

話雖如此，李奧已經吃不下，艾諾想必也不會吃。與其把吃不完的丟掉，像這樣讓別人幫忙吃應該比較好。

李奧如此說服自己以後，就替麗塔倒了茶。

「好吃！好好吃！」

「是嗎，那太好了。來，茶給妳，會燙所以要小心喔。」

「謝謝你！李奧哥。」

「李奧哥？」

「嗯！李奧納多小哥。簡稱李奧哥！不能這樣叫嗎？」

「可以啊，照妳想要的方式稱呼我就好。因為我要整理文件，忙完後再去找教官吧。」

「收到！」

李奧看著有活力的麗塔，自然露出了笑容。麗塔活潑而不懂客套的氣質，對李奧來說很新鮮。待在城裡，大部分的人都會對他有所顧慮，笑容也有幾分虛假，不少時候都讓李奧感到窒息。從他在南部立下戰功之後就變得更顯著。

在那當中，麗塔純真開朗的態度正如清新劑，療癒了李奧的心。

「欸，李奧哥，你是大人物嗎？」

「怎麼了？突然問這個。」

「嗯，因為剛才的衛兵稱呼你大人。老師說過，會被稱呼大人的就是大人物。」

「我的父親是很偉大啦，所以他們才會稱呼我大人，偉大的並不是我。順帶一提，妳說的老師是指教官嗎？」

「不是，老師是教麗塔劍術的冒險者哥哥。年紀應該跟你差不多，不過李奧哥你比他帥多了！老師總是被道場的小朋友欺負，被女人甩掉還會哭。」

「真是有意思的人。妳好像也喜歡老師，會想跟他見個面呢。」

「嗯！麗塔喜歡老師喔！據說我能在城裡受訓也是靠老師幫忙拜託的！所以麗塔我要成為了不起的騎士或冒險者～～」

麗塔說著就張嘴啃起果實餡的派。李奧一邊對她那與教養無緣的吃相苦笑，還一邊心想烤派的人看見麗塔這副笑容應該就不會難受了。

之後，將文件整理到一定程度的李奧站起身。此時桌上的點心已經清掉大半。不過麗塔似乎也吃撐了，飽得欲振乏力。

然而，麗塔仍慢吞吞地起身，並且朝剩下不多的點心伸出手。

「妳不用勉強喔？」

「不、不行……麗塔是守得住約定的女人……要吃完才行……」

「呵呵，真偉大。那妳就負責吃手裡拿著的吧，剩下的我來吃。」

「知、知道了……這、這算小意思啦……」

麗塔一邊這麼說，一邊將最後的巧克力放進口中。

李奧則在這段期間把剩下的少許點心解決。不過，他沒有催促麗塔。李奧望著速度雖慢仍確實把點心吃掉的她，然後……

「我、我吃完嘍～～！」

「漂亮。」

「嗯哼！」

麗塔笑容滿面地讓李奧摸摸她的頭。接著，李奧將麗塔送到了教官身邊。

「欸，李奧哥。我可以再來見你嗎？」

「好啊，隨妳高興。」

「嗯！我還會來！」

話說完，李奧便與麗塔告別。他交代要教官別生氣，還吩咐衛兵看見麗塔的身影要放行。回房以後，李奧一邊收拾吃完點心留下的垃圾，一邊想到麗塔或許可以跟葵絲妲成為好朋友。

3

「有那麼活潑的女孩啊？真想見見她呢。」

「是啊，我想母親也會喜歡她的喔。」

李奧說著便喝起紅茶。隔天，從南部歸來的李奧拜訪了密葉順道向她請安。對近來諸事繁忙的兒子，密葉並沒有多說些什麼。因為她知道開口打氣會讓兒子努力得過頭；即使要求節制，她這兒子也還是會繼續奮鬥。

因此密葉沒有談及任務，而是關心其他事，李奧就聊到了關於麗塔的話題。

「要是麗塔能跟葵絲妲交個朋友就好了。」

李奧的腦海裡沒有想過會遭到反對。

一般應該會問到對方家世，不過那方面的想法與密葉無緣。無論是什麼身分，是好人就應該往來，是壞人就要避免往來。這是密葉一貫的處事方式。

「大概因為葵絲妲是女生吧，她的朋友好像不多。雖然最近她也認識了幾個年齡相近的朋友，比以前更常笑了……但若能有個特別要好的朋友還是比較讓人安心呢。」

「對，母親說得是。下次有機會，我就帶她過來。」

「哎呀呀，你居然會這麼說，可見你相當中意她嘍。」

「我喜歡那樣的女孩。畢竟葵絲妲個性文靜，感覺跟麗塔可以互補。」

「是嗎？過幾年你會不會說要娶她為妻？」

語帶戲弄的問題讓李奧露出苦笑。他不曾用那種眼光看待還是個孩子的麗塔，然而李奧也覺得要娶妻的話，找個像麗塔那樣表裡如一的女性才好。

不過，在這裡坦承那些可不知道會被母親怎麼說，因此李奧中規中矩地回答：

「照現狀我無法思考娶妻之事。等情勢再穩定一些，麗塔長成迷人的女性以後我就會考慮喔。」

「你這孩子真乏味呢。那樣可是會被艾諾搶先的喔？」

「哈哈哈，哥確實與好女人有緣。」

「這不是笑的時候吧。聽好喔？李奧。好女人不會迷上完美的男人，廢得恰到好處才有女人緣。」

「那就沒問題啊，畢竟我有一大堆缺點。」

「在我看來是那樣沒錯。可是，在世上女性的眼中就不一樣嘍。要敢於展露自己的缺陷，你應該多表現自我，任誰都需要突出的特色喔。」

「我會當作參考的。」

語畢，李奧趁著話題拖長前將紅茶飲盡，並且當場起身。

照這樣聊下去，密葉難保不會開課講解要怎麼樣才能追到好女人。

「那麼，我失陪了。」

「受不了你……多注意身體。」

「是。」

李奧說著便從密葉身邊離去。

■■■

回程，李奧臨時起意到了城中的廣場。

帝劍城正如其名，外觀樣似於劍，形同護手的部分朝左右兩旁突出。該處被規劃成廣場，騎士候補生都在那裡受訓。

城裡訓練的本來就不是正規的騎士候補生。正規的騎士候補生會在正統學校受訓，這次的訓練生則是從貧困階級召集了有資質而未就讀騎士學校者。流民或貧困者只要有資質成為騎士就該給予機會，這是皇太子過去提議的，因此每年都會照例辦理。

雖然當中不曾有人成為近衛騎士，但有的會成為地方貴族的騎士，有的會成為冒險者，有的則會從軍。人人皆可自己開拓出屬於自己的路。

而在廣場的訓練已經結束了，訓練生都不見人影，李奧感到有些遺憾。

那樣的心情卻立刻拋到腦後。小孩的吵鬧聲傳來，李奧臉上不禁盈現笑容。

「小葵～！」

不過，朝聲音傳來的方向望去之後，李奧不由得躲到了柱子的死角。理由在於──

「麗、麗塔……妳聲音太大了……」

麗塔揮手趕到了被她稱為小葵的葵絲妲身邊。葵絲妲一如往常地帶著兔子布娃娃，還略顯緊張地跟麗塔說話。

那是以往從未見過的光景，李奧忍不住心生感動。

「這樣啊……原來她們已經變成朋友了……是我多事了呢。」

李奧說著便打算偷偷離開現場。但是，可以感覺到有其他人的動靜，因而看向廣場入口。用雙手捂著嘴巴的菲妮正在那裡。唉，事情麻煩了——有如此直覺的李奧還來不及辯解，菲妮就已經開始倉皇失措了。

「艾、艾諾大人！李、李奧大人養成觀察女童的嗜好了！我、我該怎麼做才好呢？怎麼樣才不會傷害到他？」

李奧說不出傷害已經造成，只能洩氣地垂下肩膀。

照這樣下去大概會被艾諾消遣吧，當李奧有所覺悟時，艾諾就探出了臉孔。

「你們在說什麼？」

「怎、怎麼辦！艾諾大人！李奧大人走上跟杜勞葛多殿下同樣的路了！」

「跟杜勞哥同樣的路啊。那個人的變態程度可不是李奧能模仿的喔。他還沒有沉淪到那種地步，所以妳放心吧。」

「這算什麼解釋的方式！根本起不了撫慰的作用！好好地幫我解開誤會啦！」

「哈哈哈，我明白，你放心吧。」

艾諾說著露出了苦笑。當他們像這樣鬧成一片時，葵絲妲還有麗塔就來到旁邊了。

於是，麗塔一開口就大聲喊道：

「什、什麼！有兩個人長著同一張臉！」

「這小孩有意思，是葵絲妲交的新朋友嗎？」

「既然你跟李奧哥有同一張臉……我看你是超強魔導師變身的吧！把李奧哥的臉還回來！」

麗塔說著就衝向艾諾那邊。然而，艾諾利用雙方的範圍差距，抓起了麗塔的頭把她按住。

「你這傢伙！卑鄙～～！」

「有精神是好事，但感覺挺傻的。妳聽清楚了，我叫艾諾特，是李奧的雙胞胎哥哥。」

「雙胞……胎？」

「嗯……艾諾皇兄……和李奧皇兄都是我的哥哥。」

麗塔似乎需要時間整理腦袋，因此僵著沒有動，但不久就服氣似的拍響了雙手。

然後她伸手指向艾諾。

「艾諾哥！特徵是一頭亂糟糟的頭髮！」

接著她指向李奧。

「李奧哥！特徵是長得帥！」

「妳那是什麼記法啊？我們不都長著同一張臉？」

「嘖嘖嘖！小看我可不行唷！艾諾哥！有我這種能耐就認得出哪一邊才帥！對吧！

李奧哥！」

「那邊的是我哥哥喔。」

撲向剛才李奧所站位置的麗塔一聽，才警覺似的回頭看向聲音的主人。

眼前是個髮型服裝整齊的男人，反方向也有個臉孔一樣且髮型服裝都整齊的男人。

「唔、唔、唔喔喔喔喔喔！李奧哥的分身？可、可、可怕的雙胞胎！」

「艾諾皇兄……你不要戲弄麗塔……」

「哈哈哈，抱歉抱歉。」

艾諾說完就弄亂了頭髮，並且將扣上的鈕子解開，穿回原本的邋遢樣。

接著他胡亂摸了摸麗塔的頭，然後旋踵轉身。

「掰啦。我有事要辦，所以就你們三個去玩吧。」

「哥，你要忙什麼事情？」

「我會先替你把工作搞定。最近你都沒休息吧？陪葵絲姐還有那女孩玩一玩，順便讓自己喘口氣。葵絲姐，妳也想跟李奧玩吧？」

「嗯……」

「麗塔也要玩～！」

「好啊，我弟和我妹就拜託妳關照了。」

「咦？哥！」

「別把她帶進房間喔。」

「等等！沒有啦！哥關心的方式是不是錯了？我可沒有那種念頭喔！」

艾諾一邊朝後頭嚷嚷的李奧揮手，一邊帶著菲妮從現場離去。

「艾諾大人，總覺得你看起來心情不錯。」

「會嗎？或許是吧。很久沒看到李奧自然的一面了，畢竟那傢伙總會想得太深。感覺他久違地像那樣放鬆肩膀的力氣，得感謝麗塔才行呢。」

艾諾說著便整理儀容、挺直背脊，展現出難得的拚勁。

「好啦，就由我代替李奧奮鬥吧。」

「兩位的手足之情令人欽羨！」

兩個人在如此的互動之間爬上了階梯。結果，留在廣場的李奧被兩個孩子耍得團團轉，一直玩到了太陽西沉，而艾諾自然沒理由知情。

「可惡……哥，你算計我……」

4

「好了，讓我聽聽詳情。」

父皇如此開口。王座旁有父皇與宰相法蘭茲，其面前只有我跟李奧。這是因為李奧在重臣會議上被要求以巡察使身分報告，就反過來要求清場所致。

原本我不能出席重臣會議，不能待在這裡才對，父皇卻叫我過來。而且清場後他仍然把我留了下來，大概是待會要問我莉婕皇姊與約爾亨之間的事吧。

「是，那麼請容我稟報。從結論來說，南部深受人肉販子橫行之害，擄人的主使者似乎與南部貴族有關聯。」

「……說下去。」

「是。本次發生異象的帕薩領主城裡的宅邸地牢，成為了用以囚禁擄來的女子與孩童的據點。這與救出的孩童們所說的證詞一致，至少以帕薩為領都的西塔赫姆伯爵肯定有涉案。」

封鎖與魔界相通的孔穴後，宅邸與地牢就出現了。表示那些建築物並沒有被孔穴吞沒，而是遭到掩蓋。多虧如此，透過調查才得知了許多情資。

「然後呢？那個西塔赫姆去了哪裡呢？」

「他死了。根據認得西塔赫姆伯爵的騎士表示，席瓦交手的惡魔長相酷似西塔赫姆伯爵。恐怕是在首級被砍下之後，惡魔便借屍附體現世了。」

「……」

父皇默默地望向城外，應該是有不願細究的念頭吧。然而，這件事非問清楚不可。我也多少聽李奧談過其中內情，這樁問題實在是牽連深遠。

「李奧納多殿下，照我聽到的消息，據說是孩童們失控喚出了惡魔。目前那些孩童在哪裡？」

「……對外已聲稱死亡，現在則透過安全管道讓皇姊的東部國境軍收容保護。位居事件中心的孩童姊姊，也就是那名針對南部處境向我們提出訴願的冒險者也在一起。」

沒錯，琳妃雅目前在東部國境，為了照顧妹妹與她身邊的那些小孩。

琳妃雅本身應該也很擔心孩子們，據說李奧就爽快地派她過去了。她本人說過遲早會回來這裡，然而時候尚未確定。畢竟孩子們的存在讓這個問題更加盤根錯節。

「為何要偽裝死亡？難道你認為我會責罰那些孩子？」

父皇略顯惱怒地質疑。南部異象是召喚惡魔所造成的，孩子們固然是受害者，卻也是加害者。所以父皇也有可能責罰他們，然而偽裝死亡的理由不只如此。

「不是的，原因在於我發現了令人介意的文件。」

李奧說著便將一張紙遞給法蘭茲。那張紙沾了暗紅色的血，文件是在地牢發現的，血跡恐怕來自想將其處分而遇害的傢伙。

「這是……！」

從法蘭茲手裡接過文件並攤開的父皇驚呼。接著他把那給法蘭茲看，法蘭茲露骨地板起了臉孔。上頭寫的是技術運用方式，擁有巨大力量的孩童，以及力量微薄卻能強化他人潛能的眾多孩童，將兩者合併運用即可成為一項兵器。

文件裡寫到了這項技術。換句話說，這次帝國南部發生的異象可在他國故技重施，有人策劃了這樣的計畫。

而且有個字眼在文件裡屢次出現。

「這種主意……會是『軍部』構思出的……？」

「看過文件就可以篤定，這是來自軍部的委託。東部國境軍由皇姊掌控，因此安全無虞。但其他的軍方相關人員就無法信任，所以我才讓孩童們詐死。這是為了避免他們被當成兵器利用而受到追捕，請饒恕。」

「陛下，李奧納多皇子的判斷應是妥當的。不過從文件看來，這次的變故似乎純屬試驗性質。下級接到委託，姑且就找齊了那些孩童。情況大致可以這麼解讀吧。」

「結果發揮了效用。只要在他國引發相同的異象，就會成為侵略良機。考慮到帝國有勇爵家在，出現的惡魔也就不足為懼才對。」

李奧說得沒錯，這是用於侵略的計畫。而父皇並無侵略的打算，所以這次的事件並未意識到眼前局勢。設想將來要展開侵略，才為此做了準備，從中可以看出用意何在。

「戈頓的主意嗎……」

「我不予置評。另有一事要向陛下稟報。」

「還有啊……」

「很遺憾，有的。在南部與怪物交戰之際，我曾為西塔赫姆伯爵家的騎士送終。若相信對方的說詞，西塔赫姆伯爵似乎受了要脅。然而在我們抵達的前一刻，伯爵已經為拯救孩童而奮然挺身作戰了。」

「原來如此……換句話說，人肉販子的組織規模足以威脅當地領主啊。」

「是的。可能有強大的貴族當靠山，說不定南部一帶的貴族也牽涉在內。」

愈是深掘黑幕就愈深。而且涉案的人就得懲治，牽連其中的人一多，帝國或許就難以維繫。

即使不予以擱置，要揭發也得看時機。

「案情變得棘手了呢。人肉販子或許與南部貴族有牽連，還受了軍部的委託在製造人類兵器。一層扣一層，不知該從何處下手。」

「事關重大，望能請陛下定奪。」

「……」

父皇沉默了一陣，然後把視線轉向我。

冒出壞預感的我左右搖頭，父皇卻自顧自地問道：

「你認為這事該怎麼辦，艾諾特？」

「為什麼要問我呢……」

我一邊嘆氣一邊動腦，感覺無論怎麼答都不會有正確答案。即使從軍部開始下手，八成會變成對戈頓的陣營開刀；而從南部的貴族開始下手，也會變成對珊翠菈的陣營開刀。

便宜行事的做法是在誅討惡魔後自此結案，那樣最不會出亂子。然而……

「陛下並不想聽便宜行事的答案吧？」

「當然。」

「唉……」

我深深嘆息後導出了一個解決方式。

但是我不確定這是否是個好答案。話雖如此，總不能都不回答。

「軍部的問題恐怕要先擱置。委託犯罪組織製造兵器是難以容忍的一項罪行，而且也不知道他們究竟想把兵器用在什麼地方。那些部分固然令人在意，當務之急仍是南部貴族。搞不好南部的貴族大多與犯罪組織有所關聯，對案情加以深掘……最糟的情況下，將導致南部叛亂。這一點該要極力迴避，但情勢若那樣演變，與軍部爭執會延誤鎮壓的腳步。」

「的確。陛下，以輕重緩急而言只能那麼處理。」

「……你不裝無能了嗎？」

我對父皇的話搖頭。在其他人面前也就罷了，不記得自己對父皇演過無能的戲，單純是態度不積極而已。然而，這個問題實在不容我那樣應付。

「在父皇面前我沒演過無能的戲啊。以往不曾被問到重大的決策，就沒回答過。何況這跟李奧有關，沒辦法置身事外。」

「很像你的作風，艾諾特。擱著軍部不管遲早都會危害帝國，然而也不能放任南部的貴族。沒有處裡南部問題又對軍部進行調查的時間，只能照你說的方式辦。」

父皇說完就信服似的點頭，法蘭茲也露出了感佩似的臉色。

「李奧納多，你繼續追查南部的問題，有沒有什麼線索？」

「照騎士的說法，西塔赫姆伯爵似乎將信交託一名叫蕾貝卡的人物，我會從找出該人開始著手調查。」

「是嗎，西塔赫姆伯爵……留了信下來啊。」

有信交託，表示伯爵一直在伺機告發。

對父皇來說，西塔赫姆伯爵屈於威脅的行為不可饒恕，但應該是有懸念的吧。

「對了，艾諾特。先換個話題，那兩人的親事談得如何？」

「咦？」

現在問這個？心生疑惑的我表示已經稍有進展。於是父皇露骨地板起臉色，開始對我說教。

我一面希望說教儘快結束，一面微微地嘆了氣。

5

「原來如此，那還真是苦了您。」

「對吧？光是讓皇姊與公爵的關係稍微有了進展，父皇就要稱讚我才對啦。」

我一邊在自己房裡談這些，一邊拿桌上的報告過目。報告裡所寫的是近期中立貴族有何動向以及各派系的動作，重要的消息所在多有，但這次最要緊的並非那些事。

「西塔赫姆家那個叫蕾貝卡的騎士，還是查不到情報嗎？」

「很遺憾，人手短缺。已經在收集情報，但我方的情蒐網頂多涵蓋帝都，範圍若超出帝都，就不及其他派系了。」

「基礎實力的差距嗎？」

低聲咂舌後，我發出嘆息。我方身為新興派系固然正在勢頭上，本身的底蘊仍然遠不及其他派系。即使在帝都內勢均力敵，一旦離開帝都就會顯露短處。

因為用於情蒐的人手及各地支持者數量有差距。

「蕾貝卡的最終目的地在帝都，這一點是不會有錯的。只要她能踏進帝都，我方就大有可為……」

「若對方慎重行事，恐怕還需時間。不僅要防備犯罪組織，還有南部貴族及珊翠菈殿下與其聲氣相通的勢力，多得是必須提防的對象。」

「畢竟對珊翠菈來說，蕾貝卡的存在攸關派系命脈，況且對方帶著告發函。珊翠菈八成也掌握到有騎士朝帝都出發的消息了，此刻她正滿眼血絲地想把人找出來吧。」

「犯罪組織、南部貴族、珊翠菈殿下。被三方勢力盯上，究竟能不能到達帝都？」

「正常來想是無望吧，然而跟犯罪組織有聯繫的並不只珊翠菈。」

「您是指軍部的鷹派陣營。」

我對瑟帕說的話點頭。軍部曾向犯罪組織發出委託，一路下來也會取得某種程度的情報才對。

軍部的鷹派幾乎可以篤定就是戈頓，他斷無可能置身事外，那麼戈頓就會伺機出手讓珊翠菈失勢。既然敵對派系在鬥，蕾貝卡也有機會，因為他們會互扯後腿。

「趁那些傢伙互鬥時，我方若能把人保住就是最好的……」

「不知道對方下落，也就無從保護呢。」

事態應該還沒有嚴峻到那種地步，畢竟珊翠菈跟戈頓都沒有古怪的舉動，動用人手難免要被看出端倪。

現在只能一邊盯著雙方陣營，一邊找蕾貝卡吧。

「我出去一下，有事就聯絡我。」

「遵命。」

向瑟帕交代完之後，我便出城了。

■■■

「大媽，這個多少錢？」

「那個啊？帝國赤銅幣兩枚喔。」

「要赤銅幣兩枚？會不會太貴？」

我指著鮮紅色果實問道，之前理應只要一枚。

帝國貨幣是帝國全境使用的貨幣，也是全大陸流通最廣的貨幣。從最不值錢的帝國銅幣算起，上頭有貴十倍的帝國赤銅幣、再貴十倍的帝國銀幣，幣值呈十倍遞增。

依序排列的話就是銅幣、赤銅幣、銀幣、白銀幣、金幣、白金幣、虹幣。白金幣與虹幣不太會在外流通。因為只有商人做大買賣或者國與國之間交易會用上。帝都民眾的月收入普遍為七至八枚白銀幣。民間流通的貨幣頂多只到金幣為止。

「對不起喔。帝國裡到處有問題發生吧？物流就因而停滯了。」

「原來如此，我明白了。那給我兩顆。」

「來，赤銅幣四枚。」

我從腰間掛著的錢包掏出四枚赤銅幣，然後交給大媽。

接著我收下兩顆果實，邊吃邊在街上晃。

有景氣，但物價上揚。怪物大量出現加上南部異象，大事件接連發生帶來了影響。

「爭帝位才搞成這樣的吧。」

我邊嘀咕邊嘆氣。

率先參加爭鬥的人哪有資格感嘆這些，何況我有什麼都不用做就可以過活的身分，是空口說白話。

民眾的月收入是七到八枚白銀幣，皇子最起碼卻能領到三枚金幣的補助金。什麼都不做的皇子也會有一般民眾三個月以上的收入進帳。立功勞還能提高其金額，擔任職務也有薪餉。

我交給琳妃雅的金幣是十年份的補助金，換算成虹幣大約三枚。那筆金額會在一場剿滅任務用光，指名ＳＳ級冒險者委託工作也要同等金額。琳妃雅會感謝我，也是因為金額可觀的緣故。

席瓦在ＳＳ級冒險者當中算是相當配合公會。我會刻意向公會主動接委託，那樣就不用收指名費。之所以如此行事，是因為我身為皇子還收取高額指名費會內疚。

「當我沒有無償接案時，就已經是偽善了……」

嘀咕著這些的我，發現在不遠處的攤商有個少女一臉困窘。肌膚白淨如雪，與肩頭切齊的淡紫色頭髮與紫裡透紅的眼睛，是一位難得一見的標緻少女。然而，她身上有更醒目的特徵。

少女耳朵略尖，那是半精靈的特徵。之前恐怕都用兜帽遮著吧，然而掀開兜帽的她似乎正在跟攤商老闆爭論。

「你剛才明明說銀幣兩枚就好的！」

「囉嗦！半精靈另當別論！想買就拿兩枚白銀幣出來！」

少女大概是在採購當前所需的食材，袋子裡裝滿了食物。

看來她的兜帽是在結帳時不小心掀開的。

帝國屬於接納了眾多亞人的國家。就算這樣，並不代表國內便沒有歧視。聽說老闆還肯賣東西給她已經算像話的。換作別處，半精靈會連東西都買不成。半精靈就是如此被人嫌惡，既非人類也非精靈。排外的精靈本就討厭人類，混有其血統的半精靈也同樣討厭。

人類會鄙視身世不正的半精靈，對本質近於精靈的半精靈也心存避忌。

更麻煩的是攤商老闆看來並非帝國的商人，似乎來自外地。

周圍的人交頭接耳地談論著這些。

「明明是出來放鬆心情的……」

環顧四周，有許多狀似抱不平的人在觀望，卻沒有人出來插嘴。

果然大家對麻煩事都選擇視而不見。

少女在短暫猶豫後嘆了氣，然後死心將裝食材的袋子遞給老闆。

「等一下。」

這是出於興起。不想看令人心煩的場面，要我坐視也會不舒坦。

身為有立場領導國家的皇族，還為了爭帝位讓國家陷入混亂。明明當ＳＳ級冒險者是想贖罪，卻收了高額賞金。

對此抱有罪惡感，所以我朝老闆與少女搭了話。

接著我一把從店主那裡搶走袋子，並且在他手上擱了兩枚白銀幣。

「這樣你滿意了嗎？」

「咦？呃，那個……」

「要出多少你才滿意？給金幣就能讓你和善待客嗎？」

「搞、搞什麼！你想怎樣！這是我跟她的問題！」

「這裡是帝國，國內接納了亞人。」

「無所謂！半精靈不算亞人！也不算人類！」

「話說到這裡就好，錢已經付了，我可要走人嘍？」

「不行！想把貨帶走，就留下你的金幣！」

老闆露出奸詐笑容，他大概以為能向好好先生敲一筆。

荒唐。恃強欺弱，有人展現正義感也要敲詐。

周圍難免也傳出批評老闆霸道的聲音。然而，他卻橫了心。

「旁人閉嘴！現在你們帝國的糧食物流停滯了！所以我才從外地帶了糧食來賣！起

碼該讓我選擇東西要賣誰！」

話說完，老闆伸手要拿少女的購物袋，我抓住了老闆的手瞪回去。用魔法解決衝突是很簡單，但現在我沒有蒙面，周圍應該有幾個人已經認出我的臉。

「這樣你總沒意見了吧。」

我說完就用空著的手掏出金幣，於是老闆露出笑容朝金幣伸了手。霎時間，外頭有聲音傳來。

「出了什麼事！這是在鬧些什麼！」

掌管維安的巡警隊隊員如此說著將民眾撥開來到了現場。

對方恐怕是在巡邏吧。相對於隸屬軍方的帝都守備隊掌管帝都防衛，巡警隊則是法務大臣直轄的治安維持部隊，他們有權逮捕民眾。

「沒事沒事，巡警隊的差爺。這樁買賣已經談成了，不要緊的。」

「買賣談成……？」

隊員說著看向了我這邊，然後他睜大眼睛，狀似驚慌地朝我敬禮了。

「艾、艾諾特殿下？」

「你認得我？」

「在、在下認得！因、因為在下支持的是李奧納多殿下。」

隊員說完便立正站好。從說詞聽得出他隸屬李奧的派系，不然就是相關人員。既然如此，我就沒辦法假冒李奧了。

哎，不得已。偶爾做些正經事吧。

「你來得正好。因為顧客是半精靈就抬價，這能被允許嗎？」

「這、這是不被容許的行為！我們帝國接納所有人種，商人於帝都領取行商許可證之際，都承諾過不會抱持偏見！」

「那你先沒收這傢伙的許可證吧。他二度抬價，不逮捕的話李奧可是會翻臉趕來這裡的喔？」

「好、好的！遵命！」

「慢、慢著！我不曉得他是皇子！皇、皇子！請您原諒！」

「問題不在那裡。你被逮捕的理由並非對我不敬，因為你打破了規矩，這裡是帝國。那枚金幣給你，隨你高興怎麼用。」

話說完，我抓著少女的手從現場離去，總不能再繼續引人注目。

走了一會兒，從後面有聲音叫住我。

「那、那個……手……」

「嗯？啊，抱歉。」

道歉完，我放開少女的手。握著連名字都不曉得少女的手，未免對她失禮。賠罪以後，少女就搖了搖頭，然後她露出開朗的笑容。

「不會，謝謝你幫我。啊，錯了。感謝您相助，殿下。」

「我是在私訪民間。如果妳能省掉那些拘謹的用詞，那就太令人高興了。妳叫什麼名字？」

少女似乎對我親切的態度感到意外，因而睜大了眼睛。

接著她嘻嘻一笑，然後朝我伸出了右手。

「知道了。我名叫索妮雅．樂士培德。如你所見，是個半精靈。」

「那沒有關係。我是艾諾特，麻煩叫我艾諾。」

「嗯！那我直呼你艾諾嘍！」

我跟索妮雅就是這麼認識的。

6

「艾諾，你在私訪民間對吧？」

「姑且算是啦。」

後來，索妮雅跟我走在一塊，因為她說還有東西要買。再被商家糾纏也很困擾，我就要索妮雅戴上兜帽，然後由我代買她需要的東西。

「姑且嗎？」

「出來透透氣而已，都窩在城裡會讓人窒息。」

「是手上有麻煩的案子嗎？」

「我看起來像那樣嗎？人們可是管我叫廢渣皇子的喔。」

「廢渣皇子？」

「妳不曉得嗎？所有優點都被雙胞胎弟弟吸走的廢渣皇子，全帝都的笑柄。」

我的風評在帝都無人不知。這樣的話，表示索妮雅是外來者。哎，她看起來感覺也不像住在帝都，說是旅客還比較貼切。

「畢竟我對帝都不熟。不過艾諾，原來你被人說成那樣啊？剛才巡警隊的人對你倒滿客氣的耶？」

「因為我弟是稱帝的人選，隸屬我弟陣營的人在形式上會對我客氣，沒人發自內心尊敬我的啦。」

我邊說邊望向天空。除了真能稱作自己人的成員會敬重我以外，那可是無庸置疑的事實。剛才我做了符合皇族風範的事，但是做那些對皇族而言理所當然。當我還要借助巡警隊幫忙時，即使被視為有欠威風也不奇怪。

既然是皇族大可當面喝止，再說我的負面形象本來就太深，就算展現出稍微像樣的一面也不會讓民眾對我的風評及印象改觀。

即使有人看了剛才的場面而對我有好印象，那也只是暫時性的，對改變整體的印象並無效果。除非能留下格外大的功勞，否則我身為廢渣皇子的印象與稱號都磨滅不了。我認為磨滅不了也無妨，更沒有想過要磨滅。換成以前也就罷了，但現在為時已晚。

「你會在意嗎？被別人那樣看待。」

「難講耶，老實說已經習慣了。」

「是喔……跟我一樣呢。」

索妮雅說著就輕輕摸了摸耳朵。

短短尖耳朵可說是半精靈的象徵，索妮雅應該因此而一直遭到迫害吧，跟我的處境絕非相同。

我是後天養成，索妮雅則是先天造成的。

「不一樣。如果妳習慣那樣，就比我還要堅強，而且也高潔得多。換作我大概承受不了，畢竟我去哪裡都是皇子……受到出身與血脈的保護。」

「聽那種語氣……艾諾，總覺得你好像討厭自己是皇子耶？」

「討厭啊。無論是那樣的立場，還有對此依賴的自己。能將皇子之位交給別人的話，我想交出去。我也曉得那是天真念頭，所以就變得愈來愈討厭自己。」

之所以想活得隨興而至，正是在抗拒那些事情。好比凡人會憧憬獨特，我憧憬的則是普通。假如不是出生在城裡，而是在平凡人家構築平凡的家庭，那該多好。

希望混進眾多人們當中過日子。可是，那不會被容許。即使我捨棄皇子之位，血脈仍不會放我干休。父皇會毫不留情地把我入贅至某個貴族家吧。

皇族的血脈效力強大，能生育眾多人傑。比如像我或珊翠菈就擅長魔力或者魔法，莉婕皇姊與戈頓則有天賜的劍術及習武才能，還生得出像李奧那樣全才全能的後代。那是皇族代代引進優良血脈的成果。若流入民間，皇族的血脈會顯得鋒芒過露。

「是喔。那我們在那方面也一樣啊。我也討厭我的身世，才不需要精靈的血統，希望當人類，可是我並不被允許活得像個人。」

「……我跟妳怪相似的呢。」

「好像是耶。哎，我對那部分也能容忍就是了。小時候固然過得苦，但是身邊有人肯對我好，所以我忍得住。雖然出外還是會遇到迫害……不過，也有像艾諾這樣溫柔的人啊。」

索妮雅說完就咧嘴一笑，是開朗且能為他人打氣的笑容，再加上我受睡眠不足影響，原本正逐漸消極的思考便獲得提振。

沒想到會讓今天剛認識的少女替我打氣。

「謝啦。我稍微有精神了。」

「我什麼都沒有做喔？」

「妳的笑容很迷人。」

我坦率說道，索妮雅頓時臉紅。對此我笑了一笑，索妮雅便蹙起眉頭。

「你、你捉弄我～～……」

「我沒捉弄妳。畢竟我有了奮鬥的意願是事實。」

「真是的……你平時都對女生說這種話嗎？」

「要看當天的心情。」

「艾諾，看來你有拈花惹草的才能呢……」

「感謝賞識。」

我一邊嘻嘻笑一邊邁步。

跟索妮雅對話很開心。索妮雅拿捏距離感比他人加倍敏感應該也是原因之一吧。可以知曉她會仔細觀察對方，而且十分體貼。恐怕是出於無意識的。

考慮到她的背景便令人感傷，現在卻值得感激。跟人聊得愉快就可以避免焦慮，就是心想非得趕快找到蕾貝卡而差點焦慮，才會像這樣出來轉換心情。話雖如此，這並不代表我可以鬆懈。

「艾諾？看你的臉色好像在苦思耶？」

「我露出了那種表情？」

「嗯，有喔。明明手上沒案子，為什麼你會露出那種臉呢？」

索妮雅說的話讓我短暫思索，總不能告訴她實情。

「其實呢……我有個要找的人。」

「找不到嗎？」

「找不到耶。線索太少，人手也不夠。」

「唔嗯～換成我就會說自己受不了，然後把事情拋一邊喔，反正又沒有線索。」

索妮雅說著便滿不在乎地笑了笑。或許她確實會那樣應對，我覺得會。

只是，事情總不能那麼辦。蕾貝卡與她手上的告發函將大幅左右今後的情勢，拿到手的人就能掌握今後的主導權與局勢演變。

這場仗無論如何都不能輸。我這麼一想，索妮雅就伸手指向攤商，她應該是要在那採購吧。

索妮雅指過的東西由我向店家交代要買，在輕鬆的對話間一邊採購。

「小哥，出來約會啊？」

「看起來像嗎？」

「看起來像。這是拉風中年人招待你們的，玩得開心點。」

對談後男老闆給了我們一人一瓶果露當招待。

沒有想過會被當成情侶的索妮雅急忙否認，男老闆卻硬把東西塞給她，然後揮了手目送我們。

「受不了，好強硬的人……明明說過我們不是情侶了。」

「店家招待，妳就領情吧。」

「還不是因為你沒有立刻否認！變得像是我們在騙人！」

「別那麼生氣啦，很好喝喔？」

「真是……」

比城裡喝的果露淡了許多，但我還是覺得美味程度高出好幾倍。比起不需要費任何力氣就會端來面前的飲料，自己走路買到的東西才比較美味吧。

「真的耶，好好喝。」

原本一臉不滿的索妮雅喝過那瓶果露，看起來心情總歸是變好了。

得感謝那位老闆才行。

「這麼說來，艾諾你對弟弟有什麼想法？」

「弟弟？有什麼想法是指？」

「既然人們都說你的優點全被吸走了，你弟弟想必很優秀吧？」

「是啊。他解決了南部的異象，在人民間也受歡迎，如今儼然是英雄。」

「……算了，看你的表情就可以曉得。」

「嗯？這話是什麼意思？」

「我本來想問你喜歡或討厭弟弟，卻都寫在臉上了。你談到弟弟的時候，表情相當自豪喔。」

被索妮雅一說，我捂住臉。原來露出了那種表情？我沒注意到。

李奧確實是我自豪的弟弟。不過，以往可沒發生過這種情形。

果真是因為南部事件讓李奧脫胎換骨了吧。那聲喝令很了不起，李奧他宣言自己是要成為皇帝的男人了。

嗯，那傢伙果然是令我自豪的弟弟。

「如妳所說。我認同那傢伙。不知道還有誰能像他一樣既溫柔又強悍。」

「是嗎……那好像可以信任呢。」

話說完，索妮雅靈巧地從旁搶走我捧在手裡的購物袋，隨即轉身進了暗巷。見狀，我急忙追過去，就發現索妮雅把購物袋擱在地上。

接著，索妮雅突然朝我抱了過來。

「欸！妳怎麼了？」

「戈頓殿下好像找到『她』了喔。只要追查對方的動向，應該來得及。」

「唔？」

我不由得睜大眼睛，上次訝異到這種地步不知道是什麼時候。

索妮雅只在我耳邊細語了那些，然後就悄悄放開我並捧起購物袋。

「妳是……？」

「與其等人被抓到再由我出手，感覺交給你們會比較好，所以我轉達了喔。信不信都隨你，艾諾。」

索妮雅說完便直接拔腿離去，不禁伸手的我撲了空，我的手沒能捉住索妮雅。

於是我緩緩地讓自己鎮定下來。在這種情況，「她」這個字所指的人物就只有一名。就是蕾貝卡。

「可我沒聽說過任何一方派系裡有半精靈的相關人物……」

我凝望索妮雅離去的方向。

曾期待索妮雅會悄悄冒出臉來，可是並沒有，明快開朗的她不會開那種玩笑。即使來硬的也該留住她才對，我卻驚訝過頭，連那都沒有想到。

「……只能相信她了嗎。」

反正我也沒線索，只好相信索妮雅，配合戈頓的動向採取下一步。

我如此做出決定並趕回了城裡。

7

「不會是陷阱嗎？」

我對瑟帕提出的疑慮點了頭，十分有可能。然而，以陷阱來說太過粗糙。

「我們本來就採取了緊盯珊翠菈與戈頓的戰略。她將戈頓找到蕾貝卡的消息轉達給我，只會有助我們決定行動的方針。」

「那女孩若是珊翠菈殿下陣營的人，就可以轉移掉己方對於他們動向的注意力。」

「對，那我有想過。可是，珊翠菈本身應該不會希望我們有所行動。找不出蕾貝卡的下落而舉棋不定，對她才是最好的。單就帝都外而言，戈頓有廣闊的情蒐網。畢竟他能動用各地軍隊，那樣戈頓遲早會找出蕾貝卡，我們也將循線追到當地。珊翠菈想必不會替自己多招惹敵人。」

「意圖會不會在於讓戈頓殿下與李奧納多大人起衝突？」

「假如珊翠菈有那個意思，繞一圈轉達戈頓找到人的消息只顯得無謂，大可等戈頓採取行動時再透露蕾貝卡的下落就好。」

總歸來說，索妮雅的行動若是陷阱，就太沒有效率了。更好的方法應該多的是。

「我遇見索妮雅肯定是巧合。假使我眼前發生糾紛，並不保證我就會幫忙。考量到我的風評，不幫這個忙的機率還比較高。」

「看來您滿信任那名半精靈少女。」

「她若是在說謊，我會看出來。她的話語之中並無虛假。戈頓找到蕾貝卡一定也是真的。」

「我明白了。那就信任艾諾特大人的眼光……不過知道此等重大情報的她，又會是什麼人？」

「不知道。看索妮雅的言行似乎有意要救蕾貝卡，但她如果跟戈頓的陣營有關係，可就不是一句背信能形容的了。」

「畢竟蕾貝卡大人對戈頓殿下也很要緊，會成為逼珊翠菈殿下退位的王牌，留在身邊就等於握有珊翠菈殿下的把柄。假如能操控珊翠菈殿下，跟埃里格殿下的差距也會隨之縮小。」

「確實沒錯，戈頓八成是那麼想的。不過，當戈頓手裡握有蕾貝卡與告發函以後，最可怕的運用方式並非如此，他可以將旁人拖進自己擅長的領域。」

「您是指？」

「巧妙運用蕾貝卡與告發函即可引發內亂。在父皇無法隻手遮天的重臣會議上揭發這件事，進而彈劾珊翠菈。只要營造出南部絕不能輕饒的氛圍，父皇便不得不順眾意。如此一來，南部也將公然揭起反旗。到時率軍平亂的就是戈頓了。」

「相當用心的劇本呢，我卻不覺得能付諸實行。」

「應該沒希望，單憑戈頓的才幹。」

光向父皇揭弊沒有用，父皇想避免內亂。由此還需要進一步謀劃，設計讓父皇非得干預內亂的局面。

戈頓身邊沒有謀士能籌出那樣的局。

「唉，縱使他下不了那步棋，珊翠菈的把柄落入戈頓手裡還是令人頭痛。無論戈頓盤算的是什麼，我們都非得保護蕾貝卡。」

「表示我們要信任她提供的情資？」

「對。麻煩你監視。」
「遵命。」
瑟帕說完就無聲無息地消失蹤影了。

■■■

隔天，我立刻接到了瑟帕的報告。
「戈頓殿下似乎暗中調動了演習中的部隊。目的地是帝都附近的城鎮——耶納。」
「意思是蕾貝卡在那裡嗎？他調了什麼樣的部隊？」
「祕密部隊。沒有對外公開，陛下恐怕也掌握不到其動向。」
「所以對戈頓來說是正合用的部隊嘍。」
我一邊走在城裡的長廊嘀咕，一邊垂下視線沉思。
祕密部隊已經出動，表示戈頓這兩天就會有動作了。珊翠菈當然也有掌握到其動向吧，她在情蒐方面理應不會落後於戈頓。
珊翠菈不敢直接介入，因此不會自己出馬，接到指示的犯罪組織應該會代她出手，那相較於珊翠菈麾下的暗殺者就顯得遜色。軍方的祕密部隊除非處在極端不利的狀況，否則應該能順利對付。

「那麼，我們該怎麼坐收漁翁之利呢？」

「艾諾特大人，還有一件事要報告。」

「嗯？怎樣？」

「戈頓殿下似乎請到了軍師。雖然沒有查出是什麼樣的人物，但已經極機密地展開行動了。」

「戈頓有了軍師？」

戈頓在軍部有眾多支持者，卻沒有得到軍師或參謀一類的頭腦派人物支持。因此，戈頓的陣營一直都欠缺那種人才。所以他請新軍師是可以理解，但就不知道究竟是從哪裡找來的了。

當我抱持這樣的疑問時，戈頓就從長廊另一端走來了，成群心腹圍在他身邊。

「說人人到。」

我退到走廊邊緣，並且低頭致意，戈頓見狀停下了腳步。

「這不是戈頓皇兄嗎？愚弟在此向您問安。」

「哼，你這傢伙還是一樣無禮。我知道你心裡都瞧不起其他人，看到你這種傢伙就令我反胃，滾。」

「那真遺憾，失陪。」
「替我轉告李奧納多，他得意的日子到此為止。」
戈頓交代完又邁出腳步了。眾心腹跟隨在後。
行列的最尾端。有個用兜帽遮著臉的嬌小人物在錯身時細語：
「就這麼一回事嘍。請多指教，艾諾。」
「……原來如此。」
嘀咕完的我用視線追尋離去的戈頓等人，剛才那聲音我不會聽錯。
「戈頓的新軍師是索妮雅啊。」
「是提供您情報的人物，陷阱的可能性是不是變高了？」
「有意陷害我的話，她會躲起來。何況戈頓的行動是來真的，哪怕有陷阱，我們也只能跟進。」
「可是……」
「我知道有危險。不會毫無對策就去闖。原本我還在猶豫要不要動手，看這樣是該拿出祕招。」
「何謂祕招？」
「利用父皇。」

話說完，我就直接前往謁見廳了。

■■■

「騎士蕾貝卡似乎已經抵達耶納。」

「是嗎，報告辛苦了。既然她已經到了那裡，就派出近衛騎士隊吧。」

「不，那恐怕不妥。軍部也有所行動，父皇出手的話，難保不會讓軍部的鷹派產生危機感，這件事就由我去辦。」

「你保得住她？」

「應該不行。因此我會跟李奧一同前往，李奧與李奧的心腹，再加上瑟帕應該就能設法應付。只是……」

「只是什麼？有顧慮就說。」

父皇臉色嚴肅地問道。證明他是要認真著手處理這個問題。

皇帝不會介入帝位之爭，過火的行為卻是在折磨帝國。父皇應該是將這次的事視為帝國的問題，而非爭帝位的問題了。正因為如此，我才能用上祕招。

「帶來這條情報的是戈頓皇兄的軍師。老實說，也有可能是陷阱。」

「有可能是陷阱？那更應該派出近衛騎士隊。」

「陛下。艾諾特殿下似乎有什麼主意。」

父皇的語氣像是心意已決，宰相法蘭茲則向他提出建言。當我專程來報告時，他就察覺我備有對策了吧。

「有對策就快點說。」

「是。請命令我和李奧到帝國南部視察，途中我們將經過耶納。既然我們是奉父皇命令行事，就能免於遭遇不測。」

「拐彎抹角的策略。法蘭茲，你怎麼看？」

「不失為良策。艾諾特殿下與李奧納多殿下都深涉南部的事件，派兩位到南部探視狀況是自然的。萬一發生戰鬥，戰力集中也有辦法對抗。」

「李奧納多沒什麼好讓人擔心的。可有必要連不擅武藝的艾諾特都派去？你說這些也是以自己要去為前提，沒問題嗎？」

「感謝父皇關心，但這次的主要目的是找人。我想您也曉得，我很擅長找藏起來的東西。儘管戰鬥幫不上忙，恐怕仍會需要我。」

父皇微微板起臉孔。我從以前就擅長玩捉迷藏，認真躲的話，頂多只有李奧能找到我。那是因為我能預測他人的行動，在當下將會是必要的能力。父皇應該也明白那一點，所以才會擺起臉孔。

「……好吧。我命令你倆到南部視察，有所發現就回來稟報。這次任務對帝國而言至關緊要，不容許失敗。」

「遵命。」

我說完就當場下跪。既然已經拉父皇入局，可真的不容失敗，至少一定要將蕾貝卡保護好。

儘管對李奧那邊變成先斬後奏，不過他會體諒的，反正我每次都這樣。

我一邊想著這些，一邊從謁見廳離開了。

8

離開謁見廳後，我前往母親那裡。

雖說在耶納完成保護蕾貝卡的任務就能立刻回來，這一趟我跟李奧都將離開帝都。

帝都有菲妮在，還有瑪麗。帝都內的派系鬥爭處於安穩狀態，因此不用擔心。戈頓還有珊翠菈應該都會專注於蕾貝卡身上，無恙的埃里格在當前局面也會避免壞了父皇的心情才對。

父皇對流民問題過於敏感，這次的事件與那深有關聯。若有人趁我們不在而擴張己方勢力，就會惹怒父皇。埃里格不會做出那種蠢事，所以短期內在帝都將無檯面上的派系鬥爭。

當然，暗地裡還是會有許多作為。商會間的鬥爭就是其一，那部分是由菲妮負責，我相信菲妮能處理得好，事情都交給她了。

「像這樣一看，人手不足的問題實在嚴重。」

這次我也會把瑟帕帶去，連菲妮的護衛都將變得空虛。當然亞人商會的亞人們都會守在她身邊才對，我並沒有多擔心。

如果琳妃雅在起碼會輕鬆點，不過那算奢求吧。

遺憾的是這次愛爾娜接到了任務要離開帝都，因此無法指望她。

「並不是強就可以解決問題，我不能用無法信任的人當護衛。唉……打擾了，我是艾諾。」

「艾諾？趕快進來！」

在母親位於後宮的房門前報上名字，裡頭便傳出尖銳嗓音。

我立刻察覺狀況有異，就悄悄地踏進房裡。母親在房裡抱著發抖的葵絲妲。

「葵絲姐？」

「嗚嗚……嗚嗚……」

「她剛才突然哭了起來，卻什麼都不說。恐怕又預見了什麼呢。」

母親是葵絲姐的養母，對於葵絲姐有先天魔法一事當然知情。

平時母親都會簡單用一句「是喔？」將事情帶過，表現得毫不掛懷，但現在葵絲姐變成這樣也實在不能輕鬆帶過。我湊到葵絲姐身邊，並且蹲下來配合她的視線高度。

「葵絲姐，妳還好嗎？艾諾來了喔。」

「……艾諾皇兄……艾諾皇兄！」

原本抱著母親的葵絲姐朝我抱了過來。

她的身體正瑟瑟發抖，應該是預見了相當可怕的景象吧。我不停輕撫葵絲姐的頭，一直到她鎮定下來。

葵絲姐看似總算恢復鎮定了，卻始終不肯開口。

「……葵絲姐，妳預見了什麼？難道妳預見的景象有那麼恐怖？」

「葵絲姐，說出來讓艾諾聽聽看吧，或許他能幫到些什麼。」

「……小房間裡……大群的兒童……」

於是葵絲姐一點一點地道出。由於她片片斷斷地敘述自己預見到的景象，聽來感覺不得要領，但在最後就低聲提到了決定性的內容。

「麗、麗塔……」

「麗塔怎麼了？」

「她會死掉……！麗塔會死在我的眼前……！」

「啥！」

「怎麼會……」

那是句震撼性的發言。以往葵絲妲預見的未來，一直都是時準時不準。不過以準確率來說，只要葵絲妲直接牽涉的可能性高，未來就容易應驗。長兄逝世是她的親人死去，基爾城遇襲也是她本身在場。從那個層面來想，預見時只要事情發生在葵絲妲面前，未來就非常有可能應驗。

然而，偏偏挑在這個時候嗎！

「艾諾皇兄……請你救救麗塔……！」

「艾諾……」

「……我剛剛才向父皇問候過，臨行前的問候……」

「咦……？不要！艾諾皇兄！你別走！」

葵絲妲拚命巴著我不放，小小的手緊握住我的衣服。

怎麼辦？要反悔告訴父皇我不去嗎？

不，那不可能獲得認同。我需要理由，於是就得解釋葵絲妲的事，那會讓葵絲妲的能力變得眾所皆知。雖說不準確，有魔法能預見未來對國家的助益莫大，父皇也是人，他肯定會利用。

那是最壞的發展。葵絲妲將蒙受危險，還會被迫預見自己不想看的事。

然而，我方已經沒有人手。

「艾諾，由我設法向皇帝陛下懇求，那樣就能留住你。」

「……即使我留下來，也無法一直待在後宮。」

除了妃子、護衛及女官以外，能待在後宮的也只有皇族女性或十二歲以下的皇子。

就算身為皇子，過了一定歲數就不許在後宮逗留一整天。這當中若出了什麼狀況，靠我是來不及因應的。假如琳妃雅在，母親提出要求就能任命她擔任後宮的護衛，但是我實在無能為力。

就算喬裝成席瓦，突然出現在後宮仍會成為懲處的對象。

「從狀況來想，葵絲妲本身也會受牽連。需要有個能儘量陪在她身邊的護衛，而且是身為女性又有本事的護衛……」

「……只能想到一個人呢。」

「是啊。」

這樣的話，只好拜託愛爾娜，拜託她設法推辭任務留在葵絲妲身旁。那樣還不行就只能再想下一個辦法。

「但是，愛爾娜被交派了任務。以風險這一點來說與我相同，或者更甚。」

身為皇子被指派任務的我與身為近衛騎士被交派任務的愛爾娜，連小孩也知道誰更應該完成任務，依回絕任務的理由也有可能會被近衛騎士團除籍。

即使如此，我們也只能去拜託愛爾娜了。

9

到愛爾娜身邊之前，我思索了許多事。

該怎麼拜託她才好？假如遭到拒絕，又該怎麼辦？

思索得太多讓我的腦袋一團亂。

結果，沒理出頭緒的我抵達勇爵家宅邸了。

我一如往常地被當成回家般受到歡迎，然後便踏進勇爵家宅邸。

「艾諾，怎麼了嗎？」

「愛爾娜……」

出來迎接的是愛爾娜。可以的話，我希望是安娜女士。坦白講，我不敢看愛爾娜的臉，可是我這個青梅竹馬不可能忽視如此不自然的態度。

「出了什麼事嗎？」

「沒有……」

「裝蒜也沒用喔，總之到房間裡吧。」

話說完，我被愛爾娜領到了待客廳。

女僕們準備了紅茶與茶點，愛爾娜收下那些以後就趕走閒雜人等。於是我們面對面就座，隨即進入正題。

「再問你一次，是不是出事了？」

「……狀況變得麻煩了。」

「是嗎，需要我嗎？」

「……對。」

連愛爾娜的臉都不看就點頭，豈有這種拜託人的方式。可是我不敢看她的臉，究竟該用什麼表情拜託她？

到頭來，我接任務是為了爭帝位。需要父皇的肯定，事到如今總不能開口反悔。沒錯，我把妹妹的安全與帝位之爭放上了天平，而且我選不了任何一邊，所以就來拜託愛爾娜以求兩者兼得了。

後宮是女人的世界，護衛要女性才適任。就算有這種理由，那也不算根本上的理由。我方總算開始得勢了，不希望風向就此消退。父皇對我方有良好觀感，我不想讓形勢斷在這裡。可是，也不能棄葵絲妲於不顧。我做不出取捨，所以才來央求愛爾娜，沒出息到不敢看愛爾娜的臉。

明明如此……

「我曉得了，那得跟皇帝陛下辭退這次的任務嘍。」

「唔！這樣好嗎……？」

「你有意見？」

愛爾娜爽快的答覆讓我不由得抬起臉，於是我發現她的神色一如往常。

沒什麼大不了，愛爾娜臉上是這麼寫的。

「畢竟……辭退任務有損妳的名譽吧……？」

「可不只有損名譽。但你需要我，對不對？那又有什麼辦法呢。」

「……我和李奧要離開帝都去保護從南部逃來的騎士。為了讓帝位之爭變得有利，想去保護無關緊要的外人……所以才來拜託妳的耶？」

「因為不是無關緊要的外人，你才抽不了身吧？雖然我不知道該做什麼，有必要就會幫忙。」

「為什麼……？」

「不是說過了嗎？艾諾，我不會棄你於不顧。你有察覺到嗎？從剛才你就一直擺著很為難的臉色喔？我是不曉得出了什麼事，但你需要我吧？那我起碼要辭退任務。你有事情要辦，而且只能交付給我。你就是這麼想才來的吧？」

愛爾娜一副不以為然地告訴我。

我要拜託的並不是那麼簡單的事，否則就不會這麼深的罪惡感了。

愛爾娜是繼承勇爵家的千金，又身為近衛騎士，辭退任務對她可是大事。父皇當然不會逼她執行任務，畢竟能用聖劍的勇爵家之人彌足珍貴，身為皇帝也會希望避免搞壞跟勇爵家之間的關係。

然而，那確實是有損名譽的行為。

「對妳來說……名譽並不重要嗎？」

「重要啊。可是，我發的誓比我的名譽更重要。假如你需要我，無論到哪裡我都會跟。來吧，將情況解釋清楚。我該做什麼才對？」

愛爾娜難得露出了柔和的笑容，那副笑容扎在我的心上。
可是，我總不能永遠沉浸在罪惡感裡。
「……葵絲妲會用先天魔法，她能預見未來。」
「……令人吃驚呢，虧她可以隱瞞到今天。」
「是在三年前發現的。葵絲妲預見了皇太子會死，從那之後，她的能力就時準時不準，可是跟自己有關的事卻非常靈驗。」
「所以這次屬於那一型嘍。」
「對。有個跟李奧玩在一塊的女生，妳記得麗塔嗎？」
「當然，跟那個女生有關？」
「……照葵絲妲的說法，她會死，死在葵絲妲眼前。」
我說的話讓愛爾娜露出了險惡的表情。葵絲妲基本上不會離開城裡或後宮，那樣的她會受到牽連，表示有城裡或後宮的人涉於其中。從那個層面來想，勇爵家在貴族中的地位最高，讓愛爾娜擔任護衛有利於我方。就算有誰想來攪局，能夠干擾愛爾娜的人也很有限。
「我待在葵絲妲殿下身邊當護衛就行了吧？那樣就能跟著保護到麗塔。」
「是啊……葵絲妲預見未來的能力只有少數人知道。父皇也不知情，所以妳可不能用這當理由辭退任務喔？」

「不要緊。下次任務的地點是在一片大湖泊旁邊。」

「……欸，妳該不會——」

「我會向皇帝陛下坦承自己不諳水性，那樣就不至於構成大問題吧？」

「或許是那樣沒錯……但妳的弱點會洩露給旁人耶？這樣好嗎？之前妳明明還那麼排斥吧？」

「我現在還是排斥啊。辭退就像是我輸了，而且繼承勇爵家的女兒居然怕水，八成會被嘲笑。」

「那麼……」

「但是比起那些，誓言更重要。你遇到困難了吧？沒有我幫忙行嗎？你能設法解決嗎？就是沒有辦法，你才會來吧？真的有困難對不對？既然這樣，我願意幫你。空泛的誓言是毫無意義的，我可不是言而無信的女人。」

愛爾娜起身，然後來到我身旁。接著她悄悄將自己的額頭湊到我的額前。

這突然的舉動讓我吃驚，愛爾娜卻靜靜地告訴我：

「放心，已經沒事了。艾諾你想保護的東西，我都會幫你保護好。以免你手裡有任何東西遺漏，我會伸出手陪你一起顧好。所以別露出那麼煎熬的表情。」

「愛爾娜……」

「沒事的。你並非棄葵絲妲殿下於不顧。爭奪帝位重要，葵絲妲殿下也很重要。既然無法兼顧，其中一邊由我幫忙。你去救爭奪帝位所需的人，我會保護葵絲妲殿下。」

「……我不希望那孩子再遇到難過的事……生母逝世時，她變得像空殼一樣。可是她現在終於會笑了……我妹妹……葵絲妲就拜託妳了，這事只能拜託妳……」

「交給我吧。我們是青梅竹馬兼合作夥伴啊？任何事都可以跟我商量，無論什麼時候我都會提供你助力。」

愛爾娜說完便後退一步，接著她露出了開朗的笑容。

以前，我看過那副笑容。初次見面之時，她也帶著那樣的笑容，還說「我會保護你」。這樣啊，原來她始終沒變。

無論現在或過去，愛爾娜都是站在我這邊的。

■■■

「艾諾皇兄！你別走……！」

「葵絲妲，不可以讓艾諾為難喔。」

結果，愛爾娜用大湖泊為由辭退了任務。她老實地向父皇坦承自己從以前就怕水。之前有我和李奧在，所以她勉強接下了大使護衛的任務，不過還是有礙任務執行吧——如此正當的理由。

愛爾娜那麼一說，父皇也不得不點頭，只好派其他近衛騎士執行任務。

於是母親順勢向父皇提出了想找愛爾娜擔任自己護衛的請求，她同樣找了正當理由表示想聽愛爾娜談兒子們的事蹟。而且父皇也准許了，應該是覺得對愛爾娜來說剛好也能放個假吧。

所以我向母親與葵絲姐說了自己將從帝都啟程。

「有愛爾娜擔任護衛啊。」

「不要……！我喜歡待在艾諾皇兄身邊……！」

「……葵絲姐，妳信任我嗎？」

「嗯……」

「這樣啊。」

朝抱住我的葵絲姐摸了摸頭，一邊則猶豫自己該說些什麼。現在硬是離開的話，葵絲姐應該也不會信任愛爾娜。那樣倒也無所謂，不過可以的話，還是希望她能信任愛爾娜，所以我把自己的想法說了出來：

「那我留下自己最信任的劍給妳。」

「劍……？」

「是啊。大陸第一的劍。無論對手是誰都能保護妳，所以有困難的話就拜託她吧。感到無助可以呼喚她來代替呼喚我，她一定會趕到。」

「……我知道了……」

「乖孩子。已經不會有事了，愛爾娜會保護妳跟麗塔。」

話說完，我緊緊抱了抱葵絲妲，然後旋踵轉身。愛爾娜就站在那裡。

「我妹拜託妳了。」

「請交給我。」

經過簡短交談，我直直地邁出腳步，不再回頭。

因為我心中毫無擔憂。

10

當戈頓得知蕾貝卡的下落，還調動了祕密部隊的時候……

「珊翠菈殿下，請您協助。」

人肉販子組織派來的追兵正在帝都向珊翠菈求助。

人數有五名，他們是組織養的高竿暗殺者。除他們之外，還有數量可觀的追兵分散在帝都周圍。其組織傾盡了全力，就是要追殺蕾貝卡。然而，再怎麼龐大的犯罪組織，對上帝國的祕密部隊仍要吃虧。因此，他們才來請求珊翠菈協助。

蕾貝卡握有的告發函，對組織而言正是如此致命。而且，對南部貴族還有以其為後盾的珊翠菈來說也一樣致命。

「也對。南部貴族與組織的關係一旦見光，我也會很困擾。峻特，準備好了嗎？」

「是，沒有問題。」

之前找上艾諾的暗殺者，也就是峻特，在珊翠菈身旁微微地低頭。他身後有珊翠菈從各地找來的暗殺者齊聚，人數不下二十名。

「與我關係太近的那些暗殺者不能用，所以我召集了無關的暗殺者。這些人就借給組織，隨你們運用。我可以保證他們有本事。」

「感謝您。而且有動作的似乎並不只戈頓？」

「你是指李奧納多他們？那不成問題，李奧納多他們幾乎沒僱暗殺者。在追殺目標這方面，無人能出暗殺者其右。要注意的只有艾諾特的管家，瑟帕斯汀而已。」

「遵命。那我們只需要提防祕密部隊吧。」

珊翠菈對組織暗殺者所言點頭。這次以戈頓來說算行動迅速，若以為他跟平時一樣就會吃苦頭吧。

珊翠菈一邊坐到椅子上，一邊翹腿。她托腮望向日落的外頭，帝都即將籠罩黑夜，有許多派系將趁夜行動。

這一仗若敗，珊翠菈將蒙受最為致命的打擊，因為她會失去做為後盾的南部。位於各地的魔導師大概還是會支持珊翠菈，但他們僅限於個人。帝位之爭是稱帝人選間的個人較勁，同時也是派系之爭，弱小的派系絕無可能稱帝。

好比李奧納多他們取得了克萊納特公爵協助，背後是否有具權勢的公爵撐腰，會讓派系的實力大相逕庭。

「戈頓打算藉機趕我下台呢。」

「埃里格殿下這次應該也會旁觀吧。」

「埃里格就是那種男人。不到最後一刻，他絕不會弄髒自己的手。他是在等我們互鬥至心力交瘁。不過，那正是可趁之機。撐過這次就不用擔心後盾的問題了。」

而且就連實驗體都不用擔心，珊翠菈在內心嘀咕。以個人需求而言，那部分還比較重要。在珊翠菈的觀念中，贏得帝位之爭需要的是禁術，而非勢力。

只要研究中的禁術臻於完美，她根本不需要勢力。無論是誰都違抗不了珊翠菈，任誰都會自然而然地向她下跪，那就是珊翠菈的理想世界。

「既然我幫了忙，你們就得拿出成果。絕對要殺了那個騎士喔？」

「這是當然。不過，信函不用管嗎？」

「父親大人對識人的眼光有自信，有時候人言會比物證更能說動他。只要騎士出面控訴南部貴族的弊端與腐敗，就算缺了那封信函，父親大人也難保不會有動作。反倒是只有信函的話，他就會懷疑真偽而不至於立刻行動。目睹那個騎士斷氣前，你們可不能大意喔？」

「遵命。」

組織的暗殺者們行禮後便消失蹤影，隨後珊翠菈召集來的暗殺者們也跟著消失。

留下來的只有心腹峻特，於是他開口問道：

「我待命就好嗎？」

「行啊，因為我有事要讓你去辦。」

珊翠菈手邊還有幾名精銳的暗殺者。只要動員那些人，就算來硬的也應該贏得了，但她並不樂見暗殺者變得更少。

因此珊翠菈才指示要峻特待命。然而現在是分勝負的節骨眼，此時吝於出手將導致局面無法挽回，如此心想的峻特本來想要求讓自己參戰。

然而，有聲音早一步從峻特背後傳出。

「珊翠菈大人，有事向您稟報。」

暗殺者遭到繞背，手法還完美到對方講話前都渾然不覺。那是一件屈辱的事，峻特卻提不起勁生氣。

畢竟繞到自己背後的人，是蘇珊擁有的最強暗殺者，在自己遇過的暗殺者當中亦屬佼佼者。

「說來聽聽，小梅。」

繞到峻特背後的是蘇珊的女僕兼暗殺者——小梅。她會特地離開蘇珊身邊，可見肯定有要緊事。

「李奧納多殿下與艾諾特殿下奉了皇帝陛下之命，要到南部視察。狀似會將戰力以護衛的形式集中到耶納。」

「連父親大人都扯進來，真是辛苦他們了。不過這是個好機會。」

「是的，葵絲妲殿下周圍的防備將變得薄弱。請問要動手嗎？」

「也對，妳就照那樣行動。不過要先偵察情況喔，因為這事絕不能失手。順利的話，只存在於文獻裡的先天魔法使用者將落到我手中。啊啊……會成為美妙的實驗體呢……」

珊翠菈一臉陶醉地嘀咕。在她的腦裡，已經沒有對方是自己妹妹的想法。

小梅對那樣的珊翠菈什麼也沒說，因為她一向如此。

「那麼我會調查周遭。耶納一事應該不會立刻解決，我會在這段期間伺機動手。」

「我知道了。峻特，你也要協助。」

「遵命。」

珊翠菈聽見回答，便揮了手要兩人前往打探。接著她就在沒有別人的房裡驀地笑了出來。

「假如耶納一事以失敗收場……就要棄舅舅於不顧了，但也不得已嘛？這是為了讓我當皇帝啊。放心吧，只要能得到葵絲妲，我就會朝寶座前進一大步。」

話說完，珊翠菈露出了邪門的笑容。

第二章　搜索與綁架

Episode 2

1

耶納屬於距帝都快馬約半天可到的中規模城塞都市。位置偏離主要幹道，也沒有特產或名勝，因此不好說是發展蓬勃。

該地由格林伯爵治理，是無出色之處的中年貴族。未投靠任何一派的他立場中立，但兒子隸屬於軍方，所以戈頓才能及時反應吧。

而我們在半夜抵達了耶納。時間已晚，領主格林伯爵沒有醒著，我們被領到了城裡最大的旅舍。

「事先拜託父皇是對的，輕鬆就進城。」

「假如不是正式任務，或許已經被人攔住了呢。」

我一邊坐在椅子上，一邊跟李奧討論。抵達城門時，門衛原本意圖攔下我們。對方託詞要我們等領主過來問候，還說旅舍並無空房。為了堵住那一切說詞，我們亮出父皇發下的令狀。

既然皇子奉皇帝之令出行，無論有何理由，對方都得配合我們的要求。沒有爭取到多少時間的門衛很是狼狽，我們無視他進了城。

「畢竟我們行動得相當早，或許祕密部隊還沒有抵達。」

「不然就是尚未準備好。雖然我想實在不至於連下落都沒有查清……」

「難講。情況也有可能是發現了蹤影，卻不知道準確的下落。雖說是中規模的城市，要找出一個人仍然挺棘手，再說蕾貝卡也會提防才對。」

在逃的不是外行人，而是受過訓練的騎士。更何況，雖說帝國南部狀況混亂，她仍一路躲過了犯罪組織派出的追兵，要從不起眼的中年領主眼皮子底下藏身應該可行。

「無論如何，我們依舊得儘快把人保住，不然就糟了。」

「嗯。戈頓皇兄八成有意利用她，而珊翠菈皇姊肯定想將人滅口。被任何一方發現都會是她的不幸。」

我對李奧的意見點頭，然後向瑟帕使起眼色。瑟帕會意後朝我們行了禮，隨即當場消失蹤影。

瑟帕要找出蕾貝卡應該花不了太多時間。前提是完全不受干擾，且能任意行動。

「既然我們到了，犯罪組織的追兵應該也正要進城。再加上祕密部隊的話，短期內夜裡難保不會變成三方互相牽制。」

「那在白天行動就好了啊，畢竟我們是可以公然行事的。」

「我們會受到領主干擾。就算逼問對方也會裝蒜吧，要是他打著招待我們的名義來糾纏就麻煩了。」

目前，蕾貝卡應該困於不知道該相信誰的處境。李奧的名聲再怎麼好，跟這座城的領主待在一起還是會引起戒心。

「以角色來說，要採取由我拖住領主，哥你負責找蕾貝卡的模式嗎？」

「應該會那樣吧，反正我說要出去蹓躂也很自然。」

「那麼，我們就用那一套嘍。你有頭緒了嗎？」

「姑且有。話雖如此，最好是由瑟帕幫忙找到啦。」

話說完，我便就寢以備因應隔天的事務。

■■■

隔天早上。領主狀似驚慌地拜訪了旅舍。然而，我把場面交給李奧去應付，自己則偷偷地溜出了旅舍。

「毫無斬獲？」
「很遺憾。由於戈頓殿下的祕密部隊與珊翠菈殿下的暗殺者都已經齊聚於此，實在難以施展身手。」
跟在我後頭的瑟帕忙了整夜，卻連睏意都感受不到，這傢伙該不會不知疲倦為何物吧。要說鍛鍊方式不同、過去生活的世界也不同，那我便無話可回。
「所謂的暗殺者都像你這樣？」
「暗殺者活在夜裡，於黑暗中行事。會敗給睏意的人可不能獨當一面。」
「換句話說，接下來幾天都要一直在夜裡互相小打小鬥嗎……」
坦白講，我不希望拖久。夜裡戰鬥令人煩厭，還會讓蕾貝卡蒙受危險。
「希望能得到有益的情報。」
「會啦，來這裡就有。」
我說著便仰望一棟建築物——那是耶納的冒險者公會分部。
冒險者會仔細觀察周圍，而且大家來到喝酒的地方，口風就會變鬆。有眾多的情報在此交錯，這裡的分部人員應該會知道些什麼。
「您不需要喬裝嗎？」
「不用吧，沒人認得我的臉。」

換成帝都就不好說，這裡可是距離帝都遙遠的城市。偏離主要幹道，表示情報傳遞也會較晚。他們全是些連李奧長相都不認得的傢伙吧。

如此心想的我推開了耶納分部的門。

裡頭與帝都分部差異不大。有櫃台與酒館，牆上貼著委託書。劃分為酒館的空間有冒險者們喝酒作樂。

然而，有幾個人對生面孔露出了提防的臉色。好奇與焦躁，我一邊承受兼具兩者的視線，一邊前往櫃台。然而——

「喂喂喂，哪來的小少爺？這裡可不是給連管家都帶來的少爺來的地方耶？」

有個冒險者擋住我的去路。對方手裡拿著酒，可見應該喝醉了。周遭人只是顯得傻眼而無攔阻的跡象，慌的只有公會職員。對於其他冒險者來說，我算是闖進他們容身之處的異類吧。

「我想要情報才來的，我正在找人。」

「找人？哈哈哈！好笑！這裡可是冒險者公會耶？想要情報就發委託！前提是要有人肯接！」

男子說著就笑了，分部裡的冒險們也跟著笑了起來。

受不了……要說這符合冒險者的作風，倒也沒錯。他們完全沒想過自己也許會讓我付錢打賞。

咱們酒喝得正爽，所以別來打擾。對他們來說那才是最要緊的，其他事應該都次之。唉，我是不討厭這種行事風格。

「要不要我告訴你啊，小少爺？多虧南部陷入混亂，這一帶的冒險者不愁沒委託。陪小少爺找人這種鬧著玩的差事，沒人會接的啦！」

話說完，男子拿酒潑向我。分部內難免失去了笑聲，男子卻繼續嘲笑：

「我請你的！好喝吧！」

「是啊，這酒真香。差不多可以請你讓開了嗎？我有話找公會的職員談。」

公會職員常聽像他們這樣的冒險者交談，比起酒一喝就忘了自己說過什麼的冒險者更靠得住。

我打算通過男子身邊，卻被他抓住肩膀。

「喂……你瞧不起人嗎？我叫你滾耶？」

「那可不成，我有事要辦。」

回嘴以後，男子便在手上使勁，肩胛骨開始叫痛。平常狀態下實在無法把人甩開。可以的話，我希望息事寧人。

當我如此心想時，分部的門突然打開了。

「究竟在吵什麼！」

這麼說著走進來的是個意外人物。

將褐髮綁成辮子的女性名叫艾瑪，隸屬帝都分部，是負責接洽席瓦的櫃台小姐。

2

艾瑪似乎一眼看出了情況，立刻趕到我身邊，並且扒開男子的手。

「為民而在。忘記冒險者基本原則的人，是不能留在公會的喔？」

「艾、艾瑪小姐……這是有理由的。」

「我不想聽你辯解，反正八成是酒後氣粗吧。沒有阻止的在場眾人都有責任！」

艾瑪訓斥了旁觀的冒險者還有狼狽的公會職員。身為帝都的櫃台小姐，又負責接洽席瓦，艾瑪比低等的分部長更有權力。

感覺她說的句句有理，公會職員們都垂下頭，其他冒險者則像是受了連累而瞪起我旁邊的男子。

意外的發展使得抓住我肩膀的男子一副狼狽樣，無視於他的艾瑪倒是拿出了手帕，開始幫我擦拭。

「萬分抱歉！公會將賠償您的衣服！請問這次造訪有什麼事要辦？由於是公會這邊失態，請容我們無償接受委託。」

她一邊連連低頭賠罪，一邊靈巧地替我擦拭濕掉的頭髮及衣服。不愧是在帝都擔任櫃台小姐的人物，應對狀況的方式完美無缺。普通的委託人應該這樣就會了事。

然而，艾瑪一邊擦拭，一邊似乎注意到我身上的服飾格外昂貴，她的臉逐漸發青。於是我的瀏海在擦拭途中被撥到旁邊，長相就讓艾瑪看見了。霎時間，她弄掉了手帕。

「……殿、殿下……？」

她猶豫不決地在思索是我本人或李奧，不過看來是察覺到我的皇子身分了。

「不愧是帝都的櫃台小姐。連我的長相都記得，真優秀。」

「是、是我無禮！請殿下饒恕！」

艾瑪立刻與我拉開距離，並且屈膝下跪。冒險者與公會職員們不明白出了什麼事，艾瑪快言快語地道出了我的身分：

「這位是帝國第七皇子艾諾特殿下！」

「皇子？」

「傳聞中的廢渣皇子怎麼會來到這座城裡……」

「真假啊……」

對我的身分感到震驚者大有人在，現場卻立刻就出現了「冒犯到廢渣皇子大概不會有事吧」的氣氛。抓住我肩膀的冒險者似乎也對皇子一詞感到驚嚇，聽見是廢渣皇子卻安心地吐了氣，艾瑪對那樣的氣氛板起臉色。她應該知道吧，我不可能毫無目的就離開帝都。

「請、請問殿下這次來有什麼事……？」

「奉皇帝陛下之令，我正在前往南部視察的路上。目前想要找個人，希望能在這裡取得情報。」

「皇、皇帝陛下的命令？換句話說……您是為正務而來……？」

「是那樣沒錯。」

分部裡所有人都臉色蒼白。對皇帝派來處理正務的人員無禮，等同於對皇帝無禮，就算是冒險者也不能縱容。

「請、請您饒恕！沒有人想到殿下會來這裡！我們並沒有對皇帝陛下及殿下無禮的意思！」

「假如是抱著對我無禮的念頭才來冒犯我，那當然會構成問題吧。」

「懇求您原諒……」

艾瑪深深低頭致意，男冒險者見狀也打算下跪。

我予以制止，因為看不過去。

「冒險者不會讓權威束縛。你們理應是愛好自由、我路由我闖的一群人。換成公會職員也就罷了，當你發現我是皇子，瞬間就打算下跪又像什麼話？你當冒險者只抱持著這點覺悟？」

「我、我是因為……」

「要貫徹自由就貫徹到最後。既然你覺得酒喝得正爽被人闖進來打擾，無論來的是皇子或皇帝，你都該把人趕走。我喜歡冒險者的那種習氣，別見風使舵讓我失望。」

嚴厲之詞讓男冒險者露出快哭的臉色。連謝罪都不被允許，他應該是不知道怎麼辦才好吧。

然而，我並沒有想惹哭他，也不是想欺負人。

「假如你不能貫徹，以後就別衝著他人找碴了。畢竟帝國的貴族常會私訪民間。」

「是、是的！以後我會小心！」

「請、請問您願意原諒大家嗎……？」

「我不會對冒險者要求禮節。此外，還有一點。帝國的皇子與皇帝的使者都沒來過現場，懂我的意思嗎？」

「是、是的……感謝您饒恕。」

「不用謝我。能不能借個包廂？我有些事想談。跟妳。」

我指名要跟艾瑪談，然後就走進了分部裡面的包廂。」

■■■

「那、那麼，請問您有什麼樣的正務要辦……？」

艾瑪戰戰兢兢地問道。在那之前，我先問了她出現於此的理由。

「談正事之前，我想先問清楚。為什麼妳會在這裡？從帝都被調職過來的嗎？」

「不、不是，並沒有那種事……啊，太遲向殿下稟報了。我隸屬於帝都分部，名叫艾瑪……其實是南部出現惡魔作亂，使得委託數量大增，許多公會職員都暫時前往南部了。」

「委託變多，冒險者也會跟著流入。為了協助應對嗎？」

「正如您所說。我剛從那回來，打算幫這個分部處理完業務後就回帝都。」

「原來如此。那妳能不能幫個忙？其實皇帝陛下的命令是表面名義。我跟弟弟奉令要到南部視察，但真正目的在這座城市。」

「您的意思是？」

聽不懂的艾瑪一瞬間偏了頭。無論她再優秀，對與己無關的事務仍顯生疏，畢竟這是政治面的事。

「我們的真正目的是在這座城市找人。要找一名南部的騎士，名叫蕾貝卡。她是過去侍奉西塔赫姆伯爵家的女騎士，年紀為十五、六歲，手裡握有一封關於南部貴族弊端的告發函。由於其他派系也想掌握她的人與信函，我希望儘快將她保住。蕾貝卡是常見的名字，關於她本人的情報也少，目前苦苦找不到人。妳知道些什麼嗎？」

「……那是真的嗎？」

令人意外的回答。艾瑪貌似認為事態嚴重，沒想到竟會先確認真偽。

正常來講，我認為在這種場合，應該會表示將立刻去找能想到的地方……

感覺有些古怪。我瞇眼望向艾瑪，艾瑪似乎也察覺了我的視線，因而迴避似的垂下目光。隨後——

「……殿下，您說這趟是跟李奧納多殿下一起來的，換句話說，表示李奧納多殿下也在這座城裡嗎？」

「對，他正在應付領主。」

「那麼……殿下，明天能不能請您再來一趟？我會先蒐集情報。」

「軍部的祕密部隊還有追殺蕾貝卡的暗殺者都已進城，沒時間了。」

「……即使如此，還是請殿下明天再來，我一定會奉上有用的情報。」

「假如妳知道些什麼，我倒希望能現在就說。」

「……萬分抱歉。」

艾瑪不答應我的要求，那肯定再怎麼追究也不會變吧。

所以我嘆了一聲，然後死心從座位站起。

「那麼，明天早上我會來這裡，那樣就行了嗎？」

「是的……感謝殿下。」

我與瑟帕在艾瑪的目送下離開了分部。

「監視？」

「可以確認到有幾名眼線。」

「是嗎……那麼，艾瑪判斷得沒錯。」

「她倒是狀似知情。」

「對於蕾貝卡這名騎士，艾瑪根本沒有抱持任何的疑問，她那是知道內情的反應。查不出稱得上形跡的蹤跡，還能一路躲避犯罪組織的追蹤，這固然令人感到不可思議。但對方若是跟艾瑪一起行動的話就可以理解了，還能獲得冒險者支援。」

「原來如此，表示是她在提供庇護。」

我對瑟帕說的話靜靜點頭。艾瑪沒有立刻答應是為了向蕾貝卡確認，還考量到我們受監視的可能性吧。

「明天早上，艾瑪要是把蕾貝卡帶來，我們就保護她出城。不過，既然艾瑪跟我們接觸過，也就跟著變成監視的目標了。瑟帕，晚間由你負責護衛她。」

「遵命。不過，就算她是公會的職員，感覺仍甩不掉一流的追兵呢，恐怕會被查出落腳處。」

「那樣的話就得硬碰硬了。我會先做準備，在我們趕去前就由你保護。」

一旦動武，我方只得與其對抗。瑟帕要爭取時間應該是遊刃有餘。

我一邊如此盤算，一邊回到了房間。

3

此刻，在帝都。

愛爾娜成了密葉於後宮的護衛，實際上卻著重在保護葵絲妲。當密葉與葵絲妲分開行動時，她一定會留在葵絲妲的身邊，密葉也理所當然地接受。

而且葵絲妲那天同樣去跟城裡的麗塔見面了，愛爾娜也就隨行在旁。

「噹噹～！小葵，妳看妳看！」

「那是什麼……？」

跟平時一樣待在城裡廣場的麗塔拿出了硬幣，那枚硬幣乍看下只像髒兮兮的垃圾。然而，麗塔卻得意洋洋地向葵絲妲炫耀。

「是什麼呢～？妳不知道吧～？」

「咦～告訴我……！」

「唔嗯～怎麼辦呢？怎麼辦才好呢？」

「算了！我問愛爾娜就好！愛爾娜，妳跟我說。」

「咦～！」

葵絲妲碎步朝顧著她們的愛爾娜走去，然後朝她問道。對此愛爾娜露出了苦笑。

當然，那是麗塔身為騎士候補生會用到的東西，愛爾娜身為正式騎士也知道。

但就算那樣，大人在小朋友的稚氣對話間插嘴也不好吧，如此心想的愛爾娜把視線轉向麗塔。想對朋友炫耀新玩具——看麗塔露出那樣的表情，愛爾娜就把她跟以前的自己重疊到了一起。

她想起自己每次得到新的劍或魔導具就會去跟艾諾與李奧炫耀。
「這個嘛……那是騎士的祕密道具，所以我不能平白無故就告訴殿下。殿下能在遊戲中贏我的話，我就說出來。」
「遊戲……？」
「內容單純的遊戲。猜到我準備的石頭在哪裡就算贏。麗塔，妳也過來。」
「好～」
被愛爾娜叫到，麗塔狀似興趣濃厚地注意她的舉動。
儘管還不算憧憬，給人知名大姊姊印象的愛爾娜，其存在讓麗塔產生了興趣。
愛爾娜撿起掉在花圃的石頭，然後把那放在手上讓兩人細看。
「麗塔，妳也要參加。猜中的話，我就讓給妳說明。」
「真的嗎！我參加！」
「嗯，有活力非常好。那麼，這裡有顆平凡無奇的石頭。現在我要把這顆石頭藏起來，請妳們看仔細喔。」
「嗯……！」
「我可不會看漏～！」
愛爾娜一邊對緊盯石頭的兩人感到欣慰，一邊將右手的石頭移到左手，接著又移到右手。起初，那是孩子們能跟上的速度，後來卻慢慢變成肉眼難以捕捉的速度，不久就變得看也看不見了。

兩個女孩無法理解自己眼前發生了什麼，因而陷入茫然，愛爾娜卻立刻將手停下。

原本理應張開的手掌握成了拳頭，愛爾娜嫣然一笑。

「猜吧，石頭在哪裡？」

「唔嗯～～會是哪一邊呢～～？」

「我分不出……」

「這時候要靠直覺！」

「不、不行！麗塔！這時候要合作！我猜右邊，妳猜左邊。」

「噢～～！小葵好聰明！就是那樣！我猜左邊！」

「我猜右邊……！」

孩子們用自己的方式動腦想出了答案，使得愛爾娜加深笑意。

然而，愛爾娜張開的手掌裡並沒有石頭。理應存在的石頭不見了，因此兩個孩子都瞪大眼睛，不久葵絲姐就邊發抖邊嘀咕：

「愛、愛爾娜把石頭吃掉了……」

「錯、錯了！在妳們倆胸前的口袋裡喔！」

遭受莫大誤解的愛爾娜指向兩人胸前的口袋。
聽她一說，兩人發現自己胸前的口袋鼓起，就瞧了瞧裡頭。
「噢噢噢！石頭變成兩半跑進我的口袋裡了！」
「分兩半……愛爾娜，妳掉包了嗎……？」
「我沒有耍詐，還是剛才那顆石頭喔。」
「可是變成兩半了！」
「我用手刀砍的。」
「唔噢噢噢噢！好厲害！厲害耶，愛爾姊！」
「……」
葵絲妲無視於興奮的麗塔，還想起了艾諾說過的話。
我把自己的劍留下——艾諾說過這句話。當時葵絲妲以為那是比喻。
葵絲妲默默盯著愛爾娜，然後理解似的點了個頭。
「愛爾娜是劍……不能碰，會有危險……」
「怎、怎會這麼說？」
愛爾娜一面像這樣對話，一面稍微鬆了口氣。起初擔任護衛時，葵絲妲對她有設下些許心防。為了去除那層心防，愛爾娜聊起艾諾的往事，努力去除自己跟葵絲妲之間的隔閡。畢竟受到警戒就當不成護衛了。

不過，代價是艾諾祕藏的幾件糗事被葵絲妲知道了，愛爾娜覺得那也是不得已吧，是艾諾拜託她當護衛的。

如今雙方已經打成一片，葵絲妲願意信任愛爾娜。

「愛爾娜，兩邊都猜錯要怎麼辦呢……？」

「這個嘛。由於是我贏了，就由我來說明吧。麗塔，硬幣借給我，兩枚都要。」

「好！愛爾姊！」

她那稱呼就此定案了呢——愛爾娜一面心想，一面收下兩枚髒兮兮的硬幣。接著她將其中一枚交給葵絲妲。

「請殿下拿好喔。」

「嗯……」

「那麼，我會跟剛才一樣將這枚硬幣藏起來，請妳們要找到喔。」

愛爾娜說著就將硬幣在右手與左手間來來去去。

接著她加快速度讓人分不出硬幣的位置，並且將雙手伸到兩人面前。

「猜吧，硬幣在哪裡呢？」

「胸前的口袋！」

「我反過來猜在左手。」

「妳們倆都錯嘍。」

話說完，愛爾娜張開手。手裡沒有硬幣，也不在兩個女孩胸前的口袋。她們倆急著要找藏在哪裡，卻始終找不到。

「那麼，葵絲姐殿下。請您拿剛才的硬幣出來看看。」

「這個……？」

「是的。手掌攤平，麗塔也將手指放到硬幣上。」

「好！」

「那麼，請妳們仔細看嘍。『羈絆(Bande)』。」

愛爾娜灌注些許魔力細語後，從硬幣逐漸伸出一條淡淡的光絲。那條光絲通到了愛爾娜裙子的口袋。愛爾娜用空著的手從裙子口袋取出硬幣以後，就對葵絲姐展示相連的光絲。

「這種硬幣名叫『羈絆硬幣(Münze)』，是兩枚為一組的魔導具。只要觸碰其中一邊並唱誦出暗語，就會有光絲伸向另一邊。這種光絲基本上只有觸碰硬幣的人能看見。對魔法格外精通的人就另當別論，但是能識破的人應該不多。」

「好厲害……靠這個跟同伴聯繫嗎？」

「也會用在祕密相會，還可以用於追蹤。由其中一人帶著硬幣潛入，然後揭穿敵方巢穴位置，這就是一種用途。目前生產效率還趕不上，只有帝都與周遭一帶的騎士會用這種魔導具，但遲早可以在全帝國普及才對。所以嘍，麗塔，妳可不能弄丟喔？因為妳是城裡的訓練生，教官才會借給你們。能不能像這樣將貴重物品保管好，教官也都看在眼裡的喔？」

「是～～！」

雖然有活力，欠缺緊張感的回答仍讓愛爾娜嘆氣。

無視於那樣的愛爾娜，麗塔跟葵絲妲一起到廣場去玩了。

「她那樣真的能成為騎士嗎……」

沒有騎士訓練生直接成為近衛騎士過。

可是，愛爾娜期待麗塔會成為第一號人物，她覺得葵絲妲身邊需要麗塔。只要成為近衛騎士就能擔任皇族的護衛，麗塔不像愛爾娜是勇爵家出身，只要葵絲妲有意願就能挑她當專屬的護衛騎士才對。

內心浮現其遠景以後，愛爾娜收斂心思。

要守護那樣的未來，就非得打破殘酷的未來。

當愛爾娜重新下定決心時，葵絲妲用尖叫般的嗓音呼喚了麗塔：

「麗塔！」

「沒事的！沒事的！啊！」

麗塔爬上了位於廣場的長柱，還低頭望向在底下看著的葵絲妲，一瞬間便失去平衡而隨之放開手。麗塔的身體倏地朝地面墜落。

然而，瞬間做出反應的愛爾娜將麗塔輕鬆接住了。

「受不了，當騎士的讓皇族擔心像話嗎？麗塔。」

「啊哈哈……對不起。」

「麗塔！妳還好吧！有沒有哪裡受傷！」

即使說是長柱，也不算多高，就算摔下來應該仍性命無虞。愛爾娜根據經驗知道那一點，因為她曾打著特訓的名義逼艾諾爬上去。對運動一竅不通的艾諾不出所料地摔下來，倒只有受點擦傷便了事。

葵絲妲倉皇的程度卻不尋常。

因為那與她預見的未來有關聯。

「沒事啦，沒事。平時我都會這樣冒險的吧？」

「不要這樣！別做危險的事情！」

「殿下，請稍微冷靜吧。」

「可是！」

「殿下。」

愛爾娜靜靜地規勸葵絲妲，就算當下驚慌也沒意義。即使遲早要迎接危險的未來，那也不是現在。

「有我陪在旁邊。無論發生什麼事都不要緊的。」

「嗯……」

當葵絲妲如此點頭時，就感受到了有人的氣息，那是來自遠方的視線。

地點在城堡高層。某個房間的露台。然而，愛爾娜打探時已經找不到視線的主人。

「……難不成是心理作用？」

愛爾娜邊嘀咕邊嘆氣。由於得知了未來，似乎讓自己也變得有些神經敏感。這裡是城裡的廣場。從高樓層發現皇女在玩耍，自然會有人看過來吧。

如此說服自己的愛爾娜仍未放鬆警覺，並且將視線轉向了葵絲妲她們。

而在愛爾娜仰望的某座高樓層露台，立刻躲起來的小梅正流著冷汗。

「居然會在這種距離被她察覺……」

小梅一直在伺機擄走葵絲妲，卻沒想到愛爾娜會來擔任直屬的護衛。原以為從遠方監視不至於露餡的她，就在這裡盯著她們三人，愛爾娜卻還是察覺到了。

然而，這樣也有收穫，愛爾娜那種提防的方式並不尋常。

連受過澈底訓練的自己都差點被看見身影，即使是珊翠菈豢養的暗殺者，也還是會被發現吧。

但是，那添增了真實感，第三皇女葵絲妲肯定擁有能預見未來的先天魔法。正因為如此，愛爾娜才會擔任其護衛。

小梅抱持著篤定的心態，緩緩消失在黑暗當中。

4

後宮。小梅正在第五妃子的房裡向珊翠菈及蘇珊報告。

「妳確定那沒錯？」

「是的，不會錯。她提防的程度並不尋常。」

「從小接受暗殺者教育的妳都這麼說了，應該不會錯吧。能證實我們先前的想法就是一大收穫。」

坐在椅子的蘇珊對小梅如此說道，其臉色充滿信任。不過，她那張臉很快就換上了險惡的表情。

無論多麼想得到手，對方仍是皇女，直接出手太過危險。況且是第二妃子的女兒，假如出了什麼事，自己就會率先遭到懷疑。

「若可以把人擄來，我固然希望能得手，但要是直接生事，之後我肯定會受害啊。反正我什麼都不做也會被懷疑。遭人懷疑無所謂，可是若查到我身上，連珊翠菈都會跟著毀了。」

「撇開那點不提，擔任護衛的是那奧姆斯柏格家的神童，應該連我都無法近身。這時候恐怕該用上計策。」

「哎呀？把妳的主意說出來讓我們聽聽。」

「可以利用珊翠菈大人關照的商人。委託他們綁架，跟平時一樣。」

「妳在說什麼！那些傢伙被抓的話，究竟要靠誰帶小孩給我？將葵絲妲擄來以後，我還是需要那些傢伙喔！」

「珊翠菈，妳給我安靜。」

蘇珊制止了激動的珊翠菈，並且催小梅繼續說下去。

習慣看珊翠菈生氣的小梅毫不畏懼，點完頭就談起了計畫。

「既然南部已經發生問題，皇帝陛下遲早會對南部展開調查。那樣的話，從南部擄人一事循線查到那名商人只是時間問題。」

「……意思是要在危及我們之前先切割乾淨嘍？」

「正是如此，珊翠菈大人。」

小梅露出笑容，彷彿在誇讚珊翠菈果真厲害。原本珊翠菈聽見要利用將實驗體送來給自己的那些人口販子而發怒，經過小梅說明也就理解了。

蘇珊與珊翠菈都已開始斬斷跟南部的聯繫。因為克琉迦公爵家總歸要被皇帝盯上，在政治上拉開距離是理所當然的作為。既然如此，狠下心跟其他相關分子保持距離也可說是一步好棋。

「即使南部出了什麼事，還是能遏止對我們造成的傷害……不得已嘍。」

「是的。因此要趁現在利用那些傢伙。成功的話就能將葵絲妲殿下納入手裡，失敗也只會毀了那些傢伙。」

「假如活下來的人招出跟我們有聯繫呢？」

「請不用擔心，事後請交給我收拾。」

話說完，小梅露出了毫無神采的笑容。那是蘇珊與珊翠菈看了都會內心發毛的詭異笑容。但即使如此，蘇珊與珊翠菈依然不會放走小梅，因為她優秀過人。而且小梅也跟其他侍女一樣，被套上了「項圈」。

蘇珊與珊翠菈的侍女身上，都施有來自禁術的「詛咒」。一旦她們向別人提起蘇珊或珊翠菈的祕密，身體就會痛不欲生的強大詛咒。這讓侍女們無法求助，還只能對她們倆百依百順。小梅同樣受了那種詛咒。

套上絕對解不開項圈的高強暗殺者。珊翠菈與蘇珊愛好那樣的人才。所以她們倆接受了小梅提出的方案。

珊翠菈對以往從未見過的先天魔法感到雀躍，蘇珊則想著痛恨不已的第二妃子的女兒被珊翠菈當成實驗體會是什麼模樣，雙方都露出笑容。

於是計畫就此實行了。

■■■

「第五妃子大人發出了邀請，說是有事想跟葵絲妲殿下以及愛爾娜大人談。」

聽派來的侍女這麼一說，愛爾娜板起了臉孔。

愛爾娜同樣聽過第二妃子與蘇珊之間的事。葵絲妲是第二妃子的女兒，帶她到蘇珊身邊就好比帶小動物到猛獸的巢穴。誰曉得會遭受什麼樣的對待。

然而，在後宮內都是由妃子做主。從皇后算起，位階愈高的妃子權限愈大。尤其是第三到第五妃子於帝位之爭展開的同時，也在後宮內進行權力鬥爭，跟完全沒參與那類鬥爭的密葉有天差地別的實力差距。

「密葉大人不在，因此我們日後再赴邀。」

「第五妃子大人發出邀請時就明白那一點了。」

密葉在場的話，大概還可以拒絕，但不巧的是密葉被皇帝召去了。

由於接連派任務給艾諾與李奧，皇帝也想對密葉表示關心。

愛爾娜看向躲在自己身後的葵絲妲。帶她去是找罪受，離開她旁邊也是找罪受。

沒有拒絕的選項。做出那種回應的話，不知道對方會以此為由，讓密葉受到什麼樣的苛待。

然而，帶葵絲妲去見也許有殺母之仇的女人未免殘忍。話雖如此，預見未來的案例在先，離開她身邊也太過危險。

「請轉達第五妃子大人，我們需要一些時間。」

「遵命。」

話說完，侍女便暫且退下。然而，這只是在爭取時間。

「這樣好嗎，殿下？」

「愛爾娜……我不想去……」

「當然。請殿下留在這裡。由我去就好。」

「愛爾娜，妳要走掉嗎……？」

「不去的話，會讓密葉大人受苦。所以請殿下絕對不要離開這個房間。妳們也都能配合吧？」

愛爾娜說著就朝隨侍密葉的後宮衛兵下令。

這些後宮衛兵只有女性成員，在後宮內負責警備。每位妃子各自配屬了一個部隊，就算是身居高位的妃子也不能對其他妃子的衛兵出意見。近乎於妃子的私兵。唯一例外是掌管後宮的皇后，但現任皇后只要沒有事情鬧到檯面上就不會行動，因此衛兵變得更接近於私兵了。

「是的，請交給我們。」

「不管發生什麼都不能讓殿下出房間喔，即使是殿下說想要出去。」

「是！」

雖說是臨時受命，愛爾娜一手包辦了密葉與葵絲妲的護衛工作，就連這些衛兵也是交由她指揮。然而，愛爾娜對自己無法動用直屬的部下抱有不安，人手不足，如果能帶馬可來就會是不同局面。不過，後宮是屬於女人的城，男子未經許可不能進入。

「明白嗎，殿下？請您跟我約定，絕對不走出房間。」

「我知道了……我絕對不會出去……」
「感謝殿下。就算有人提到我的名字，也不可以出去喔。」
愛爾娜說著便摸了摸葵絲妲的頭髮，然後離開房間。
葵絲妲因為愛爾娜不在而急遽不安。所以葵絲妲縮在被窩裡頭，抱緊了心愛的兔子布娃娃。
可是，追求平靜的葵絲妲卻接到了令她痛如撕心的報告。
「殿、殿下！不好了！艾、艾諾特殿下他——」
「艾諾皇兄？他回來了嗎？」
因為不安而對聲音做出回應的葵絲妲看見來報告的侍女滿身是血。侍女狀似平安，可見那不是她的血。
出事了，直覺到那一點讓葵絲妲身體顫抖。
「皇、皇兄怎麼了……？」
「在前往南部的途中，殿下似乎遇到了怪物……傷勢相當嚴重。」
「怎麼會……」
「他想見葵絲妲殿下，因此我才像這樣趕來……請您快快動身。」
那冷冷的聲音動搖了葵絲妲的心。

葵絲妲立刻想趕去，卻被衛兵制止了。

「請您等等！殿下！」

「放開我！艾諾皇兄要見我！」

「愛爾娜大人交代過，無論有什麼事都別出房間！」

「皇兄有危險！拜託妳們，讓我去！」

「密葉大人也已經到了！懇請殿下儘快出發！」

被侍女進一步慫恿，葵絲妲甩開衛兵拔腿就跑。對葵絲妲來說，密葉、艾諾特還有李奧納多，這三個人是家人，即使形容成自己的一切也不為過。正因為如此，葵絲妲才失去了冷靜。衛兵們認為事不得已就追到後頭，滿身是血的侍女替葵絲妲帶路。

「喂，妳要去哪！這裡可是商人出入的地方！」

「為了避免引起騷動，隊伍從這裡進城的！總不能搬動傷患，只好當場治療！」

「快帶我去！」

葵絲妲從未跑得這麼快。擔心過頭的她連最愛的兔子布娃娃都嫌干擾，在途中就扔了。當葵絲妲拐過轉角時，就看見有人滿身是血倒在馬車旁邊，正在接受急救。

「皇兄！」

葵絲妲說著便朝倒地的人趕去。可是，湊近一看卻發現那只是髮色烏黑的其他人。

「他……不是皇兄……？」
「對，這是陷阱。」
待在倒地者旁邊的發福男子說著就用手巾捂住葵絲妲的嘴。
「嗯嗯嗯！嗯嗯……」
葵絲妲想設法發出聲音，卻敵不過大人使勁將手巾捂上來的力氣。
手巾裡滲著藥味，使得葵絲妲的意識就此淡去。同時還有幾個人倒下的聲響，追隨葵絲妲過來的衛兵們從頸子流出血，直接倒下了。
「手法依舊高竿呢，峻特大人。」
「客套話免了，趕快行動。」
珊翠菈麾下的暗殺者峻特一邊戒備四周，一邊催促發福的男子。
峻特平時都用魔法進行暗殺，這次卻用了平凡無奇的短刀，這樣就不會敗露自己參與的形跡。
綁架皇女是重罪中的重罪。他不能留下任何蛛絲馬跡。
「那麼，接下來請讓小的接手。」
「好，我想你應該明白。」
「當然。我不會碰皇女的，是啊，當然不會。」

發福男子說著便露出了粗鄙的笑容，使得峻特懷疑地望向對方。這男子在帝都算是數一數二的大商人，背地裡卻是從各地蒐集奴隸販賣的奴隸販子，峻特更知道他還是個迷戀孩童的變態。

可以料到的是，葵絲妲這種年齡的少女八成正合其喜好。

「這玩笑可開不了喔？你懂嗎？」

「是、是的，小的明白。」

目睹峻特的眼神，發福商人心生畏懼，還露出曖昧的笑容讓部下把葵絲妲抬走。睡著的葵絲妲被放進內藏玄機的馬車貨台。貨台裡有夾層，運送非法貨物進城時會用到。雖然出城時幾乎不會被盤檢，但這趟是要帶皇女走，謹慎為上。

商人心裡毫無罪惡感。綁架皇女固然是頭一次，不過拐走貴族千金逼迫她們當奴隸倒算常有的事。

他當然會恐懼。作對的目標實在太有地位。然而，要求他這麼做的不是別人，正是珊翠菈。那大概不會有問題吧，商人心想。

別失手就沒事。商人如此笑著搭上馬車。目送的峻特跟部下一起清理掉屍體以後，也趕著離開現場。要完全滅跡，時間仍不充分，因為他們並不知道愛爾娜什麼時候會趕到。

於是馬車緩緩啟程。然而，有個小孩在追那輛馬車。

是麗塔。麗塔手裡提著葵絲姐的布娃娃。她勉強抓住馬車貨台跨了進去，然後就把布娃娃扔向車外。

「我會救妳的……小葵。」

後來沒過多久，葵絲姐失蹤的事傳遍城裡，前所未見的戒嚴勢態隨之布下。

然而，那時候馬車早已駛出城外。

帝都就這麼朝著葵絲姐預見的未來逐漸趨近了。

5

深夜，我們趕到了應該有蕾貝卡在的旅舍。因為我從瑟帕那裡收到其下落已經洩露給敵方的報告。

可是當我們趕至時，旅舍裡已經發生過戰鬥，敵人恐怕是跟蹤了艾瑪。在城鎮裡活動範圍總是有限，外行人要甩掉暗殺者幾乎不可能，派瑟帕擔任護衛是對的。

「辛苦了。」

「倒沒有多辛苦啦。因為並沒有狀似軍人的對手。」

我開口犒勞，瑟帕便若無其事地說道。他對付這麼多人，仍有餘裕觀察對手真令人吃驚。不過，那堪稱貴重情報。

襲擊艾瑪她們的應該是組織派的暗殺者，戈頓安排的祕密部隊尚未行動。

「妳就是騎士蕾貝卡？」

艾瑪與另一名女子從旅舍的房間出來了。見狀，李奧朝對方搭話。於是，那名女子跪下了。

「我是西塔赫姆伯爵家的騎士，名叫蕾貝卡。」

「我是帝國第八皇子李奧納多。幸好妳平安，是我們來晚了，對不起。」

「哪裡……勞煩到殿下，我很抱歉。原本打算獨自到帝都的，卻因為力有未逮才向這裡的艾瑪與冒險者隊伍求助，我對自己的無能感到慚愧。」

「妳不必介意。責任在於我們。做了對不起西塔赫姆伯爵的事。」

「……」

蕾貝卡只是對李奧說的話垂下臉龐。然而，現在不能一直沉浸於感傷。瑟帕對付的肯定是第一波敵人。第二、第三波很快就會到。

「之後再談。我們要立刻移動。艾瑪，妳會騎馬嗎？」

「會的。不過，為什麼兩位殿下會來這裡？」

「不好意思，我們並沒有太信任妳們。對方是暗殺者，如果妳有在城鎮裡受到監視也能甩掉追兵的身手，應該早就抵達帝都了。所以我讓瑟帕尾隨妳們，更做了隨時可以出城的準備。」

「原來如此……」

我有話直說，艾瑪便信服似的苦笑著點了頭。這樣對她似乎顯得嚴厲，但我們是在爭奪帝位。而且這次無論是戈頓或珊翠菈，都派出了相當精銳的人員。信任外行人應會付出昂貴的代價。

我催艾瑪與蕾貝卡趕快騎上在外頭待命的馬。周圍則有李奧的心腹們守著，他們在李奧的陣營中也算好手，要對付戈頓麾下的祕密部隊也許較為辛苦，但是暗殺者應該就可以對付。

「反正有祕密部隊要伏擊我們，準備好了嗎？」

「當然。」

跨上馬的我向李奧搭話，李奧便拔劍回答。李奧在這當中遠勝任何人。打頭陣的也是李奧，有他挺身奮戰就能讓旁人輕鬆許多。

「那我們走吧。」

「嗯，向帝都出發！」

接到李奧的號令，我們開始策馬疾驅。

■■■

從耶納突圍的過程很順利。雖然有遇到幾次埋伏，其規模都是靠李奧個人的武勇就能克服。然而——

「祕密部隊沒有動作嗎……」

「有人監視，但對方似乎一貫保持在監視態勢。」

我一邊駕馬趕路，一邊聽瑟帕報告。要奇襲多的是機會。即使如此，不知道為什麼對方還是不出手。

雖說是祕密部隊，依舊屬於軍方的一分子。或許是我們奉皇帝之令行事，對方判斷襲擊我們會冒太大的風險。然而，就只有那個原因嗎？

介意那一點的話，他們行動應該會更加慎重。這樣下去那些傢伙就無法達成目的。

「嗯……？無法達成目的……？」

被選為祕密部隊的軍人應該是菁英，他們會以達成目的為第一考量，這種狀況豈會一直持續到我們抵達帝都？

不可能。可以想到的是他們正在觀望有把握的時機。

「還是他們已經達成最起碼的目的了……？蕾貝卡！告發函沒事嗎！」

我的質疑讓蕾貝卡瞥了艾瑪一眼。於是艾瑪對她的視線點頭。

「李奧納多殿下、艾諾特殿下。其實我有事瞞著兩位。」

「信函並不在我們手邊。」

聽見她們倆的話，我與李奧同時露出了險惡的臉色。我們最起碼的目的是要保護好蕾貝卡，不過那終究是底限。最好還是將蕾貝卡與告發函一併保住。

「信函目前在哪裡？」

「託付給一起行動的冒險者隊伍了，我們約好在帝都分部會合。」

「分成兩路了嗎……」

說她們想得太淺應該是苛責吧。這個作戰是刻意用自己當誘餌，要抱持信函能送達帝都就好的覺悟才能執行。視情況有可能成為良策。只是，她們踢到鐵板了。

目前，與我們敵對的是戈頓與珊翠菈。雙方都是一路爭帝位至今的對手。兵分兩路這點花樣的策略，他們當然料得到。而且目的地鐵定在帝都。無論用了什麼計，在帝都設伏就能因應。

「只能祈禱那些冒險者平安了。」

「也對……」

「我、我們失策了嗎……？」

蕾貝卡看了我與李奧的反應，便開始心慌。問題的答案是ＹＥＳ，但是要老實回答會有顧忌。到頭來，原因出在我們沒能搶先找出蕾貝卡。在走投無路的局面中，蕾貝卡只是做了她能做的事。

應該是因為這樣吧，李奧似乎在猶豫要怎麼回話，沒辦法了。

「帝都肯定有部隊埋伏。跟我們一起行動也就罷了，只憑冒險者隊伍應該是保不住告發函的。」

「可、可是，對方應該不知道信函交給別人保管了！」

「跟妳們一起行動的冒險者理應會受到監視。對方是擁有高竿暗殺者的珊翠菈以及掌握軍部大半實權的戈頓，無論到哪裡都會有他們的耳目。戈頓的祕密部隊沒有動作，可見告發函已經送到戈頓手裡了才對。」

「哥，注意用詞。」

「粉飾也沒用，狀況相當不妙。起碼保護蕾貝卡的目的達成了，卻錯失那封信函。現在端看戈頓的下一步棋，我們會被父皇訓斥。」

專程請父皇下命令，沒拿出令人滿意的成果當然要挨罵。假如能一併保住信函以及蕾貝卡，父皇就能慎重查辦南部的問題。然而，信函在戈頓手上。視其利用方式，父皇將無法照盤算行事。

「但願戈頓的新軍師並非精明人物。」

那是句滿懷期盼的話。索妮雅專程給我方情報，還掌控了局勢，她斷無可能想不到信函的有效利用方式。

無論索妮雅有何目的，既然她成了戈頓的軍師就會多少獻策才對，不然可不行。視其獻策的內容，戈頓將更具優勢，我方則會落於劣勢。更重要的是帝國難保不會發生無謂的內亂。

「我們得趕回帝都，一直落於人後會稱了對手的意。」

話說完，我出腿踹了馬腹。

6

愛爾娜拜訪了第五妃子蘇珊的房間，正與坐在椅子上的蘇珊面對面。

「我應該拜託過妳，要連葵絲妲一起帶來的吧？」

蘇珊假惺惺地聲稱拜託，使得愛爾娜握起拳。

那並不叫拜託，而是要脅。

然而，愛爾娜從正面望著蘇珊做出了回答。

「葵絲妲殿下身體欠安，留在房裡休息。因此只有我過來見您。」

「是嗎。身體欠安啊……唉，也罷。」

蘇珊說著便要愛爾娜就座。

面對妃子總不好拒絕，愛爾娜坐歸坐，卻沒有多碰茶几上的東西。

在愛爾娜的記憶裡，留有蘇珊於第二妃子逝世時哭泣的模樣。

眼淚貨真價實，因此才令人發毛。蘇珊是對憎恨不已的對象也能流淚的女子。既然她能騙自己到那種地步，想必也能欺騙他人而不當一回事。那樣的蘇珊被愛爾娜的父親評為蛇蠍般的女子，愛爾娜重新理解了那句評語。

「這次找妳過來，是想借助妳的力量。」

蘇珊說著就露出了親暱的笑容，看在愛爾娜眼裡卻像毒蛇吐信。對方緩緩湊過來，正在窺伺可以張口狠咬的那一刻。

一注意到時就會被綁住，無法動彈。如此想像的愛爾娜輕輕閉上眼，將幻想驅散。

「若需要爭奪帝位的幫手，恕我拒絕。」

「哎呀……為什麼？」

「奧姆斯柏格家代代都沒有介入過帝位之爭，與政治保持距離是我家的立場。」

「可是，妳偏袒李奧納多吧？現在還擔任了他母親的護衛。」

「因為我們是青梅竹馬，我在個人能夠協助的範圍就會伸出援手。有我擔任護衛，他們倆才放心。這樣不合您意？」

「不，很動人的友情。妳能不能也向珊翠菈釋出那樣的友情？」

絕對免談。愛爾娜如此心想，卻又不能直說，只好顧左右而言他。

「有機會親近的話，我會考慮。」

「答得真不領情，那孩子跟我都是肯定妳的喔？」

「是嗎？」

愛爾娜一面淡然回應，一面感覺到有蹊蹺。

誇獎表示肯定，這對奧姆斯柏格家的人是不可能管用的。奧姆斯柏格家地位穩固，根本不需要她來肯定。然而，蘇珊卻說了那種無謂的話，其異樣感讓愛爾娜蹙眉。

「肯協助珊翠菈就能換來莫大的回報喔？我也保證她不會動妳的青梅竹馬。」

「感謝您的金言……第五妃子大人，我能不能請教一件事？」

對方執著於拉攏，積極回絕並不是個辦法。巧妙轉移話題，等適當的時機託詞自己要趕時間才是上策。

愛爾娜也懂那一套，所以才覺得有蹊蹺。

因此愛爾娜決定打斷對方話鋒，並且主動提問。

「妳想問什麼呢？」

「您為何要找葵絲妲殿下過來？」

「那孩子跟返回國境的莉婕露緹是姊妹啊。由她拜託的話，我想莉婕露緹就會加入我們。」

「加入……？」

愛爾娜無法相信蘇珊的說詞。

才不會發生那種事。莉婕露緹與葵絲妲身為第二妃子的親女兒，沒道理跟蘇珊站在同一陣線。就算蘇珊是無辜的，她依舊受到懷疑，既然受懷疑就不可能取得協助。

即使如此，為什麼對方仍那樣回話？

「現在葵絲妲不在，我更想談談妳的事。」

「拖時間嗎……？」

愛爾娜戒心畢露地這麼嘀咕。

對此，蘇珊略顯訝異地偏過頭。

「這話是什麼意思呢？」

「唔！」

愛爾娜從對方的反應有了把握，自己是被誘離崗位的。起身的愛爾娜什麼也沒說就拔腿離去，蘇珊沒有怪罪她。後宮廣闊，各妃子的房間距離相當遠。當愛爾娜來到這個房間時，爭取到的時間就已經夠了。

愛爾娜一邊咒罵自己大意，一邊爬上後宮的屋頂抄最短捷徑趕路。

對方也邀了葵絲妲，是因為知道那能讓自己把葵絲妲留下。

目的從一開始就是要分開她們。

「唔！」

考量到葵絲妲的心情，反而讓葵絲妲蒙受了危險。

無論如何都該待在她身邊的。愛爾娜一面後悔，一面趕到密葉的房間附近。對方在後宮內也不可能做些什麼。如此心想的愛爾娜探視房裡，並且對葵絲妲不見人影的現實露出不甘之色。

「殿下人呢！在哪裡！」

「是！葵、葵絲妲殿下接到了艾諾特殿下負傷歸來的報告。」

「真有那種事早就鬧大了！跟我來！」

愛爾娜帶著在場衛兵追尋葵絲妲的去向。她向附近的人打聽，循線探查葵絲妲往哪裡去。發現範圍開始縮小至商人用的馬車搭乘處以後，愛爾娜就擱下衛兵先趕去了。

接著，來到馬車搭乘處的愛爾娜掃視現場商人們。

所有人都對愛爾娜突然出現感到吃驚，愛爾娜卻不予理睬並環顧四周。於是地面有痕跡，那是擦拭過的血跡，還不只一道。

擦拭方式也屬於暗殺者常用的手法，忍不住咂舌的愛爾娜抬起臉。

有沒有什麼線索？如此心想的她觀察周圍，就在不遠處發現了兔子布娃娃。葵絲妲的東西。

「殿下……！」

愛爾娜不禁出聲趕向布娃娃。

儘管白色的布娃娃髒了，倒沒有沾到血。愛爾娜認為葵絲妲並未受傷，總之先鬆了一口氣。

這時候，她的手摸到了某種硬物。布娃娃有切口，裡面被塞了東西。只見有枚硬幣裝在其中。

該不會——愛爾娜一面心想，一面戰戰兢兢地嘀咕。

「……『羈絆』。」

硬幣隨即伸出了細細的魔力光絲，那一路遠遠延伸到城外。

「麗塔……！」

愛爾娜不由得喚出名字，那是感激與擔心參半的呼喚。

會有這層安排，表示麗塔跟葵絲妲走了吧。可是，她跟葵絲妲在一起的話，就代表葵絲妲預見的未來大有可能應驗。

「向陛下稟報緊急事態！葵絲妲殿下被綁架了！將所有要人召回城內，封鎖帝都！動作快！」

率領近衛騎士隊的隊長有權那麼做。面臨緊急事態，專斷獨行或多或少會被允許。愛爾娜還進一步發出指示。

「我要追上去！你們先向陛下請求派遣近衛騎士隊！」

交代完以後，愛爾娜一躍懸浮於半空。與其在廣闊混雜的帝都撥開人群趕路，這樣比較快。

說到愛爾娜平時為何不這麼做，那是因為皇帝禁止她擅自飛行。然而，現在顧不得那麼多了。

愛爾娜一直線朝著硬幣指示的方向而去。

■■■

「好，總之這樣就行了吧。」

從馬車被帶下來的葵絲妲醒了，卻不知道自己身在何處。

身體使不上力還被繩子綁著。感覺似乎下了樓梯，但沒辦法確定。不過，肯定是被帶進了陰暗潮濕的房間。

「那麼，皇女大人。我去替妳拿個合適的項圈，在這等著。」

綁住葵絲妲的禿頭男子如此說道。

被商人視為心腹的他負責管理奴隸，還一臉欣喜地走進了房間深處。

自己會被戴上項圈，這讓葵絲妲的心情陷入絕望。

給人類戴的項圈，大多是用於剝奪對方自由的魔導具，在帝國是遭到禁止的。畢竟帝國本來就禁止豢養奴隸。

自己被使用那種道具的人捉住了，那使得葵絲妲身體發抖。

然而，葵絲妲耳裡卻聽見了理應不在的朋友聲音。

「小葵……！」

「麗塔……？」

麗塔低聲朝葵絲妲呼喚，葵絲妲的反應讓她露出笑容。

不過，麗塔立刻用帶來的短劍動手割起葵絲妲身上的繩子。

「妳怎麼來的……？」

「我發現妳的布娃娃，就追到後頭了。然後我看見妳被抬上馬車，所以也跟著上了馬車。」

「這樣明明很危險……為什麼……？」

「麗塔才不是棄朋友不顧的小人。」

話說完，麗塔切斷葵絲妲的繩子，然後讓她攙著肩膀站了起來。

「不行……逃不掉……」

「沒事的。我會保護妳。」

麗塔說著就一邊露出如往常的開朗笑容，一邊帶葵絲妲往出口前進。兩人一步一步走過錯綜複雜的地下道。但她們終究都是孩子，其中一人還無法靈活走動。

先前的禿頭男子立刻追來了。

「有老鼠闖進來啊？算啦，妳也給我當商品。」

「他來了！」

「麗塔，妳一個人逃掉就好……！」

「我做不到那種事！」

被禿頭男子追趕，麗塔與葵絲妲因而改換路線。

雖然不是往出口逃，但這是因為筆直前進就會被追上。

拐了幾次彎以後，麗塔與葵絲妲躲進門開著的房間，把門關上了。

「呼……勉強甩掉他了嘛？」

「不會吧……」

麗塔放心下來，反觀葵絲妲則是露出了絕望的表情。

這個房間是預定要被當成奴隸販售的孩童們留置的房間，房間角落有一群戴上項圈的孩童們依偎在一起。葵絲妲明確記得這個房間，是她預見麗塔會死的房間，麗塔將在這裡被某種物體貫穿而亡。

「麗塔！妳快逃！」

「嗯？我們正在逃啊？」

「不是的！拜託妳聽我說！」

葵絲妲如此懇求，房間深處卻傳來了聲音將其蓋過。

「找到～～妳們了～～」

彷彿要掐住聽者心臟的低沉聲音來自剛才的禿頭男子。
他從乍看下只有牆壁的地方進了房間。
「這裡到處有暗門。妳們要躲是不可能的啦。」
「怎麼會……」
「混帳～～！」
麗塔想打開剛才進來的門，卻被東西卡著開不了。
是禿頭男子動了手腳。
「好啦，捉迷藏結束了。」
「你、你別過來！」
麗塔讓葵絲妲躲到背後並舉起短劍。
禿頭男子見狀，露出了受驚嚇的模樣。
「噢噢，可怕可怕。妳在玩騎士家家酒啊。」
「囉嗦！」
麗塔使起短劍並不像小孩。
原本粗心靠近的男子馬上退後，腿卻流了一點血。
「嘖……臭小鬼……立刻放下那把短劍，那樣我還可以饒妳一命喔？」

「不要！」

「麗塔！快住手！」

「皇女大人都那麼說嘍？」

「麗塔我不會棄朋友不顧！」

禿頭男子再次踏進麗塔出手的距離，而麗塔跟剛才一樣迎擊，看穿短劍殺傷範圍的男子卻只是稍稍退後閃避，並且將迎擊後出現破綻的麗塔使勁踹開了。

「啊唔！」

「啊～扎扎實實吃了我一腿耶。」

「咳咳咳！嗚嗚……」

「麗塔！麗塔！」

被踹飛的麗塔連連打滾，隨即撞上牆壁。

看麗塔吐血猛咳，葵絲妲趕到她身邊。麗塔卻帶著滿面的眼淚起身，接著她又上前保護葵絲妲。

「明明都站不穩了，這麼堅強啊。妳受的教育是當騎士就要保護皇族嗎？」

「你、錯了……」

「哪裡錯了？那些傢伙都是在城裡吃好穿暖，過著不知道人間疾苦的生活耶？妳看起來就是平民吧？我不說難聽的了，放下短劍，當奴隸總比去死好吧？」

「我拒絕……」

「啊～～討厭討厭。居然連這種小孩也要把騎士的尊嚴掛在嘴上。」

男子不屑地說，麗塔卻瞪了那樣的他。

接著麗塔搖搖晃晃地舉起短劍迎戰。

「麗塔不是騎士……小葵是朋友，所以我要保護她……麗塔我不會棄朋友不顧！」

「是喔。」

禿頭男子說著撿起了附近的鐵棍。

鐵棍前端尖銳，恐怕是用來折磨奴隸的吧。

禿頭男子把那指向了麗塔，這一幕與葵絲妲預見的未來重疊。

啊，原來是這樣——葵絲妲心裡萌現認命的想法。從預見皇太子逝世那一天之後，葵絲妲目睹了各式各樣的未來，當中更包含她沒有跟艾諾或密葉提過的未來。

因此葵絲妲隱約分辨得出未來能否改變的標準。

明確預見他人死亡的未來就無法改變，無論怎麼行動都會走向那一刻。

以往葵絲妲做了許多嘗試，卻只有他人死亡的未來從未改變過。皇太子自然不用說，長年擔任莉婕露緹親信的軍人與侍女死去的未來，沒有任何一次改變過。

即使如此，這次葵絲妲仍做出了掙扎，因為她不希望麗塔死。然而，結果是自己的行動招致了對方的死。努力也沒用，擱置也沒用，未來是不會變的。

「那就去死吧。」

禿頭男子說完便緩緩將鐵棍往後挑。見狀，葵絲妲絕望了，對自己的無力。但就算那樣，她的心仍未完全放棄，她就是無法接受麗塔的死。

所以葵絲妲寄託在最後的希望了，她相信哥哥留下的話。

「愛爾娜──！」

「叫也沒用。」

禿頭男子說著便將鐵棍刺出。霎時間，房間的牆壁碎了，有東西朝禿頭男子襲去。一瞬間，禿頭男子不明白發生了什麼。

不過，唯有自己挨了一招被掄向牆壁是可以理解的。

「什麼情況……」

「抱歉來晚了，殿下、麗塔，妳們沒事吧？」

「愛爾娜……」

被擊碎的牆壁後頭有一連串破口，男子藉此理解到──

眼前這名騎士是一直線朝這裡破牆衝來的。而且，騎士的劍已深深貫穿自己體內。

男子察覺了這個事實。

那名女子有著櫻色頭髮與翡翠色眼睛。

「奧姆斯……柏格……」

「對……是你折磨了我可愛的後進晚輩？」

「是又如何……？」

「你罪該萬死。」

愛爾娜說著就朝將男子釘於牆面的劍上使勁。

光是如此，男子就衝破牆壁飛向更深處了。

愛爾娜不在乎男子飛去了哪裡，她有更應該確認的事。

「麗塔……！」

「愛爾姊……」

「啊啊，麗塔……」

愛爾娜將搖搖晃晃的麗塔扶穩，然後看向她腹部的傷勢。簡單以觸診的手感判斷，應該是骨折了。愛爾娜施以簡易的治療魔法，不過那似乎是複雜性骨折，頂多只能替她消除疼痛，得立刻讓專門的治療魔導師看診才行。

「愛爾娜……！」

「殿下……！萬分抱歉，這是我的責任……」

「不要那麼說……對不起……我打破約定了……」

葵絲妲哭著抱向愛爾娜，愛爾娜也將她擁入懷裡。

接著愛爾娜也溫柔地輕輕抱住了麗塔，以免影響到她的傷。

「謝謝……這是妳的功勞喔。麗塔……」

「嘿嘿……我很偉大吧……？」

「是啊，非常偉大。了不起。」

愛爾娜說完就揹著麗塔站起身。

「愛爾娜……那些小孩……」

「我明白。」

愛爾娜持劍輕揮，於是孩童們戴著的項圈被陸續斬斷。

「想活下去就跟著我。」

愛爾娜只說了這些就帶著麗塔與葵絲妲離開房間。

孩童們也毫不猶豫地跟到後頭了。

7

「搞什麼！剛才的衝擊是啥？」
「不會有問題吧？肯特納會長！」
「沒問題。請各位冷靜，只是奴隸在小小鬧事而已。」
發福的商人肯特納如此開口向來買奴隸的貴客們解釋。
肯特納站在一處類似表演舞蹈的台上，來客則從客席上望著他。來客不滿二十人，但他們全是帝都裡愛好蓄奴的貴族。
這裡位於肯特納經營的肯特納商會地下，是舉行祕密拍賣會的會場。地下的結構錯綜複雜，店門前則有眾多護衛。
根本不可能有入侵者，因此肯特納氣定神閒。然而——
「肯特納商會的會長竟然買賣奴隸，教人吃驚。」
「什麼！唔哇！啊啊！我、我、我的腿……」
愛爾娜緩緩地從舞台旁現身了。原本被綁著的奴隸會從那裡走出，直到剛才都還有護衛待在該處。那些護衛全被愛爾娜解決了，如今葵絲妲她們正靜靜望著愛爾娜活躍。
肯特納心想怎麼會如此，卻沒辦法逃。因為愛爾娜出劍砍傷了他的雙腿。傷勢淺得不致喪命，卻又深得有礙逃跑。拿捏絕妙的一劍。
「我是隸屬近衛騎士團第三騎士隊的隊長愛爾娜．馮．奧姆斯柏格。現在要以綁架皇女與買賣奴隸之罪逮捕你。」
「奧、奧姆斯柏格！為、為什麼？」
「你覺得為什麼？還有你們這些人也都同罪。敢動我就砍人。可不要以為能夠逃過奧姆斯柏格的劍。」
起身到一半的來客們又坐回座位，他們也是住在帝都的貴族。
奧姆斯柏格有多可怕，這些人都很清楚。於眼前出現時就完了，儼然形同死神。
「噫、噫！饒、饒我一命……！」
「饒？虧你綁架了皇女還講得出這種話呢？」
「我、我是受人之託！」
「八成也是。所以我現在不殺你，你可要一五一十地招喔？」
「那就頭痛了。」
有短劍隨聲音同時朝愛爾娜飛射過來，愛爾娜將其彈開。
戴面具的暗殺者沒錯失那段空檔，直朝著肯特納而去。
愛爾娜驚險擋下了暗殺者刺出的短劍。

「我才不會讓你滅口。」

「果然得從妳開始對付啊。」

含糊的聲音。大概是戴面具的緣故，聽不出對方是男是女。

難道戴面具是種流行？愛爾娜焦躁地一邊想，一邊接下暗殺者使出的一擊。暗殺者出手迅速，對方用左右手拿的短劍將愛爾娜逼到舞台邊緣。

「看來妳留手是為了避免摧毀建築物。」

「沒錯。但是呢——」

抓準暗殺者朝軀幹出招的瞬間，愛爾娜將劍舉起。步伐比先前深入的暗殺者躲不了這劍，她完全看穿了敵人的心思才反擊。

暗殺者希望儘快了結戰鬥，就會針對傷害大的部位發招，愛爾娜從經驗看穿了對方會怎麼出手。

「唔……！」

暗殺者的肩膀被深深砍中。

儘管暗殺者立刻想拉開距離，愛爾娜卻以速度與先前全然不同的身手緊逼，要對方插翅難飛。沒想到她一邊留意不破壞建築物，還能夠發揮這等實力。

暗殺者馬上切換目的。他朝肯特納擲出了拿在右手的短劍。代價則是被愛爾娜出劍貫穿腹部。

「唔哇啊啊啊！血、流血了！」

「咳……」

「嘖！」

愛爾娜隨即將劍拔出，並且趕到肯特納身旁。肯特納的胸口被短劍深深地捅入了。傷勢慘重。這樣下去是沒救的。

才剛如此心想，建築物就劇烈搖晃了。與此同時，到處都開始出現崩塌。

「這是……？」

「妳趕快逃脫會比較好喔……」

暗殺者一邊摀著腹部，一邊與愛爾娜拉開了距離。

從剛才的搖晃與現況判斷，暗殺者肯定是對建築物動了手腳。

有肯特納這個寶貴的情報來源，還有葵絲妲、麗塔與差點淪為奴隸的孩童要保護。愛爾娜放棄追擊對方，選擇了逃脫一途。

「所有人跟著我來！」

愛爾娜包紮了肯特納的傷口，並將他扛起。演變成這樣只能趕快逃到地上。愛爾娜帶著孩童們與在場的客人，一同朝出口而去。

■■■

離出口剩一小段路。眾人正要爬上最後的階梯時——

讓葵絲妲扶著的麗塔踉蹌不支。

「嗚嗚嗚……」

「麗塔！」

愛爾娜聽見從後面傳來的聲音而回頭。麗塔按著被踹中的部位蹲在地上，走動導致傷勢惡化了。

「妳別動！」

愛爾娜抬著肯特納趕到麗塔身邊，繼續讓她趕路就不妙了。

如此判斷的愛爾娜一手扛起肯特納，另一手則打算扛起麗塔。見狀，有個拍賣會的客人喊道：

「趁現在！快跑！」

喊聲一出，參加奴隸拍賣會的客人都爭先恐後地往出口跑。即使沒辦法全部逃掉，或許還是有人逃得掉。而且他們毫不懷疑地相信那會是自己。

愛爾娜不由得對那些人的行動咂舌，然而還有更優先的事情。犯罪者固然不能擱著不管，但是葵絲妲與麗塔更要緊。

愛爾娜輕輕扛起麗塔以免動到她的傷，然後與葵絲妲一同朝出口而去。

於是在總算來到地上時，愛爾娜目睹了意料外的光景。

「這……」

那些客人在出口附近睡著了。周圍還沒有近衛騎士的身影，這是當然。就算愛爾娜已經請求出動人員，近衛騎士仍是以皇帝的安全為首要考量。先輩固城內警備再出動，就算他們出動了也不知道愛爾娜的去向，仍得從打探情報著手，應該還要一段時間才會聽聞騷動趕來。

所以愛爾娜認為被一部分客人逃掉也是無可奈何的。然而，那些客人不知怎地都睡著了。

「好痛喔……」

「麗塔……！」

麗塔沙啞的呻吟打斷了愛爾娜的疑問。

愛爾娜立刻把自己的披風鋪在地面，讓麗塔躺上去。被踹的部分已經變黑，或許是折斷的骨頭傷到了內臟。

愛爾娜的治療魔法無法做進一步的急救，只能找擅於治療魔法的近衛騎士來療傷。一口氣飛回城裡，然後帶救兵過來。當愛爾娜擬出計畫時，有個戴兜帽的嬌小人物悄悄接近了。

「讓我看看，我會用治療魔法。」

「咦？妳是什麼人？」

「是誰都無所謂吧，我會連那邊的大叔也順便看診。」

聲音略顯中性，聽得出恐怕是女人。愛爾娜察覺對方並無敵意，只好把麗塔前面的位置讓給那個人。那個人緩緩觸碰了麗塔的傷，然後唱誦了一小段魔法進行治療。那是愛爾娜沒看過的魔法。手掌開始淡淡發光，麗塔的痛楚便慢慢緩和。

「我的傷好像好了……！」

「呵呵，體內的傷勢還沒有癒合，所以妳不能動喔。骨頭也沒有完全復原，之後要讓城裡的人幫妳看診喔。」

「我知道了！長耳朵姊姊！」

接受治療的麗塔看見了兜帽裡的臉，那名人物的耳朵比人類尖。聽見對方的特徵，愛爾娜才察覺那是精靈的魔法。

「原來如此，難怪我沒有看過。這群人會睡著也是妳下的手？」

「姑且是。還有我是自學的，所以別期待效果。因為是看書學來的，這些人很快就會清醒。」

那名人物一邊苦笑，一邊也替肯特納進行治療。然而，治療過程中微微地起了風。兜帽一瞬間被吹開，愛爾娜眼裡映出了對方的臉。淡紫色頭髮以精靈來說偏短，耳朵以人類來說偏長──在那裡的是索妮雅。

兜帽被吹開讓索妮雅稍稍板起臉色，但她立刻又開始對肯特納進行治療。接著確認傷口癒合後，索妮雅便站起身了。

「這個大叔的傷勢不嚴重，但是狀況不對勁，要仔細做檢查比較好。說不定是被人下毒了。」

「啊，等一下！讓我答謝妳！」

「不用掛心，反正我是一時興起。」

「只要妳來城裡或我的屋邸，倒是可以領到獎賞……」

「抱歉，我沒有興趣。」

「是嗎……那麼謝謝妳。我名叫愛爾娜．馮．奧姆斯柏格，這份人情我不會忘。」

「忘了無妨。對妳來說，那樣應該比較好。」

索妮雅留下那麼一句話就當場離去，近衛騎士們與她一來一去地抵達了現場。

愛爾娜忍住朝索妮雅追去的想法，並且對抵達的近衛騎士們發出指示。

「我握有重要情報！將這些睡著的傢伙全部綁起來！」

接到指示的近衛騎士們將睡著的客人逐一逮捕。這時候客人們總算開始醒過來了，卻為時已晚。

「手邊有空的人就到肯特納商會的其他店鋪，將幹部捉住！」

指示下達完畢，愛爾娜叫了一名熟識的近衛騎士。

那名騎士的治癒魔法用得比愛爾娜更出色，她請騎士替麗塔看診。

「已經不要緊嘍。麗塔……妳撐過來了呢。」

「唔嗯～～……總覺得身體還是怪怪的。」

「立刻就會好喔。」

「麗塔……」

被安置躺下的麗塔當場接受治療，一旁有葵絲妲擔心地握著她的手。儘管麗塔設法撐了過來，卻似乎因為放了心而緩緩失去意識。

「我覺得……好睏……」

「麗塔！」

「沒事的，殿下。請讓她休養。」

「但是……」

「殿下，交給他治療吧。」

受到愛爾娜催促，葵絲妲站起身，然後含淚離開了麗塔身邊。總之得儘快向皇帝稟報她平安。愛爾娜原本是這麼想，卻聽見了大量馬蹄聲響起而靜靜地跪下。

「葵絲妲！」

如此呼喚葵絲妲名字趕到現場的，正是皇帝約翰尼斯本人。

後頭有法蘭茲與大量隨行護衛的騎士，坐立不安的皇帝專程來到了現場。

「噢噢！葵絲妲！妳還好嗎？有沒有受傷？」

「是、是的……父親大人，啊，不對，皇帝陛下。」

「叫父親就好！太好了，實在太好了……」

約翰尼斯一邊抱著葵絲妲，一邊靜靜地反覆慶幸沒事。

在這段期間，法蘭茲疏散了附近的一般民眾。這是為了保護皇帝的人身安全，以及避免民眾受到危險殃及。

於是等周圍只剩下騎士時。約翰尼斯猛然起身，將視線轉向愛爾娜。其眼裡燃起了怒火。

「父親大人……？」

「有妳陪在身邊，怎麼會出這種事！愛爾娜，身為近衛騎士隊長，妳連一名皇女都保護不了嗎！」

「萬分抱歉……一切都是我的責任。」

「受不了！奧姆斯柏格家的名聲因妳而掃地了！」

「父、父親大人……愛爾娜是因為……」

「妳安靜。現在，我是在跟愛爾娜說話。」

「對、對不起……」

被嚴厲視線一瞪，葵絲妲身體瑟縮，露出了畏懼的模樣。

接著葵絲妲看向愛爾娜，愛爾娜卻緩緩搖頭。

「愛爾娜，妳有沒有什麼要辯解的？」

「沒有。」

辯解自己被蘇珊召去是很容易，但蘇珊也找了葵絲妲。決定獨自前往始終是愛爾娜做的判斷。

即使在搜查這次事件的過程當中，蘇珊與珊翠菈被認為有嫌疑，那跟愛爾娜的責任仍是兩回事。對方不可能在後宮動用強硬手段。如此先入為主的觀念讓愛爾娜從葵絲妲身邊離開了，那無疑是愛爾娜的過失。

「之後會發落對妳的懲處，在那之前給我閉門思過。」

「是……」

話說完，約翰尼斯便帶葵絲妲回城。

愛爾娜好一陣子就這麼低頭不起。

■■■

「事情辦得如何？」

「暗殺失敗了。不過，即使能得救也暫時醒不了才對，因為我有預先在刀刃上面塗毒。」

「是嗎，辛苦妳了。」

戴面具的暗殺者小梅向主子報告。雖然身體因詛咒而產生劇痛，但受過嚴格訓練的小梅短時間忍得住那種痛。

「這樣李奧納多他們就不會保持沉默，他們跟珊翠菈的陣營將會正式衝突。理想的發展。」

「不過，奧姆斯柏格家的神童恐怕會因為這次事件而被解除近衛騎士之職。」

「暫時性的罷了，畢竟總不能毫無處罰。等事情降溫，她應該又會回到近衛騎士的崗位。」

「就算是暫時性的，李奧納多陣營在這段期間還是能任意使喚愛爾娜．馮．奧姆斯柏格。她很危險，手裡沒劍的時候固然也相當有本事，一旦握了劍就判若兩人。那恐怕要與怪物算成同類。」

「畢竟是奧姆斯柏格家出身，戰鬥時就會將意識切換，不用大驚小怪。萬一讓我方操煩，到時我大可進言讓她復職。」

「不該將她除去嗎？」

「那是將來可期的能臣，與奧姆斯柏格家關係惡劣的皇帝從未長久在位，能賣人情給她正好。」

「可是……」

小梅忍著痛提出勸告。愛爾娜要在戰鬥才能發揮實力，讓她完全置身於帝位之爭外就行了。就算會招致怨恨，小梅仍覺得她是值得這麼做的敵人。然而，主子另有想法。

「我跟其他繼位的人選不同。那些傢伙拚了命在爭帝位，我考量的則是稱帝以後。這是格局上的差異，用不著跟自己將來手上的棋子結怨。何況我不行動，珊翠菈與戈頓也會出手。」

「……我明白了。」

「妳繼續在後宮聽從母親大人的指示。現在先養傷，還不到我們出手的時候。」

「是……遵命。埃里格殿下。」

話說完，小梅隨即從自己的主子第二皇子埃里格身邊消失。

予以目送的埃里格緩緩邁步，臉上浮現深不見底的笑容。

8

回到帝都後，我們立刻前往冒險者公會的帝都分部。照預定進行的話，理應可以跟協助艾瑪的冒險者團隊會合，然而……

「我去打聽。」

艾瑪走進帝都分部。這段期間，被我派去城裡的瑟帕回來了。

「情況怎樣？」

問歸問，我對結果並不擔心。既然有愛爾娜擔任護衛，麗塔跟葵絲姐的生命就等於受到保障了。愛爾娜正是如此讓我信任，而且那並沒有錯。

「似乎發生了葵絲妲殿下遭人綁架的風波。葵絲妲殿下平安無事，但她的朋友麗塔似乎受了傷。」

「麗塔受傷？傷勢嚴重嗎！」

李奧擔心地問。李奧與早知會出事的我們不同，冷不防就聽見葵絲妲的綁架風波與麗塔受傷的消息。要他不擔心是強人所難吧。

「性命似乎無虞。但是，擔任護衛的愛爾娜大人遭到究責，目前被命令回屋邸閉門思過了。」

「愛爾娜被究責？」

她讓皇女被綁走，那樣就能了事已經算寬待了，我早知道會這樣。

牽扯到他人死亡，葵絲妲預見未來的準確度就會大幅提高。要推翻其預知，必須有足以靠實力解決事情的強者。所以我早料到愛爾娜有能力應付。同時，我也料到葵絲妲被綁架應該是防範不了的。

換句話說，早知道愛爾娜會受到閉門思過的處分。明明如此，卻把葵絲妲託付給她照顧，我是在依賴愛爾娜的溫柔。

莫大的後悔感湧上。然而，沒有其他手段亦為事實。如今懊悔也無濟於事，我能夠做的就是不讓愛爾娜的溫柔白費。

當我如此告訴自己時，艾瑪回來了。

「怎麼樣？冒險者團隊在嗎？」

「他們似乎是回來了……不過，所有成員被發現時都處於慘兮兮的狀態，目前聽說在旅舍休養。」

「果然遇上了埋伏嗎？有命回來就算好的了。」

正如預料的發展讓我忍不住嘆氣。之所以沒殺他們是顧慮到跟冒險者公會的關係，若有冒險者被帝位之爭牽連而喪命，公會就不會保持沉默。

路途中，祕密部隊並沒有襲擊我們。從對方的行動可以想見，告發函果然是被戈頓搶了吧。畢竟他們盡情折磨過那些冒險者，就不會蠢到忘了把信拿走。

「哥，要不要去聽他們說明情況？」

「也好。麻煩你去一趟順便探望。雖然他們八成會說不知道發生了什麼事。」

祕密部隊聚集了帝國軍的精銳，理應比尋常暗殺者更優秀。要抓準冒險者的破綻，不露真面目就讓他們無力化應該是小事一件。

那些人平安固然值得慶幸，但是當前的局面不用說也知道糟透了。

儘管保住了蕾貝卡，告發函卻落入戈頓手裡了。儘管葵絲妲與麗塔得救了，愛爾娜卻失去了名聲與地位。進一步而言，葵絲妲被綁架將導致帝都神經緊張，因為身為一國之主的皇帝發怒了，其怒氣應該也會朝我們而來。

既然無法報告好消息，免不了要受到訓斥。

我一邊再次嘆氣，一邊朝帝劍城而去。

■■■

「任務辦得如何，艾諾特？」

回城的我首先到了父皇身邊。雖然很想去找葵絲妲，不過向父皇報告才是第一要務。

「騎士蕾貝卡是成功保住了。」

「聽你的用詞，告發函是沒了吧？」

父皇的冰冷嗓音在謁見廳響起，對此我靜靜地回答：「是。」假如表現出愧疚或者害怕受責罰的舉動，那就會火上加油。

「蕾貝卡將信函交給了冒險者，自己則擔任誘餌。由於我蒐集情報晚了一步，沒有因應到那一點，信函恐怕是落到戈頓皇兄手上了。」

「專程派任務讓你前往，是因為你面對任何事態都能靈活應對。有你在，理應可以彌補李奧納多的不足之處才對吧？」
父皇發出了沉靜卻蘊含怒氣的聲音。雖然我帶了最起碼的成果回來，但是那不能讓父皇滿意。畢竟父皇本來打算派近衛騎士，而我不惜擋下他想的方案也要去。
「萬分抱歉。我光想著對手的動向，就沒有顧及蕾貝卡本身會採取什麼動作。」
「你依舊一派從容嘛？這可是失職喔？」
「是的。責任在於提主意的我。無論什麼處罰我都願意承受。只是……」
「只是什麼？」
「請問能不能隔一段時日再讓我受罰？我必須準備面對之後的困境。」
既然已經歸咎於我，李奧受的處分較輕。那樣大概就該滿足了，可是考量到之後的困境，現在才不是甘於受罰的時候。
父皇變得眼神銳利。他肯定也在考量之後的局面。
「之後嗎……表示你想要挽回的機會？」
「不。不需要挽回，我會乖乖受罰。只是面對之後的問題，我認為非得預做準備才行。戈頓皇兄有了精明的軍師，他們肯定會以最有效率的方式利用告發函。那樣一來，最糟的情況將是與南部貴族發生戰爭，也就是內亂。」
「說話不中聽的傢伙。對於那一點，法蘭茲已經有所行動。話雖如此……法蘭茲也向我言明，只要在重臣會議上善用告發函，就可以帶起南部貴族絕不可饒的風向。到時我也不能毫無動作。」

到底是設想過我跟李奧會失敗才行動的吧。

搶告發函的是戈頓，卻沒有證據。只要戈頓聲稱信函是他從賊人手中搶回來的，就難以向他再追究什麼。一旦南部貴族的腐敗弊端直接在重臣之間傳開，局面應該會變得如法蘭茲所說吧。

棘手的是問題無從防範。想搶回告發函也不知道在什麼地方，父皇若動用威權限制戈頓行動，戈頓就會嚷嚷父皇對他不公。那樣也難保不會刺激到軍部的不穩分子。

「克琉迦公爵掌握著南部的絕大部分。假如他發動叛變，鎮壓應需要時間，復興則需要更多時間。東耗西耗之間難保不會被他國舉兵攻打。」

「最糟的是與內亂呼應呢。既然是位居公爵之位的人物，跟他國起碼也會有所接觸才對，那是有可能發生的未來。」

「別特地將最壞的料想說出來，聽了就糟心。」

「話雖那麼說，帝國仍需要對策。因此能不能請父皇給我時間思考？」

「……你有自信嗎？」

「不，完全沒有。唉，但我會盡力而為。畢竟我有義務思考儘量不犧牲人命的解決方式，因為我好歹是皇族。」

「……誰稱帝都無所謂，但為了自己稱帝而引發戰爭，造成國家動亂可不成。凡事皆為帝國，那可是帝位之爭的規矩，戈頓正要將其打破。可是，一旦克琉迦發動叛變，南部發生內亂的話，就只能將討伐軍交由戈頓指揮，總不能特地調動國境的兵力。」

克琉迦公爵是珊翠菈的舅舅。理應從以前就胸懷野心，肯定一直都有為叛變做準備吧。那樣的話，派半吊子的將軍難保不會反遭殺敗。

帝國有三名元帥。東西國境各一名，帝都還有一名。然而，帝都的元帥年事已高。擔任的角色終究是軍方總監。上前線的將軍當中，最有武勳的是戈頓。要平定內亂應該就無法保留實力。

「盡可能想出安穩收場的辦法，在那之前我不會罰你。」

「遵命。」

行禮後我準備退下。然而，父皇卻叫住了我。

「艾諾特。」

「咦？請問父皇有事嗎？」

「葵絲妲很不安，去看看她。」

我對那句話點頭。同時，我忍下了想問能不能也去愛爾娜身邊的衝動。父皇要求她負起責任閉門思過，立刻去見愛爾娜是不理想的，必須隔一段時間。現在要是惹怒父皇就太無謂了，我壓抑住自己的情緒並且從現場離去。

■■■

「艾諾皇兄！」

一到母親位於後宮的房間，葵絲妲就朝我抱了過來。

「好乖好乖。有沒有受傷？葵絲妲。」

「我不要緊……但是麗塔受傷了……然後愛爾娜………」

「事情我聽說了，妳不用內疚。」

「但是……都是因為我沒有遵守愛爾娜的囑咐……」

「別在意。只要妳平安，愛爾娜也不會有怨言。我會替妳賠罪的。」

說著就摸了摸葵絲妲的頭，然後我將視線轉向母親。母親身旁的床鋪有麗塔睡在那裡，傷勢痊癒前，母親似乎都會幫忙照顧她。

「幸好艾諾與李奧也都沒事。」

「我們不要緊，畢竟任務並沒有那麼危險。」

「可是你一臉悶悶不樂呢？該不會是失敗了？」

「應該算我沒能回應父皇的期許。」

我如此回答，母親便嘻嘻地笑了笑。正常來講，沒能回應皇帝的期許可是件大事，對這個人來說卻好像不重要。

「他人的期許都是出於自私的嘛，你不用介意。」

「總不能那樣啊。」

「但是，你牽掛在心裡也沒有幫助。失敗時要做的是思考為什麼會失敗，然後活用於下次，為了避免在絕不能失敗的時候失敗。」

「……也對。我會好好反省，然後活用於下次。因為下次是不能失敗的。」

母親似乎滿意我的回答，便露出微笑。那副笑容完全無異於以往。她一向都讓我隨自己高興發揮，只有在真正必要時才會插嘴。可以說是極盡放任主義之人似的，卻沒有任我自生自滅，她總是守候著我。

我離開現場以後，就打起了精神。畢竟我該做的事像山一樣多。

9

回帝都後過了幾天。戈頓大概有意慎重行事，都還沒有採取動作。這段期間，父皇召了大群貴族到城裡。是為了調查葵絲妲被綁架的相關案情，以及奴隸的相關情資。額外補充的話，觀察與南部貴族搭上線的帝都貴族有無不穩舉動應該也是目的。

因為如此，城裡貴族雲集熱鬧不已。我走在城裡飽受干擾。

「喂，聽說了嗎？艾諾特殿下似乎遭到陛下訓斥耶？」

「誰教他是廢渣皇子，沒什麼好驚訝。」

「不，這次他好像是跟陛下獨處時被訓斥的，不知道搞砸了什麼。」

「他又扯了李奧納多殿下的後腿啊？真是無藥可救的皇子。」

到處都聽得見有人暗地說我壞話。被父皇訓斥的事在轉眼間就傳開了。任務內容是機密，被訓斥的事實卻廣為流傳。恐怕是城裡侍女從氣氛察覺到的吧。

傳聞終究是傳聞，然而我去哪裡都聽得見。

無地容身。產生這種心情的我自嘲起來。是我自己希望要這種立場的。事到如今，想正常過活應該稱作奢望吧。

我也有跟李奧走上同一條路的選項，是我自己不選。

既然李奧走正大光明的路，我選擇見不得光的路。即使不受任何人稱讚也無所謂，即使沒有任何人察覺也無妨。就是這麼想才選的，因為我覺得那樣最好。

「唷，艾諾特。」

當我思索這些時，有個囉嗦的傢伙來了。

那是帶著跟班的吉多。今天他同樣穿著不相稱的服裝，虧他有膽量穿成這樣進城，這傢伙的品味果真沒救。

「吉多啊。」

「唔嗯？這是怎樣？我專程找你這廢渣皇子講話耶，現在你該喜極而泣吧？」

「唉……好好好。謝謝你。」

「令人生厭耶。你最近很得意，對不對？即使李奧納多立功，那也不是你的能力。李奧納多愈活躍，就愈是襯托出你的無能。大家都在傳喔？聽說你受到陛下訓斥了嘛？大家都認為只要有你在，李奧納多就贏不了。」

「這樣啊……」

我方不需要只做得出那種判斷的傢伙。

我想要的是肯參加那種陣營，還有心改變現況的人。

李奧需要同伴。帝位之爭是皇族間的爭鬥，同時也是派系之爭。就算李奧能跟其他三人並駕齊驅，派系勢弱就當不了皇帝。

「怎樣？你在沮喪嗎？也對啦。你何嘗不想嶄露頭角。但是，憑你辦不到的啦！」

吉多說著就與跟班一起發出哄笑聲。

受不了。這些傢伙真閒。父皇能不能趕快結束調查呢？這些傢伙會來城裡，並不是因為他們本身受到調查，只是陪擁有爵位的家長來而已。調查結束後別無要事就沒辦法進城，畢竟現在跟小時候不一樣了。

我傻眼地把臉別開，吉多就露出賊笑。

「艾諾特，我有好消息要告訴你。向李奧納多推薦我吧。我可以當你們的同伴。」

「……什麼？」

「你沒聽見嗎？怪不得你。我可是名家霍茲華特的長子。如果成為同伴，應該沒人比我更可靠的了。」

吉多矯揉造作地撥起瀏海。

然而，我並沒有介意那種事。吉多竟會特地投入派系鬥爭，這肯定是出於霍茲華特公爵的指示吧。

記得霍茲華特公爵本身是向戈頓靠攏，次男則送到了埃里格身邊。然後只要吉多能親近李奧的話，無論誰贏都能賣人情。

他們之所以沒有親近珊翠菈，是因為霍茲華特公爵家從以前就跟南部貴族處不好。

這表示，霍茲華特公爵已經認同李奧。

錯過這個機會就虧大了。然而……老實說，我不需要吉多這個人。他雖是霍茲華特家的長男，次男卻比較受到期待且優秀。他會被送到最有望稱帝的埃里格身邊，就是個好例子。

拉攏吉多入夥的話，難保不會讓派系分崩離析。

「拉我入夥的功勞可以算你的。怎麼樣？艾諾特。」

「抱歉，心領了。想與李奧同一陣營的話，麻煩你找李奧談。」

「什麼？」

大概萬萬沒想到會被拒絕，吉多的臉頰因而抽搐起來。

吉多不可能去求李奧。以往他表面上都與李奧相安無事，卻在菲妮跟我出門時動手揍了我。而且，當時我假裝自己是李奧。換句話說，從吉多的立場會以為自己做的壞事被李奧知道了。唉，即使沒發生過那種事，李奧八成也都心裡有底啦。

所以他現在跑來找我，正能看出吉多為什麼會是吉多吧。太蠢了。

「可別得意忘形喔？我不是在求你。」

「無論你說什麼，我都沒有意願答應。」

「擺啥架子！肯保護你的愛爾娜把任務搞砸了，正在閉門反省！沒人會來救你！」

那是我無法當成沒聽見的話。

腦子裡知道應該忽略，有另一個自己正在叫我冷靜。可是，我忍不住甩開了要自己克制的自己。

「吉多，剛才……你說了什麼？」

「怎樣？沒人會救你。」

「那一句前面……你說愛爾娜搞砸了？」

「嗯？是啊，沒有錯！她搞砸了任……唔！」

我瞪向吉多。有股衝動讓我想立刻用〈銀滅射線〉轟了他，假如能把這傢伙從世上消滅該有多痛快。被我抱著這種想法瞪的吉多似乎嚇得無法呼吸，還後退幾步跌坐在地。

「啊、啊……」

「收回你說的話……吉多。」

語氣沉靜，我只是沉靜地告知對方。吉多卻始終不回話。

跟班們也愣住了，沒有人打斷吉多與我。便宜的交情。

「愛爾娜救了葵絲妲的命，那是無人能改變的事實。我不會允許有人在我面前侮辱那樣的她。如果你聽懂了，就把話收回。吉多．馮．霍茲華特。還是你想找死？」

「啊，我、我沒有……」
「趕快回話。」
「我、我、我收回……」
「還有其他要說的嗎？」
「對、對不……」
「對不起？」
「萬、萬分抱歉，是我失言了……！殿下……！」
我確實讓吉多把話收回，並且賠罪，然後立刻從現場離去。
光是呼吸跟吉多一樣的空氣就讓我想吐，再說剛才那些互動也招來了注目，有人來頂撞就麻煩了。畢竟我現在並不冷靜。
「……唉。」
如此心想的我迴避了那些貴族，朝城外而去。
到外頭以後，我不免對自己的愚蠢嘆氣。明明剛下決心要扮好無能的角色，卻立刻又做出形同反悔的舉動。沒有比這更不爭氣的。
「與其嘆氣，您忍下來不就好了嗎？」
瑟帕規勸似的從後面朝我喚道。

討厭討厭。為什麼這傢伙講話有說教的味道啊？

最清楚剛才做了傻事的是我。

「我沒能忍住那口氣，所以也沒辦法吧？現在我冷靜了。我認為自己做了件傻事，得不到任何好處，只是亮了自己的底牌。」

「光是瞪一眼就要人閉嘴，可不是容易辦到的事吶。明眼人看了那一幕，就知道您經歷過相當多場面。」

「是是是。我說過我明白了啊？」

「那就無妨。畢竟愛爾娜大人對您來說是特別的。要說的話，應該也是人之常情。考量到剛才的情況，也可以視為平時不生氣的人動怒讓對方嚇著了。別那麼掛懷。」

瑟帕如此替我打圓場。

因為交情特別才會發火，要說是人之常情很容易。然而，那樣就動怒的話，往後我不知道還得動怒幾次。

「瑟帕，最近我覺得自己好不爭氣……」

「也會有這樣的時候。沒有人是完美的，任何情緒都沒辦法一直壓抑在心裡。啊，話說回來，我為您備好馬車了。」

「……要去哪裡？」

「奧姆斯柏格勇爵家。密葉大人與皇帝陛下商量過，徵得了讓您與李奧納多殿下跟愛爾娜大人見面的許可。」

「這樣啊……真不愧是母親。那就走吧。」

話說完，我便搭上馬車出發了。

10

「歡迎回來，艾諾特大人。」

「是是是，我回來了。」

一邊跟負責警備的騎士這麼對談，一邊走進了奧姆斯柏格家的宅第。踏進屋裡，熟悉的管家便出來露面。管家告訴我愛爾娜與安娜女士正在用餐，然後沒有請示她們倆就替我領路了。

我來訪時大多是這種調調，該說是家風開放嗎？

如此心想的我到了她們倆身邊。

「哎呀？這不是艾諾嗎。歡迎。」

「打擾了，安娜女士。」

安娜女士並不吃驚，還笑容滿面地迎接我。

接著她起身帶瑟帕走了，大概是要幫我準備餐點及開胃菜吧。

我也就承蒙她的好意，在愛爾娜面前的座位坐了下來。

「艾諾？怎麼了嗎？這麼突然。」

「城裡滿是貴族，我就溜出來了。」

「不要緊嗎？還有，你應該有徵得允許吧？」

「誰曉得。唉，缺了我也不礙事吧。有徵得許可啊，母親替我說情的。」

「你又說那種話……」

愛爾娜露出傻眼似的表情。跟平常一樣的愛爾娜，看不出消沉的模樣。即使如此，我仍覺得有些不同於平時，原因大概是出在我身上吧。

我拿起看見的葡萄酒，然後拿了兩只擱著的玻璃杯。

「我不喝喔？現在還是白天耶？」

「妳不懂應酬嗎？」

「唉……只喝一點喔？」

讓愛爾娜妥協以後，我照著要求在其中一只杯子倒了少許酒，另一邊則倒得滿些。

然後我把少的那一邊遞給了愛爾娜。

沉默的時間就這麼短暫流逝，愛爾娜什麼也不說。她大概也明白我想要說些什麼，但是，她不會催促。

對此我一面心懷感激，一面靜靜地低下頭。

「是我不好……」

「為什麼要道歉？」

「……葵絲妲預見的未來，無論如何都會走向相同的光景。表示妳不管怎麼行動，葵絲妲會被綁架是已經注定的事。即使如此，我仍然委託妳擔任護衛，這就等於貶低了妳的地位……」

「是嗎？結果，麗塔得救了啊？」

「我認為有妳的力量，就能設法救她。只不過……事先告訴妳未來無法改變的話，或許妳行動時就會出現迷惘，所以我一直保密。愛爾娜……我騙了妳。所以這件事是我不好……」

「……你這是侮辱人呢。」

愛爾娜嘀咕。只是以用詞而言，聽起來倒像沒有在生氣。我抬起臉，就發現愛爾娜正直直望著我。

「道歉是對我的侮辱喔，艾諾。」

「……可是……妳身為近衛騎士……」

「那確實是我的夢想，我以那為目標努力過。成為近衛騎士保護帝國、守護皇族，是奧姆斯柏格勇爵家的使命，也是責任，我就是聽這些話長大的。所以成為近衛騎士時也很高興，還想過要爭取近衛騎士團團長的位置，每個人都認為那是當然的。可是，這次的事應該會讓我遠離目標吧，不過沒關係。」

愛爾娜說著就笑了笑。著實沒有把那當成問題看待的笑法。

但我曉得。為了成為近衛騎士，為了不讓奧姆斯柏格的家名蒙羞。愛爾娜有多麼地努力。我讓她的努力泡湯了，身為當事者的愛爾娜卻沒有生氣，只是對我笑。

那令我難受。她還不如向我發火。

「……」

「你又露出那種表情了。我應該說過喔，我的誓言遠比我的名譽重要，所以你不用放在心上。我不會棄你於不顧。我是遵守誓言而行動的。艾諾，這不是你要負的責任。早知道會有許多可能性，我會替自己的行動負責的。不要擅自替我負責任，何況我幫到你了吧？」

「……是啊，那當然。」

「太好了。那不就好了嗎？葵絲妲殿下與麗塔都平安無事，我也幫到你了，那就算我贏了啊。硬要說的話，我會希望更加華麗地救回她們吧。」

話說完，愛爾娜一邊露出淘氣笑容，一邊拿起裝了葡萄酒的玻璃杯。

然後……

「要是你明白了，就別擺著那張難過的臉。你來做什麼的？只是要道歉的話，應該已經結束了吧？那就來慶祝吧，慶祝我獲得了小小的勝利。」

愛爾娜露出了真正自豪的笑容，並且舉杯。

看到她那樣，再繼續鑽牛角尖就是不識趣了。我甩開迷惘與後悔，將玻璃杯舉起。

愛爾娜將這一連串的發展稱為勝利，許多人應該會說她不服輸。不過，我曉得那確實是她的勝利。

得慶祝才行，畢竟我的劍獲勝了。

「祝妳小小的勝利。」

「是啊，祝我小小的勝利。」

我們說著碰響玻璃杯，然後乾杯。

愛爾娜就這麼靜靜地舉杯淺嚐，我卻一口氣飲盡並且倒了下一杯。

「你那樣喝是會後悔的喔？」

「無所謂，慶祝就是要豪飲才合禮數。」
「口氣簡直像冒險者呢，雖然我不討厭。」
愛爾娜這麼說的瞬間，我稍稍停住了手。
受到罪惡感壓迫，讓我想要對她託出一切。然而，我在最後關頭克制住了，那樣的想法被我與葡萄酒一同喝下肚。
當下即使揭開祕密，也沒有好處，只會讓愛爾娜承擔多餘的祕密。將來遲早得告訴她吧，但並不是現在。我一直在給她添麻煩，這時候要依賴她很容易，但我總不能繼續依賴下去。
我也有我的骨氣。
「愛爾娜……我絕對會讓李奧稱帝。」
「怎麼了？突然說這個。」
「或許我是醉了吧……」
「呵呵，你的酒量沒那麼差吧？」
「偶爾是會變差的唷……只要李奧成為皇帝，肯定會一掃爭奪帝位的愚蠢陋習。或許爭帝位確實是培養皇帝的有效手段也說不定，跟其他國家相比，帝國出現愚昧皇帝的比率極低。就算那樣，為此流血還是太過荒謬了……我認為如果是那傢伙一定會想出好辦法。」

我有不想死的念頭。

希望隨興而活，隨興當冒險者，然後隨興而死。那就是我的人生規畫。

為此，由李奧稱帝是最好的，我推崇他當皇帝有這個因素在。然而，只要這荒謬的慣例繼續存在，我就無法達成人生規畫。

就算我們會在這場帝位之爭獲勝，就算我們都會活下來。只要生了孩子，孩子就會捲入帝位之爭吧。

退一百步，參與帝位之爭的我被捲入其中是可以容忍。不過，葵絲妲不一樣。今後將誕生於世的眾多皇族後代或許也不一樣。

不爭帝位卻要受其牽連擺弄，未免太不合理。

「那可不好說。慣例一直沒有變過喔？促成優秀繼位者輩出是皇族的使命。假如有治理不了廣大帝國的愚昧皇帝出現，就會流下比帝位之爭更多的血。而且，那還是人民的血。」

「我明白，我知道這是任性。既然生為皇族，就逃避不了皇族的職責，我明白那是代價。可是……就那樣信服的話，什麼都無法改變。跟我有類似想法的皇族應該很多。即使如此，都沒有人出來做些什麼，光期待未來是不會改變的。」

「不然你自己稱帝如何？」
「別說傻話……我認為那是不合理的慣例，同時也認同有效果。面對現實的判斷，我肯定會選擇保留慣例，所以我才要拱李奧稱帝。」
「要是李奧也做出那樣的判斷呢？」
「李奧不會。那傢伙跟我不同，比起既現實又有效的手段，那傢伙更會尋找理想而有效的方法。」
聽我一說，愛爾娜笑了。接著她把玻璃杯舉向我。
「也對，我也那麼覺得。感覺李奧身上是有讓人期待的某種特質，我想許多人就是因為這樣才會協助李奧。」
「是吧？」
「自豪的弟弟被稱讚，你倍感欣慰？」
「那還用問。」
我跟愛爾娜談著這些，轉眼間就喝完了一瓶葡萄酒。
安娜女士跟瑟帕一起回來以後，我又向她討一瓶，不過對方到底是不願意拿出來。
然而，跟愛爾娜聊天不需要酒。
久違地跟愛爾娜聊了許多事，使我帶著好心情結束了這一天。

11

帝劍城中樓層。索妮雅正在位於該層的戈頓房間裡。

「照妳說的，搶回告發函之後已經隔了一段時日。這樣就行了吧？」

「是的。這樣就可以聲稱殿下是從賊人手裡將信函搶回來的。這麼一來，即使被人追究手裡有告發函一事，應該也能藉故遁辭。」

戈頓對索妮雅說的話點頭。換作以往的戈頓，大概早早就拿著告發函要脅珊翠菈了吧。然而，索妮雅予以制止了。假如有意在帝位之爭勝出，把信函用於要脅珊翠菈就是浪費。

「在重臣會議揭發這封信的存在，並且號召輿論，要眾人不能輕饒南部貴族的首腦克琉迦公爵。那樣的話，陛下就無法放任南部貴族。克琉迦公爵看事已至此，自會公然揭起反旗。屆時便能迎來我擅長的領域。漂亮的一計，索妮雅．樂士培德，不愧是天才參謀的女兒。」

面對戈頓的讚賞，始終面無表情的索妮雅開口致謝了。戈頓對她那樣的態度露出了微微笑意。

「放心吧。只要妳提供助力，我就不會對妳的父親與祖父母動手。」

「……請殿下要遵守約定。我會提供的幫助只剩下『兩次』。」

索妮雅對帝位之爭根本沒興趣。只要自己與身邊人們不會受害，誰當皇帝都一樣。帝國的眾多居民也是一樣的想法。

然而，索妮雅並非凡人，因此她受了牽連。

十年前，索妮雅因為半精靈的身分，與母親一同被趕出精靈村莊，之後便一直隱居在位於佩露蘭王國與帝國國境上的村落郊外。

可是，村落遭帝國軍與王國軍的戰火波及，受到了毀滅性的損害，索妮雅與母親更因此失散。於是在陷入火海的村落中，當她差點被化為暴徒的王國軍侵襲時，就被養父救了一命。

索妮雅的養父身為帝國軍的天才參謀，於軍中名聲響亮，救索妮雅之後卻受了重傷而退出軍旅。那是因為帝國軍的某位指揮官不聽索妮雅養父建言，深入追擊敵軍而遭到反擊所致。為了救出該部隊，索妮雅的養父賭上自身性命指揮部隊殿後，成功協助友軍脫逃。那名指揮官正是當年十多歲的戈頓。

戈頓數度無視養父的進言，無謂地將戰線擴大，結果導致索妮雅的村落深受其害。

到最後，更貪功的失態讓養父受了重傷。

對索妮雅而言，戈頓甚至堪稱可憎的敵人。即使如此，索妮雅仍為戈頓獻計，因為她有不得不那麼做的隱情。

在退出軍旅的養父及其父母身邊，索妮雅成長茁壯了。即使身為半精靈遭受歧視，還是有溫柔的養父與祖父母在，因此她不介意。

如此和平的生活又斷送於戈頓手裡了。早前戈頓就要求養父擔任自己的軍師，由於得不到回應便採取了強硬手段。

戈頓抓了索妮雅養父的父母當人質。然而，養父因後遺症而無法長途跋涉，要親赴帝都可謂有勇無謀。所以索妮雅才代替他來。

養父書齋存放著寶貴典籍。記載了軍略及魔法相關知識的那些典籍，對索妮雅來說是教科書，同時也是玩具。讀完書增進知識，就可以跟養父深入對話。後來，索妮雅便成長到能與天才參謀討論戰術了。

因此索妮雅自告奮勇，代替養父來到了帝都。附帶的條件是獻計僅限三次。雖然她並不認為先前不配合就抓人質的戈頓會乖乖遵守約定，但總不能白白地讓對方利用。

所幸，戈頓是在爭奪帝位，有對抗的派系在。只要其他派系注意到索妮雅的能力，戈頓應該也會遭到算計。目前索妮雅唯一能有的策略，就是屆時可以跟戈頓談條件救回養父及祖父母。

為此索妮雅就算不情願，還是得認真想計策。她壓抑私情，為戈頓獻的第一計正是告發函該如何運用。

「要求助於妳的智慧只剩下兩次機會啊？或者說，要求助於妳的智慧還有兩次機會之多？該怎麼解讀呢？」

「我還會獻計兩次，您要將其中一次用來得知問題的答案嗎？」

「哼，算啦。我會把告發函再留在手邊一陣子，退下吧。反正暫時也不用妳幫忙，到了戰場才是重頭戲。」

聽戈頓交代後，索妮雅行了禮從房間離去，接著她思索起往後的局面。

被皇帝懷疑的話，克琉迦公爵極可能揭起反旗。為討伐亂軍，皇帝應該會把中央軍交由戈頓指揮，內亂自此爆發。

他國將趁隙圖謀侵略帝國。帝國的國境守備軍素質優秀，因此不至於被侵門踏戶，然而能否逼退敵軍倒是難說。國境線戰況若陷於膠著，平定內亂的戈頓就會被派往。

外交方面大概有埃里格活躍，戈頓卻能立下不輸給他的功勞，至少戈頓將有立功的機會。所以索妮雅才反對威脅珊翠菈，戈頓的目的在於帝位，為此他的對手會是埃里格而非珊翠菈。

然而，戈頓擅長的領域是戰鬥。為製造機會而引發內亂，將造成大量死亡。應會有根本與此無關的民眾喪生。

「……我也算是同類吧。」

索妮雅獨自嘀咕。為了在帝位之爭獲勝，戈頓不擇手段；索妮雅為救養父及祖父母也會不擇手段。就算要引發內亂，無論有多少帝國人民會死，索妮雅仍決意要救養父及祖父母。畢竟現在正是她報恩的時候。

然而愈是思考，內心愈會被罪惡感刺痛。

索妮雅想起過去養父講過的話，露出了苦笑。

「我果然不適合當軍師。」

在戰場上會有多少人死去？軍師就是要一邊在腦海裡掌握那些，一邊思考求勝的策略。明知道桌上供差遣的每一顆棋子都是活生生的人，還是得為了求勝而有效率地運用那些棋子。辦不到那一點的話，再怎麼有智慧都當不了軍師。

許多人是臨陣克服重重障礙，才逐漸成為真正的軍師。然而，索妮雅欠缺其經驗。即使如此，她還是得拚。

因為退路早已被人斬斷了。

12

「結果，今天也沒能找到啊……」

告發函被搶即將經過兩週。圍繞著信函的局面並無變化，戈頓陣營亦未採取動作。

我方固然也在找那封信，但對方真的要藏就實在找不到。

幾天後將召開重臣會議，在那之前戈頓理應不會行動。

我微微地嘆氣。

「局面果然很棘手嗎？」

菲妮一邊端紅茶給我，一邊擔心地問。

為了讓她放心，我試著露出笑容，卻使得菲妮臉上更添陰霾。

「唉，普通棘手。」

「您騙人……其實是非常棘手的，對不對？」

「到底瞞不過妳。」

我搔起頭，然後深深嘆了氣。

起初我們應該會取得信函，並且呈交給父皇。那樣一來，父皇就能自己找時機談及南部貴族的弊端，可以藉著細微的協調以免引發內亂。

然而，信函落到了戈頓手裡，父皇變成要照戈頓挑選的時間點談及南部貴族之弊。南部貴族的弊端這麼早見光，反叛就避免不了。即使父皇不行動，克琉迦公爵也會揭起反旗。

這麼一來，當初我想的計畫都不能用了。如果引發大規模內亂，帝國肯定會被他國趁虛而入。演變成那樣應該正合戈頓之意。

從父皇的立場來想，一旦發生戰爭也就不得不動用戈頓。

「或許……內亂已經是無法避免的了。戈頓身為將軍，若要追求功勞，自然是發生戰爭比較好。戈頓的支持者也會為此欣喜吧。不過，以往他沒有足夠的謀略令其實現。但現在卻有了。」

「您是指那位半精靈軍師吧？」

「對。索妮雅不好對付。她是巧妙補起戈頓陣營弱點的人才。話雖如此，我不認為戈頓會永遠聽從她的建言。她遲早會失去戈頓的信任才對，目前的戈頓沒有那種器量。可是……」

「沒有時間等那樣的變化發生，對不對？」

我對菲妮說的話點頭。當索妮雅的策略仍進展順利，內鬨便不會出現。建言百分百準確的軍師並不存在。遲早會發生跟預料不同的狀況，戈頓應該容不下那種事。

可以的話，我希望引發那樣的狀況。然而，索妮雅始終留在戈頓的身後預估情勢。要讓她失準就不容易。

「無法盡如所願啊。」

「這麼說來，葵絲妲殿下被誘拐的時候，據說有一名戴兜帽的人物出面幫忙。」

「……耳朵長得尖嗎？」

「好像是的。」

「這樣啊……她骨子裡應該是個好人吧。」

我不認為帝都會有那麼多精靈。何況對方還碰巧出現在葵絲妲遭綁架的現場，機率微乎其微。不如想成索妮雅察覺到騷動，就搶先採取了動作還比較貼切。

「您不希望與她交手？」

「為什麼妳會那麼覺得？」

「您顯得一臉排斥。」

「是嗎。要說排斥的話，我確實是排斥。她跟我合得來，不過……也就如此而已。她應該也有她非得保護的事物。有其覺悟，也有其理由吧。那是既沉重又堅決的，否則她才不會支持戈頓。即使如此，成為敵人也只能打倒。」

「令人哀傷呢。」

「是啊。不過，這屬於個人的感傷。她的建言會讓戈頓引發內亂，口頭表示不希望跟她交手是很容易的。然而，我該用什麼臉去面對因為內亂而受害的那些民眾？無聊的帝位之爭造成了內亂的結果，那才更令人哀傷。」

菲妮聽完我說的話，就哀傷地垂下目光了。她應該也明白重要的是看開。不過菲妮還是露出哀傷之色，肯定是為了代替我抒發情緒。

比起個人的情緒，我行事非得以大義為重。當我投入帝位之爭時，就已經身處不能以個人情緒為優先的立場了。我無意受那樣的立場擺弄，卻還是有沒辦法通融的時候，正是現在。

「妳真仁慈。」

「還比不上艾諾大人。」

「我可不仁慈。非殺不可的話，我肯定會殺索妮雅。」

「到時候，您肯定是為了避免讓別人遇害吧。既然救不了也保護不了，起碼要親自動手……所以我才認為您比任何人都仁慈。」

感到過獎的我笑了。然而，被菲妮形容成仁慈的感覺不壞。我想保有菲妮心目中的我，為此就必須克服眼前這一關。

放棄阻止內亂的話，依然大有可為。即使我們取得告發函，內亂發生的可能性還是很高，或許沒必要耿耿於懷。然而，不耿耿於懷與放棄又是兩回事。

這不代表我可以怠忽努力而不去阻止，最理想的局面仍是不讓內亂發生。

即使撇開情感上的因素，至少大規模內亂發生就會讓李奧的評價下滑。因為人們會評論李奧要是能取得信函，也許就能予以阻止了。

帝國、人民與帝位之爭，阻止內亂對這一切都有好處。

「我是有命令瑟帕去搜索信的下落，不過他再厲害也無能為力吧。該從各方面做出覺悟，用席瓦的身分協助李奧嗎……？」

後悔也沒用，時間並不能倒回。即使如此，難免還是有早知當初的想法出現。

前往保護蕾貝卡的時候，從最初就用席瓦身分行動的話，便不用擔心形跡敗露了。那樣還可以立刻祭出瞬移魔法。假如告發函被發現倒是另當別論，不過總比用皇子身分更方便施展。

然而，那會有個致命的問題。

「但那樣的話，席瓦大人私下協助李奧大人一事就會穿幫。過去都假借討伐怪物的名義……」

「沒錯。古代魔法的使用者投身帝位之爭，肯定會招致反感。」

如果用席瓦身分隨行保護深涉帝位之爭的蕾貝卡，將會跨越以往我維持的底線。

身為帝都守護者，同時也是民眾的守護者。席瓦因此才受到包容。既然事態無涉於怪物，又非關帝國的危機，在單純派系鬥爭過度偏袒個人一事敗露的話，不知道會傳出什麼樣的流言，索妮雅應該也會巧妙利用那一點。

最糟的情況下，要是被廣傳成帝國的威脅，或許我就不能用席瓦身分活動了。對於帝國而言，古代魔法與皇族的搭配就是留下了這麼深的心理陰影。

那麼一來，換取告發函的代價就是失去底牌。我不能冒那種危險。

「唉……思索這些都沒用，後悔也解決不了任何問題。」

倒不是只有當時才那樣。席瓦身上伴隨著各種限制，所以能出手的時機有限。實力過強，又觸犯了禁忌。面對無關怪物的問題要行動就得有相當的理由，因此我這次苦無手段介入。乾脆把怪物拖來還比較省事。

「不趕快想出方法解決的話，好不容易從父皇得來的信任就會逐漸淡薄。那樣以往付出的辛勞就泡湯了。」

「不能跟南部的貴族們協商嗎？」

「那些貴族幾乎可以肯定都有涉弊喔？才沒有協商餘……」

我說的話就此打住。對方才不會接受交涉。我一直是這麼想的。
然而，之後肯定會有唯一一次答應對談的時刻。
「菲妮……妳是天才。」
「什麼？」
「不好意思，能不能幫我叫李奧過來？我想到好法子了。」
話說完，我拿筆在紙上寫起了腦裡浮現的計畫。
在旁見狀的菲妮困惑歸困惑，還是立刻去叫李奧。

■■■

「哥，你說想到好法子是真的嗎！」
「等我一下。呃～～要解決的課題大概就這些吧？剩下的問題在於護衛，護衛要怎麼安排會成為瓶頸。」
我嘟噥著交抱雙臂苦思。
李奧看到我那樣，就拿起我桌上雜亂的計畫書過目。
「……哥，你這是認真的？」

「當然。話雖如此，負責執行的人可不是我。」

我輕鬆說道，李奧便板起臉孔。是他要負責執行我想出的策略。

「艾諾大人，請問是什麼樣的策略呢？」

「簡單說，就是謊稱要交涉再暗算敵人。」

「咦……？」

「直入敵方的根據地，儘快將其制壓。南部的貴族大多只是畏懼克琉迦公爵，公爵一敗就會立刻投降。」

並無能人可以接手主導叛變，更沒有延續下去的意義。

當南部貴族的弊端透過戈頓上稟皇帝時，克琉迦公爵應該就會揭起反旗吧。然而，其目的不在篡奪帝國。因為他是想逼迫皇帝讓步，以確保自己與同夥的安全。坐以待斃肯定會受到制裁，為了避免演變成那樣得祭出一招，那就是反叛。

克琉迦公爵被逮，便沒有領導者能與皇帝對等交涉，做為組織更是無法統籌。

「但我說的是希望雙方可以協商……」

「那就是妳天才的地方。那些傢伙絕不會答應協商，卻有唯一一次應對的機會。」

「內亂開始的前夕，他們面對皇帝派的使者肯定會答應交涉。我確實明白哥想表達什麼，但……」

「你有立場說南部反叛是自己的責任。由你向父皇爭取挽回名譽的機會，就能贏得這項大任，當然前提是你有意願這麼辦。」

「我並沒有把那視為問題喔，我本身對這個計策大感贊成。只要進展順利，儼然是最理想的。」

沒錯，潛入敵方根據地發動奇襲，計策一成就直接擺平問題。既能完全阻止戈頓的企圖，南部的民眾也免於無端受苦。

不過，要克服的課題也很多，頭一項就是護衛部隊。

「擔任護衛的少數部隊。這批人若不是精銳便無法成事。就算將瑟帕帶去，仍需要相當善戰的部隊隨行。」

「但是不能帶近衛騎士隊啊，顯然會遭到警戒。」

「沒錯，我們得找出適任的部隊。然而，問題還不只如此。」

第二個課題，提高成功率讓父皇准許我們採行這項策略。

「感覺父皇不會准許呢。」

「這明顯是在冒險，如果淪為人質更會影響到往後。投入軍隊比較省得左思右想，因此我們必須備妥足以讓父皇接受的說服證據。」

「要怎麼提高成功率呢？」

「先湊齊精銳部隊，接著就是讓對方疏忽。應該要將這兩點做到絕才行。」

李奧要以使者身分赴會，卻不能動用近衛騎士隊。

想誘使敵人疏忽的話，那固然是有效卻不充分。必須想出讓敵人更加疏忽的辦法，然後找來實力僅次近衛隊的精銳部隊入局。

「真辛苦。」

「哎，總比找不出活路像話。將損害收斂到最小，進而攔阻內亂發生。門檻雖高，卻值得我們一試。」

於是我們的作戰會議就這麼開始了。

13

隔天，我決定立刻找專家請教這次的作戰。

「艾諾，這項作戰很符合你的作風。」

「妳這麼認為？作戰內容挺不賴的吧？」

「是啊，無動於衷地暗算正合你的作風。」

專家愛爾娜的感想讓我板起臉色。我確實是與騎士道精神無緣的男人，謊稱使者並派奇襲部隊過去，某方面而言大概算卑鄙至極。

可是，假如那樣能減少犧牲，我們就該執行。

「但這會有效吧？」

「也對。不過照現況來看，我認為絕對不會成功。」

愛爾娜如此斷言。她身為近衛騎士有派赴各地的經驗，在那些任務當中，她應該也去過南部最大都市兼克琉迦公爵的根據地汶美。

既然愛爾娜認為不會成功，表示汶美正是如此牢固。

「汶美防禦牢固嗎？」

「做為城塞都市的外牆可以用使者身分潛入，因此我想沒有問題；會構成問題的是位於內部的城堡。規模龐大，而且內部通路紛繁難辨。既然結構複雜，要抵達上層也會很費事。」

「需要內部的地圖啊……」

「沒錯，缺了那個就免談。然後呢，假設有了地圖……」

愛爾娜將話短暫打住，並且朝我看過來。

翠綠雙眸若有深意地發亮，接著她就指了自己笑了一笑。

「由我去肯定能成事喔？」

「全大陸應該找不到明知有妳在，還敢開門的城堡吧……」

「想點辦法嘛，比如喬裝之類。」

「只靠喬裝哪能蒙混過去。用魔法藥的話或許行得通……現在麻煩先設想妳不在的情況。」

「明明用聖劍摧毀城堡就可以一擊了事的。」

「勇爵家之後假扮使者暗算人，以風評來說糟透了吧……」

勇爵家的力量終究該用於帝國之外，要不然恐懼會在帝國內蔓延開來，而且那難保不會串成巨大的爭執。

動用勇爵家最好能免則免。

「何況妳去南部的話，緊要關頭就不能馳援國境了。」

「叫我留下來牽制他國？」

「倘若內亂勢在必行，也會有國家採取動作才對。」

「既然你那麼說，我就設想自己沒跟著去的情形嘍。」

愛爾娜說著就用手湊在下巴思考了一陣。

接著她點了幾次頭，並且豎起兩指。

「有可能促成這項作戰的只有兩支部隊。」

「我大致能想到其中之一。」

「也對。如你所知，就是近衛騎士團。不過，這個方案不會被採用吧？」

「克琉迦公爵是第五妃子的哥哥。他也拜訪過帝都幾次，對近衛騎士團的眾人算是熟悉，若有熟面孔應該就不會接納。」

「我也那麼認為。既然如此，剩下另一個選擇……」

愛爾娜面有難色。

她這是怎麼了？可以不講的話，感覺她並不想開口。愛爾娜難得有這種表情。

「怎麼了？」

「老實說，我不太推薦。」

「麻煩妳還是告訴我。」

「唉……艾諾，事情本來就是錯在你讓戈頓殿下把信搶走，為什麼我非得替你操心呢……」

愛爾娜怨怨地瞪了我。突然被她發牢騷，我連連眨起眼睛。

到底是怎麼了？

「妳在生氣？」

「沒有。我是覺得傻眼……每次你都讓自己捲入麻煩事，受傷怎麼辦啊？」

「是我不好。但是，我們在爭奪帝位，這也不得已吧？」

「受不了……往後我也要協助。答應我這一點。」

「妳說要協助……」

「當然是在不會添困擾的範圍內，靜靜待在家裡果然不合我的性子。」

如此說道的愛爾娜直直地朝我望了過來。愛爾娜實力強大，可是她跟席瓦一樣受到諸多限制。這部分她本人應該也懂，我只好點頭答應。

「僅限於不會構成問題的範圍喔？」

「當然嘍，就這麼說定了。」

愛爾娜說完便開心似的笑了笑。

她會這麼提議，表示有幫得上忙的部分，或者是有幫得上忙的對象吧。

然而除了近衛隊之外，我完全想不到人選，表示那是如此不起眼的部隊。那正好，然而足夠優秀卻又不起眼，也代表當中有什麼問題存在。

「雖然遜於近衛騎士團，但是就執行潛入任務這一點來說，他們會是比近衛騎士們更高明的一群人喔。艾諾，只談名號的話，不知道你是否也聽過？帝國軍裡唯一的騎士團——『傷痕騎士（Narbe Ritter）』。」

「那群帶有傷痕的騎士嗎……！」

我當然知道其名號。

傷痕騎士——帝國軍中唯一被當成騎士團的獨立部隊。

其成員全是解職的騎士。

至於解職的騎士為何會待在帝國軍，那與他們的經歷有關係。

「出於各種理由告發了自己侍奉的主子，甚至對主子揮劍相向的騎士。他們是選擇將正義優先於忠誠，因而才失去容身之處的一群人。隨身帶著侍奉過的主子家徽，上頭還刻有傷痕的他們被稱作傷痕騎士。」

「儘管糾正了主子的弊端，進而成就正義，卻少有貴族會收留背叛過主子的騎士。聽說是為了安置他們，才創設了那樣的部隊。」

即使會誇讚為正義的騎士，實際上也沒有人願意將他們留在自己身邊。倒不如說，對自己那麼有自信的貴族算是極少數。持身廉潔者少，就連那種正派的人也會有不得不違反本身信奉主義的時候。

但是，接納他們或許就會在違反其主義的瞬間遭到斬殺。那終究只是可能性，他們並非絲毫不知變通。然而，光是有可能就不會被接納。

「對，你的認知沒有錯。我帶他們練過一次劍術，訓練非常地精實喔。熟練度高，老手也多。在帝國軍裡應該是可以排進前三名的精銳，況且他們並未隸屬任何陣營。」

愛爾娜提出的解答接近滿分。

但就算那樣，愛爾娜仍說不推薦對方，恐怕是他們的經歷所致吧。

「潛入敵陣的任務，還指派他們擔任皇子的護衛未免危險，妳是這個意思嗎？」

「唉，那也是一部分因素……既然要在敵陣執行任務，沒辦法對同伴推心置腹可就難受了。他們自我意識強烈，除非能贏得相當的信任，否則我想他們都會照自己的手法辦事。」

「默契的問題嗎？」

「下命令的話，我想他們當然願意擔任護衛，但他們若不肯主動投入任務，我認為這條計策會難以實行。」

所以理想的狀況是讓他們憑自身意志參加，而非聽令行事。

說來是道難題，畢竟任務本身就危險過了頭，最重要的是建立信任吧。

「要讓李奧去遊說他們嗎……」

「唔嗯～～感覺那樣效果不彰喔。看在純粹的騎士眼裡，會覺得李奧十分地有魅力，但他們未必如此。」

「那該怎麼辦？」

「李奧辦不到的事，自然是由你接手啊？」

愛爾娜說得彷彿理所當然。

喂喂喂，不會吧。我去遊說？向那群明顯難伺候的解職騎士？

「呃，那是不是滿吃力的……」

「不要緊。我也會陪你去啊，再說照我的想法，你比較能贏得他們的信任。艾諾，由你贏取信任之後再拜託他們保護弟弟，對方肯定就願意協助。」

面帶笑容的愛爾娜說得容易。我板著臉孔問道：

「有什麼根據？」

「哎呀？你不曉得嗎？我現在也是解職的騎士喔？我覺得由你去比較合適，這就是根據。」

還真是了不起的根據——如此心想的我只能嘆氣。

第三章　反擊的一手

Episode 3

1

幾天後，召開重臣會議的消息終於發布。由於幾乎可以確定戈頓會採取行動，我便向父皇表示希望參加，也獲得了准許。

「計策的籌備勉強趕上了呢。」

「雖然還剩一項大工程。」

大致上都已準備就緒。然而，唯有與傷痕騎士的交涉尚未完成，因為他們一直祕密於某地進行演習。

在這之後，我會跟愛爾娜去求助他們。不過，得先參加重臣會議。反正南部貴族的弊端將在重臣會議公諸於世，克琉迦公爵行動則是在數天後，我們還有時間。

「那就交給哥去談嘍。」

「李奧，我倒覺得你才適任……畢竟我可不會陪你去南部喔？」

「即使如此，愛爾娜仍然認為哥適任啊？那肯定是哥去才合適。」
有時候我不太懂愛爾娜的想法。
但是，愛爾娜的直覺靠得住。
「我會盡力就是了……你可別期待喔？」
「不不不，我期待哥表現。」
「都叫你別這樣了。」
在如此交談的過程中，我們抵達了謁見廳。

■■■

「各位，辛苦了。欣見你等齊聚於此。繁忙中仍然勞頓大家，抱歉。」
帝國重臣齊聚的重臣會議。除了各大臣以外，擔任要職者也會露面。我出現在這裡相當不搭調，卻也無人介意，他們都認為我只是陪李奧來的吧。
「忙碌的應是陛下。這陣子帝國問題叢生，屢屢勞煩陛下出手處置。一切皆是我等臣下力有未逮，懇請恕罪。」
埃里格代表重臣們向父皇答話。接著，所有人都低下頭懇求恕罪了。實際上，父皇先前才因為過勞而病倒，工作量卻沒有減少。

手邊若能抽空，父皇大概就介入告發函一事了，但他並沒有那種空閒。怪物於各地大量出沒作亂，東部至今仍在復興；南部則有惡魔現世，西塔赫姆伯爵家從而滅亡。

身為皇帝該做的事堆積如山，這就是現況。正因如此，父皇才把告發函一事交派給我們吧。我身為兒子也希望分憂解勞，卻沒能如願。

就算那樣，父皇也不至於動怒才對，他理當會把發怒的力氣用於想對策。即使南部反叛，也不代表帝國就此走上末路。來自他國的介入有可能發生，要說危險固然危險，但帝國並沒有衰敗到會因為這點動亂而倒台。

不過，如果事情都照戈頓的盤算走，父皇大概就會擺出不悅的臉色。畢竟他是我的父親。

當我思索這些時，重臣會議開始了。先提到葵絲妲的綁架事件，再談及東部與南部復興的進展。各大臣盡力而為，復興卻不可能一口氣就完成。

重振民眾生活需要時間。

「呼嗯……法蘭茲，可有良策？」

「這事唯有穩健處之一途。能支援的已經支援，各地領主應該也都傾盡心力了。」

「打擾。」

彷彿要打斷法蘭茲發言，身穿鎧甲的戈頓踏進了謁見廳，後頭還帶著部下。

重臣們蹙眉不解有何狀況，還低聲與旁人交談起來。面色不改的頂多只有埃里格。

看來他到底是掌握到事態了。

忽然間，我與埃里格目光交會。於是埃里格淺淺一笑，好似等著要見識我方手腕的笑容。

作壁上觀啊。埃里格大概知道那才是上策，不過他的餘裕能維持到什麼時候呢？

這次的事情結束後，李奧的評價將進一步提升。

我會讓李奧與你並駕齊驅。到時候你那餘裕的笑容就要抹滅了，做好心理準備吧。

「現在重臣會議才開到一半喔，戈頓？縱使是將軍，未經允許闖入仍要問罪。」

「是！我深知其理，仍有急務要前來稟告。」

話說完，戈頓以屈膝跪下的姿勢拿出了一封書信。沾染著血汙的那封信，應該就是西塔赫姆伯爵託付給蕾貝卡的吧。

「那是什麼？」

「這封信記載了以南部貴族之首克琉迦公爵為中心，南部眾貴族涉弊的情形。手書者為西塔赫姆伯爵，恐怕是南部發生騷動之際，他託付給騎士的書信。」

「西塔赫姆伯爵寫的信啊……聽來讓人無意多讀。」

父皇說著就把信交給法蘭茲。父皇沒必要當場讀信，日後再議是常有的事。然而，對此戈頓卻站起身了。

「恕我無禮。陛下，我確認過那封信裡寫了什麼，內容是西塔赫姆伯爵的告發函。以南部貴族之首的克琉迦伯爵為中心，南部貴族與擄人組織過從甚密，涉及眾多弊端。內容所寫便是如此。」

「……為何在呈交到我手裡之前，你就先讀了信？」

「我是聽聞來自部下的情報，才得知信中有那些內容。然而，會發現這封告發函是出於偶然，我在制壓與克琉迦公爵有所勾結的犯罪組織據點時發現的。總不能將無關的信函呈交陛下，我便做了確認。擅作主張過了頭，我正在反省。」

戈頓對答如流，可見這些都在料想範圍內。父皇稍稍板起臉，卻立刻就粉飾表情。

「既然如此，這信就不能不讀。還附了魔法血印啊。」

父皇嘀咕以後，就讀了信的內容。儘管他應該早就得知全案梗概，卻不知道細節。大概是因為這樣，父皇露骨地板起面孔，並且低喃：

「……克琉迦公爵竟敢如此。」

光是這樣，重臣們就察覺戈頓所言屬實。這麼一來，重臣會議的議題也隨之改變。

「陛下！若是事實，便不能放任！」

「沒有錯！帝國的公爵竟與擄人組織勾結……擄人？」

重臣們推敲出理所當然的疑點。這陣子，城裡才剛發生擄人案。

「難不成……葵絲妲殿下會被綁架也是他指使的？」

「豈有此理！原來是想充作人質嗎！」

「陛下！請問要如何處置？」

南部貴族不可輕饒的風向在重臣間傳開。見狀，戈頓竊笑了。這麼一來，父皇也就不能息事寧人，戈頓算是得逞了吧。

「若放過此事，其他貴族也會跟著放肆吧。陛下應嚴加懲辦。」

「……尚不知這封信是否為真。」

「畢竟施有魔法血印，聽說李奧納多殿下也保護了原本送信的騎士。陛下不如向他確認？」

「也對。各位，先暫時退下。李奧納多，將那名騎士帶過來。」

「是。」

父皇說完便讓重臣們退下，並且召來了蕾貝卡。

■■■

「騎士蕾貝卡，那封信真是出於西塔赫姆伯爵的手筆？」

「不會錯……是伯爵寫的。」

蕾貝卡跪到父皇面前，並且一邊讀信一邊稟告，從她眼裡滴下了一行淚水。父皇又從那樣的蕾貝卡手裡接過信函，然後交給法蘭茲。

這樣克琉迦公爵的罪行就確定了。然而，那對西塔赫姆伯爵來說也一樣。雖然說是遭到要脅，依舊改變不了他為惡的事實。

即使如此，伯爵仍有意改正，應該讚揚他的勇氣。

「那麼，信已確定為真……這件事該如何處置？」

「關於西塔赫姆伯爵的行為，他未能遵守皇帝陛下要求保護流民的命令，倒也可以解讀為自作自受……」

「沒錯。參與弊案的事實不會抹滅，我要剝奪西塔赫姆伯爵的爵位。」

那是當然。勇氣應該讚揚，然而之前所犯的罪並不會消失。

我瞥向蕾貝卡，她變得臉色蒼白了。

她應該有心理準備。西塔赫姆伯爵捨棄名譽，選擇走回正道。事到如今，不可能再替他恢復名譽。不過，那樣蕾貝卡未免太令人同情。

當我思索著這些時，李奧出聲了。
「陛下。請問能否讓我提一句意見？」
「什麼意見？」
「懇求您獎勵騎士蕾貝卡。信能送到陛下手中是她的功勞，之前信被搶是因為我等未能及時救援，並非她失職。」
「是嗎……既然你這麼說，那沒辦法。」
父皇說著點了頭。
李奧似乎跟騎士約好要恢復西塔赫姆伯爵家的名譽，卻無法說恢復就恢復。
話雖如此，並不是沒有辦法。
「那麼，第八皇子李奧納多·雷克思·阿德勒在此想推舉將騎士蕾貝卡列為貴族。懇請陛下賦予她爵位。」
「……好吧。」
李奧言外之意應該是可以理解的。
父皇深深點頭，接著他的目光看向了蕾貝卡。
「騎士蕾貝卡，妳想要什麼樣的爵位？」
「皇、皇帝陛下……我、我不需要爵位……相、相對地……」

「無須多言。戴尼斯犯了罪，無論理由為何都必須予以責罰。」

「那、那太狠心了！領主大人展現了身為帝國貴族的驕傲！太令人不值了！」

「就算涉弊者最後做了善事，也無法予以褒獎。先前的弊端並不會隨之消失。」

被父皇這麼一說，從蕾貝卡的眼裡有大顆淚珠滴落。

看蕾貝卡反應如此，父皇告訴她一句：

「騎士蕾貝卡，我賜妳貴族之位。」

「……是。」

「——將西塔赫姆子爵的貴族地位賜予騎士蕾貝卡，然後再頒發帝國銅十字勳章給西塔赫姆子爵『以資獎勵』。」

帝國銅十字勳章只會頒給對帝國有莫大貢獻者。

雖然再上去還有銀十字、金十字勳章，但就算頒發的是銅十字也算稀奇，那是父皇表示感謝的證明。他無法直接讚揚涉弊的西塔赫姆伯爵，所以才將西塔赫姆的貴族名號轉賜給蕾貝卡，並且表揚她。

李奧推舉將蕾貝卡列為貴族就是這個緣故，以往有好幾個類似的事例。

若是從皇帝的立場無法直接表揚，就會用這種手段繞個彎。

「蕾貝卡・馮・西塔赫姆子爵。向陛下致謝。」

「……謹、謹遵聖意……感謝陛下。」

盈現的淚水有了不同意義。

最後的那句以資獎勵是向蕾貝卡說的話，也是對西塔赫姆伯爵說的話。

蕾貝卡也感受到其中用意了吧，她靜靜地持續流了一陣子眼淚。

「……南部的問題根深柢固。事已至此，我也不能饒過他們。法蘭茲，懂嗎？」

「若陛下拿出強硬的態度，對方也將回以同一套喔？」

「怎能就這樣讓臣子看扁。這國家的皇帝是我，這國家的人民與貴族都屬於我的一部分，能任意處置的只有我。南部之事我會親自查辦，將我的旨意告知南部的全體貴族。」

父皇說著就表明了態度。

那表示他將不惜對抗內亂。就算國家會因而耗弱，也不能坐視臣子的蠻橫。父皇想向所有臣下殺雞儆猴。

事態逐漸順著戈頓的意發展。然而，我不會讓他稱心。

「還有，要第五妃子蘇珊與珊翠菈先閉門思過。不管她們倆有沒有介入都無所謂，那兩人屬於克琉迦的關係者。」

法蘭茲接到指示，行禮後就開始行動了。

後來，重臣們被交代會議改日再續，事態急遽動了起來。

2

「父皇對珊翠菈皇姊及第五妃子做了閉門思過的處分喔。雖然她們本人似乎都否認涉及南部貴族的弊端。」

從帝都前往傷痕騎士駐紮地的途中，我在馬車裡向愛爾娜這麼說明。

愛爾娜對珊翠菈及第五妃子應該沒有好的回憶，我本來以為她會感到爽快，反應卻不大。

「是嗎？想也知道她們會那樣表示。」

「妳的反應是覺得不在乎？」

「不在乎啊。不過……明明是自己的哥哥及舅舅受到陛下懷疑，看她們只有先否認涉案，我就懂了，感覺很像她們的作風。懂歸懂，我可無法理解。」

天曉得那兩人有沒有所謂家人的概念。

那兩人對家人的概念，肯定與我們不同。

對愛爾娜來說確實無法理解吧，我也無法理解。
「南部是珊翠菈的寶貴後盾。失去的話，實質上她就從帝位之爭出局了。所以父皇立刻要她閉門思過，珊翠菈若傾向支持南部還主張要繼承帝位就麻煩了。」
「陛下也真辛苦呢。一邊經營帝國，一邊竟然還要守候帝位之爭的發展。」
「帝位之爭就是這樣吧。如妳所聽見的，那才不是什麼光鮮體面的事。」
「……這陣子，我父親說了些不可思議的話。」
愛爾娜望著馬車窗外嘀咕。
難得聽愛爾娜談起勇爵的話題。那是位四處奔波的人物，本來就很少有機會見面。
「勇爵是怎麼說的？」
「這次的帝位之爭似乎不對勁。」
「不對勁？」
「精確來講，他指的是最近。依父親看來認為太過頭了。」
「太過頭？」
什麼意思？
愛爾娜似乎也聽不出所以然，她一邊偏頭一邊回答我的問題。
「他說，珊翠菈殿下與戈頓殿下都改變得太多。」

「以往他們肯掩飾罷了，只是到最近才露出本性吧。」

「我也是那麼說的，不過我父親似乎不能認同。就算本性如此，他還是認為那兩位殿下應該有足以掩飾的器量。」

「畢竟勇爵從那兩人小時候就認識他們了，大概是無法相信人會變吧。」

長大才發現以前的乖孩子不復存在，常有的事。天曉得人會因為什麼契機而改變。不過，勇爵應該比我更明白那樣的道理。

他會那麼說，果然還是有介懷之處吧。

「我也有同感就是了……父親說他們最近變得不尊重帝國的利益了。以往確實不會有那種狀況，無論哪位稱帝人選都一樣。要是帝國在他們自己稱帝時已經耗弱，那可就慘不忍睹了。」

「也對。聽妳一說，或許確實有奇怪的地方。」

要說是爭帝位爭到沖昏頭，大概也無法再深究……

下次向爺爺問問看好了，他是我身邊對帝位之爭觀察最久的人，或許爺爺會知道些什麼。雖然會不會認真回答倒是難講。

「總之先擱下那件事吧，我們沒空研究那些傢伙的變化。」

「那倒也是……我們已經被盯上了。」

話說完，愛爾娜朝四周投以銳利目光。
目前，馬車駛於森林中的筆直道路。
從森林中就已經受到監視？真有能耐的部隊。
「我說服得了嗎？」
「要有自信。艾諾，你沒問題的。」
「話是那麼說啦……對方可是信奉正義的解職騎士耶？」
「所以才沒問題啊。有我陪著，萬一出事了，我可以幫你將他們全部揍倒。」
「那樣談判就破局了吧，我來也失去意義啦……」
當我對愛爾娜說的話嘆氣時，馬車停下了。
看來我們到了。
帝國軍唯一的騎士團——傷痕騎士的駐紮地。

■■■

駐紮地呈現正如軍事基地的樣貌，我踏進其中。
「事前已經派人通知過才對……」

「對方似乎還沒有人來帶路呢。」

待在駐紮地的傷痕騎士兵員只是遠遠看著我們，都沒有人靠近，也沒有過來搭話的跡象。

被眾多士兵打量似的盯著看，感覺實在無所適從。

「令人不舒服呢。」

「我們走。」

「艾諾，負責帶路的人還沒有來喔？」

「應該等不到的。」

想看自己看，想找人自己找。我認為這就是對方的用意，便開始在駐紮地走動。

設備相當不錯，不愧是原本由皇帝親設的特殊部隊，應該花了滿多經費。當我如此心想時，就被人從背後搭話了。

「瞧，傳聞中的廢渣皇子耶。」

「他來實地考察還是幹嘛？」

「不帶勇爵家的千金就不敢來實地考察，可見有多沒用。」

有兩名士兵指著我嘲笑。霎時間，我立刻抓住了愛爾娜的手臂。

愛爾娜的右手已經伸向劍了。

「放開我。」

「我不介意那些話，所以沒事的。」

「會介意的是我……反正你放手就對了。」

「無論如何都非得拔劍的話，妳甩開我就好啦？」

話說完，愛爾娜露出悲憤交加的臉色，然後緩緩將劍放開了。在這裡讓她拔劍會讓事情鬧大，那可就沒得交涉了。

不過，對方很了不起，看見愛爾娜發怒還不以為然。他們應該知道愛爾娜的實力，仍能保持一副平靜就是好膽色。

不愧是勇於導正自己主子的解職騎士。

「怎麼了嗎～～？皇子殿下？要請勇爵家千金保護也是可以的喔？」

「是我的騎士失禮了。她是貨真價實的騎士，所以會因為我被愚弄而發火。跟某些不懂忠義的分子可不同。」

我如此大聲挑釁，駐紮地的氣氛頓時有了轉變。

先前都帶著幾分戲謔的試探味道，如今其氛圍卻一舉變得緊繃。

無論怎麼想都是我說出了觸犯底線的話，不過也罷。對方先來找碴的。

「你挑釁是要怎麼辦啊？」

「沒什麼大不了吧，對方先來試探的。」

「既然如此，為什麼要阻止我？」

「被試探的是我啊。」

我和愛爾娜爭論這些時，士兵們便紛紛聚集而來，全是壯碩男子。飽經鍛鍊的他們對上不靠魔法的我，應該不用武器就能置我於死地。

「怎麼了？生氣了嗎？」

「請收回剛才的話，皇子殿下。」

「你是指那一句不懂忠義？傷了主子家徽的傷痕騎士們，我倒覺得那用來形容你們恰如其分啊？」

我嘲諷似的說道，士兵們便狀似忍無可忍地逼近。

四周完全被包圍了。敢對皇族擺出這種態度，可以窺見他們一個個的自我意識有多強烈。他們絕不會對自己無法信服的事點頭，具備如此的精神。有趣的一群傢伙。

「皇子殿下……這是最後的忠告。請收回剛才的話。」

「若希望我把話收回，你可以試著證明自己不是那種人。先來賣弄口舌的是你們，難道重視榮譽的傷痕騎士們敢愚弄他人，卻沒有遭到還擊的覺悟？」

聽得見咬牙切齒的聲音。

然後有年輕的騎士向前一步。在那個瞬間，喝斥聲傳來了。

「騎士團長要過！把路讓開！」

一聽見那句話，所有士兵就退到兩旁，當場立正站好了。

態度變化可真大。不過，看來這裡的騎士團長完全掌握了這些傢伙。

剛才仍充滿霸氣的士兵們都在緊張。

於是有個男子走過了由士兵們列隊讓出來的路。年紀約三十過半，有著成人韻味的俊美男子就在眼前。這男人簡直像出於藝術家之手的石雕。

那名露出自信笑容的男子看見我，就樂得笑了笑。

「原以為被部下嚇唬，一時興起拜訪駐紮地的皇子就會回去，我便沒有制止他們。請饒恕。」

男子說完便向我敬禮。

所有士兵也效法朝我敬了禮。

「我是在傷痕騎士團裡擔任團長的拉斯．維格爾上校。剛才我的部下對您失禮了，艾諾特殿下。」

「不，滿有趣的表演。上校，愛爾娜不在的話，我已經逃回城裡了。」

「您說笑了，從眼神即可看出是否膽怯。這邊請，我有接到消息。」

我就這樣見到了率領眾多傷痕騎士的男人。

3

「請容我重新為部下的無禮賠罪。萬分抱歉。」
「我沒有放在心上。」
「看來是這樣。要說的話，愛爾娜小姐似乎還比較在意。」
「……之前我來的時候，你們應該還比較紳士的耶？」
拉斯一邊走，一邊對愛爾娜的質疑苦笑。
接著他若無其事地告訴我們：
「我這些部下排斥像艾諾特皇子這個類型的人物。」
「排斥……？」
愛爾娜警覺地挑眉，對此拉斯稀鬆平常地點了頭。
我忍不住笑了，真是個直言不諱的人。
「哈哈，那倒是。考量到你們過去的經歷，八成會討厭我這種人。」

「是的，我們不喜歡坐享權勢者。當然我也一樣。」

拉斯直直地朝我望過來。

換成女性，被他這麼凝望大概會心動，不巧我是男的，而且我也明白這個叫拉斯的男人正在打量我。

我聳肩應付，拉斯也曖昧地笑著敷衍過去。接著，我們在拉斯帶領下進了駐紮地的營房。

那裡陳設了劃叉的盾牌徽章，是傷痕騎士的隊章。

「請坐。」

「打擾了。」

回話的我穩穩地在椅子坐下。愛爾娜也坐到我旁邊，視線卻顯得嚴厲。

因為無論怎麼看，傷痕騎士都不歡迎我。

「那麼，請問這次有什麼事能勞煩皇子殿下親臨？」

「我有事想來拜託你們……但似乎不太有指望。」

我看著守在拉斯旁邊的士兵苦笑。

對方看向愛爾娜的視線明顯與看向我的視線有差異。對愛爾娜展現出了敬意，對我卻沒有敬意。雖然我習慣了，不過這與平時感覺不同。

總覺得他們與我之間橫越著一道鴻溝。

「有沒有指望，得聽殿下談過才會曉得。如果我的部下讓您覺得不快，倒可以叫他離開喔？」

「不，免了。我更希望聽你們的想法。」

「我們的想法嗎？」

「對。你們是一群選擇將正義優先於忠義而被解職的騎士。我是這麼聽說的，不過實情好像與傳聞有些許差異。」

這麼說的我一笑，拉斯也跟著笑了。不只些許而已，可以說跟外界一般所知的形象正好相反，他們粗野得令人懷疑是否真的當過騎士。

當中肯定有理由才對。除非能知道那一點，否則我便得不到他們的協助。

「正義是嗎……」

拉斯喃喃說道。

接著他重新在椅子坐好，並朝我投以狀似要將人貫穿的視線。心靈脆弱者光是面對就會生畏的視線，屢次克服生死一線的強者視線。

拉斯一邊用那種視線對著我，一邊說道：

「我們對那個字眼的愛好程度，並不如許多人所想。」

「哦。」

我把視線轉向愛爾娜，然後低聲問道：

「這就是妳不推薦他們的理由？」

「對，不過狀況或許比我原本想得嚴重。」

愛爾娜認為適合來遊說的是我，而非李奧，就是因為他們脾氣怪得很吧。

假如對方並不喜歡正義，我確實會比李奧適任……

「皇子殿下，我們全是一度有過不忠之舉的人。只要被質疑曾背叛主子，所有人都無從否認。」

「然而，問題在於你們的主子。」

「正如您所說。所以我們才抱持不忠的覺悟背叛了主子，因為我們都覺得那麼做是為國為民。然而，等待著我們的卻是無處容身的地獄。人人都稱頌我們，卻不會朝我們伸出援手，然後就流落到了這裡。」

「維護正義的代價是喪失容身之處，所以你們才脾氣火爆？」

「差不多就是那麼一回事。對於皇帝陛下來說，失去像我們這樣的人會造成困擾。然而，一度背叛的人又不能信任。話雖如此，我們這種人照這樣下去將無以為繼，所以陛下創設了這支部隊。行使正義讓我們這些人成了燙手山芋，儘管我們採取的行動皆是為國為民。」

說詞有理有據。有傷痕騎士這樣的人在，貴族們就無法專擅。唉，雖然效果應該是微乎其微，但總比沒有來得好。

但帝國也無法厚待他們。畢竟在組織當中，沒有比優先個人正義者更難伺候的。就算那是為國為民，採取行動的終究是個人，並非奉皇帝命令行事。

「但是，你們卻保有能讓愛爾娜認同的訓練度。為什麼？」

「淪為自甘墮落的大老粗，也不是個辦法吧？自己的價值要自己創造。強悍是單純明快的，強悍就會讓我們有價值。」

原來如此，我大概懂了。他們身為被解職的騎士，同時也是伸張過正義的人。理想與正義之類都被這些人留在過去了。結果他們就成了現實主義者，以性質而言算是從騎士變成軍人吧。

不過人的本質並沒有那麼容易改變。

「你們被說成背叛了主子，但是從你們的立場來看，應該是國家及民眾背叛了你們才對。即使如此，你們仍在鍛鍊自己，那是因為心裡留有對國家及人民的忠義？」

「我們是軍人。職責在於侍奉國家，為人民服務。這當中並沒有讓個人情感介入的餘地。」

「別矯飾，上校。把話說明白如何？你們還在追求活躍的舞台，你們希望被需要。我有說錯嗎？」

「倘若如此呢？」

拉斯用了試探似的語氣回話。

我懂他們的心理了，接下來只剩說服而已。

為了不讓他們把命令當藉口，為了讓他們主動站上舞台。

「我來安排，與你們相稱的活躍之處。」

「請賜教，您所安排的地方是？」

「可知南部當下的情勢？」

「多少有掌握，恐怕將發生內亂吧。」

「我要予以阻止。派精銳部隊發動奇襲直搗根據地，將克琉迦公爵拿下，趕在戰爭開始前就將其終結。」

「……感覺不會成功呢。」

「李奧納多將扮成使者前往南部，我要派精銳部隊擔任其護衛。近衛騎士團會引起敵人警戒，所以需要能與其匹敵的部隊。我是來拜託你們接下這項大任。」

我的說詞讓拉斯的部下們蹙眉，他們馬上就聽出這太過危險了。

在拉斯聽來應該也一樣。

「意思是要我們成為保護令弟的牆？」

「沒錯，應該也可以理解成那樣。」

「……若接到正式通知，我便會領命。那是我們的職責。」

「那樣不行，我不需要接到命令才不甘不願地參加的傢伙。抱歉，希望你們能樂於奉獻生命。」

這是自私的要求。他們對於國家及民眾都感到失望，我卻要他們奉獻生命。而且，講這些的我甚至不會到現場。

「這有難處，我們並不是棋子。」

「我明白，就是知其難為才拜託你們。」

「這是為了民眾嗎？發生內亂將有眾多人民受苦，您是要我們為了崇高的大義前赴死地？」

「錯了。宣揚大義的是李奧，並不是我。我是出於更私人的感情在拜託你們。」

「那是什麼樣的感情？」

「我重視弟弟，我不希望他死去，所以要拜託你們保護他。」

拉斯不禁睜大眼睛。他應該沒想到我會在當下的場合說出這種話。

我賊賊一笑，然後直率地對拉斯的視線做出回應。

「諸如帝位之爭、報效國家、民眾犧牲之類，那些我都無所謂。既然要將弟弟派赴死地，我希望盡可能替他找到強悍的同伴，我的心聲就是如此。你們很強悍，假如你們肯站出來保護李奧，那我就能放心。」

「……出乎意料的答案。不過，我個人喜歡您的回答。」

拉斯笑著這麼告訴我並且站起身。

接著他緩緩地低下頭。

「我個人並不會吝於為您賭命。但是，我的部下應該就不同了。照理說，您希望的發展是我們全體都主動接受任務，您說服得了我的部下嗎？」

「能替我安排場地嗎？」

「可以。不過，您若無法展現出相當的氣度，我的部下們理當不會為您奉獻生命。請問您有那樣的自信嗎？」

我對拉斯的疑問搖頭，於是他加深了笑意。

接著他走到了營房門前，並且打開門告訴我：

「我去召集部下。屆時您會用什麼方式說服他們，值得一看。」

「別抱持期待。我可是廢渣皇子，做不了什麼大事。」

「我認為有兩種人能讓人願意為其賭命。一種是樣樣兼備，充滿魅力而讓眾人願意追隨的人。另一種則是樣樣欠缺，會讓眾人想伸出援手的人。然而，您真是不可思議，感覺像是後者，在我看來卻也像前者。」

「你這算誇獎嗎？」

「是盛讚。」

經過這樣的對話，我站到了傷痕騎士全體成員面前。

4

傷痕騎士具備千人左右的規模，算是一支獨立大隊。

那樣的他們在拉斯一聲令下，聚集到了我的面前。

「皇子殿下似乎有話要告訴大家。」

拉斯說著就把準備好的講台讓給我，站上去便看到了近千名團員的臉孔。

所有人都帶著險惡的臉色看我。

面對那樣一群人，我毫不拐彎抹角地開了口。

「南部有爭端出現。發生內亂的話，規模應該會相當可觀。我與弟弟李奧納多為了予以阻止，構思了奇襲作戰，那會需要精銳部隊。今天我就是來談這件事。」

簡略說明以後，我做了停頓。

大多數人臉上都表示不出所料，表示南部正是如此地動作頻頻。武器及糧食，循著其流向就會摸索出不自然之處。只要是軍人，應該馬上就明白南部打算做什麼。

「作戰是由李奧擔任使者前去交涉，潛入敵方根據地，然後將敵方首腦克琉迦公爵拿下。只要命令下來，你們應該就會擔任李奧的護衛。不過，這將是危險且難度極高的任務。我不想將弟弟交給不甘不願地奉命行事的人保護，我希望你們自願參與。」

話說完，現場一陣沉默。

有人對荒謬的提議感到吃驚，有人明顯態度輕蔑。儘管有形形色色的表情，卻沒有任何一張臉是善意的。

那是當然。連講完的我都覺得這叫自說自話。

「南部間的內亂一旦發生，將有眾多人民受苦，帝國也會隨之耗弱，所以李奧明知危險仍要前往南部。不以兄長偏袒的眼光看待，我認為那令人欽佩，宣揚的大義也一樣了不起。然而，我跟李奧不同。那些漂亮話說得再多也改變不了我的心聲，我並不希望弟弟喪命，所以希望你們能賭命保護我弟弟。這是相當私人的請求。」

貴族都很自利，皇族更是比他們自私。大多數的行為都會被容許，而且皇族的性命與其他人並不同等。從出生時就受到保護，往後也都會藉其身世受到保護。

即使活得像我或杜勞哥這麼隨便，也不會遭到攔阻。就算不勞動也餓不了，頂多被瞧不起或苦苦相勸。

而皇族說出這些話，傷痕騎士的團員應該是無法置若罔聞的吧。

「皇子殿下，能讓我發問嗎？」

「請。」

有一名年輕士兵舉手向我發問。其眼神相當正直，他過去肯定也是帶著一樣的眼神想導正自己的主子吧。

「皇子殿下是否會參加那場奇襲作戰？」

「不會。」

「原來如此。那麼您自己並未付出任何賭注，就要求我等前赴死地呢。」

團員們臉上浮現了輕蔑之色。待在安全的舒適圈，無論說什麼都不能打動人。不分擔風險，也不負責任。豈有誰會回應那種人的期待。

在上位者要說動底下的人，必須有強烈的覺悟。

「不，我也會賭。」

「您賭的是什麼？錢嗎？還是地位？」

「那些小家子氣的東西想必不能打動傷痕騎士，我願意賭上生命。」

一瞬間，團員們愣住了，接著立刻便有人低聲嘲笑。這位皇子在說些什麼啊？如此存疑的笑聲。

不知生命之重，也不知臨死覺悟的年輕人口出戲言，大概是以為拿命說事就會管用吧。看得出眾人對我有這種想法。

而我在他們面前拔出了帶在身上的短劍。

「人人都稱我廢渣皇子，那並沒有錯，我有許多天賦在母親的胎裡讓李奧吸走了。即使如此，並不代表我就一無所有。」

話說完，我用右手拿的短劍對準左手。

皇族有所謂「血之誓約」的儀式。由原本身居高位不需流血的皇族傷害自身，向血與疼痛立誓的儀式。

該儀式也已經作古了。光從紀錄來看，近百年沒有任何人做過，因為那毫無意義。

那並非靠魔法賦予強制力的誓約，純屬當事者自我滿足。只有在對方相信其覺悟時才會讓誓約成立。過去皇帝曾靠這種誓約與敵國達成和睦，不過那是因為他面對的國王亦為賢王。對方若嗤之以鼻，那麼做就不具意義。

只會徒留傷痛。即使如此，對皇族而言依舊是最頂級的儀式。

「無論活得有多麼隨便，誰也不會責備我，大家只會嘲笑。所以我一直活得隨心所欲。然而，我也有該履行的責任，那就是身為兄長的責任。先出生的我成了兄長，我從那一刻就負有兄長的責任，那是我這個廢渣僅剩的重要責任。」

我瞥向愛爾娜。

愛爾娜臉色蒼白地搖頭。但是我毫未轉開視線，並且告訴她：

「愛爾娜・馮・奧姆斯柏格。我命妳為誓約做見證。」

「……艾諾。」

「妳辦不到嗎？」

被問到的愛爾娜沉默了片刻，然後緩緩跪下。

隨後——

「……請容我為殿下見證。」

「好。仔細聽著，這是廢渣立的誓約，全帝國的笑柄將當眾立誓。你們看清楚。」

我說著便用短劍捅向左手。

短劍深深捅入，扎實地貫穿了手掌。

「唔！」

衝擊性的痛楚與熱燙感竄過體內，真想立刻打滾叫痛。

但是，我總不能那麼做。不能輸給痛楚，非得將誓詞說完才行。

「第七皇子……艾諾特．雷克思．阿德勒在此立誓。南部的作戰若以失敗收場……我誓會以此命負責……對這股痛楚、這灘血立誓的我絕不食言。愛爾娜．馮．奧姆斯柏格……由妳見證，若我無法履行誓約……妳便要將我斬斃。」

「……我明白了。」

愛爾娜帶著泫然欲泣的臉色點頭。見狀，我將短劍從左手拔出。

大量血液流出，紅褐色傷口映入眼底。熱燙感已經勝過痛楚，意識差點就遠離了。

我硬是忍住，並且向團員們亮出傷口。

「這道傷……！是我為弟弟賭上一切的勳章……！就算得不到你們回應，也絕不會改變！這是值得驕傲的傷！你們何嘗不是如此！在主子的家徽留下傷痕時，你們並未期望回報才對！你們會行動並不是希望成為近衛騎士！更不是希望成為貴族！因為你們認為不能就此坐視不管，才會順從自己的信念拿出行動吧！」

我不會叫他們不求回報。

就算毫無回報，也沒有什麼會因而改變。

「本質絕不會變……你們為國家與人民站了出來，你們相信那才是正道！那就不要

因為他人的評價而動搖！別說自己得不到回報就有失尊嚴！家徽留有傷痕理應是你們的驕傲！縱使被說成背叛的象徵，只要胸中仍有堅定之志就不怕閒言言語！你們留下的傷與我的傷並無不同……別貶低自己為了誰或為了什麼而刻下的傷！」

正道並非永遠不變，那是隨立場而改變的曖昧玩意，觀點更是人人不同。

即使如此，他們行動時仍相信自己走在正道。而且他們的主子都受到了制裁，那是無可動搖的事實。或許，他們後來並不被世人認同，或許他們並未獲得厚待。

然而，那些都微不足道。

「你們不惜背負傷痕也要保住自己的驕傲。你們貫徹了信念，那是崇高之舉。只要你們心裡明白，就不用聆聽他人的聲音……由自己決定傷痕的價值！傷痕騎士！我要問你們！敵人是南部貴族的魁首，克琉迦公爵！入侵敵陣的任務非常之危險！有人自願與我的弟弟一同前往嗎？面對或許性命難保的任務，我需要的只有能遵從自身驕傲與信念上前作戰者！」

痛楚與熱燙感隨時間逐漸加劇。即使如此，我仍不肯放下左手。

血沿著手臂源源流下。要流就流吧，用這些血若能為李奧換取到同伴，那算便宜。

寂靜籠罩現場。在那當中，向我質疑的年輕士兵隨著「喀」一聲打開了墜飾。裡面肯定裝著過去主子的家徽，由他自己刻下傷痕的家徽。

接著年輕士兵抬起臉孔後，就用右手敬禮並發出了聲音：

「我是貝倫特·列爾納少尉。謹告殿下——我志願參加任務。」

那肯定是非常需要勇氣的一步。

即使如此，列爾納的表情仍顯得舒暢。

「我弟弟就拜託你了。列爾納少尉。」

「是！我願挺身作戰，不令艾諾特殿下的傷蒙羞！」

以此為發端，有許多人朝我敬禮，並表示志願參加。

轉眼間，所有人都立正敬禮了。

然後，一旁的拉斯上前向我敬禮。

「艾諾特殿下，傷痕騎士全體志願參與這場作戰。」

「感謝你，上校。」

「應該是我們要感謝您。您願意理解我們的傷痕有何價值，因此我們也理解您的傷有何價值。我願向您的傷起誓，傷痕騎士必保李奧納多殿下平安，更不會讓您送命。」

「那真是可貴。就麻煩你們準備了，我弟弟正在等著。」

「屬下了解。全體準備出擊！朝帝都進發！」

接到拉斯的號令，所有人都手腳俐落地動了起來。

我一邊看著那景象，一邊感到眼花而無法站穩。不過，我並沒有倒下。

因為身旁有騎士扶著我。

「你真傻……」

「不好意思，總要麻煩妳……沒有人見證的話，我想他們不會服氣……」

愛爾娜當場讓我坐下後，就用繃帶替我包紮傷口。

我捅得很深，或許會留下明顯的傷痕。

「在帝都找高明的治癒魔導師看診就會立刻癒合，雖然得要你有意願。」

「沒關係。留下傷痕也不壞，這是勳章。」

「傻瓜……先跟你聲明，我可是敢於拋開尊嚴與名譽毀約的女人喔？要我將你斬斃絕對免談。」

才剛立完誓，說這什麼話嘛。

然而，我不會叫愛爾娜別說任性的話。原本就是我在耍任性。

「這下更不能失敗了。」

「不要緊喔，他們肯定會比平時更加奮力作戰。畢竟原本被自己當廢渣皇子看扁的人，都展現了那等覺悟。他們會賭上一切為你奮戰的。」

「那我就放心了。唉……是我不好啦。所以妳別擺那種臉色。」

看愛爾娜臉上將憤怒與悲傷混成了一團，我如此苦笑。

然而，我這一笑似乎惹惱了愛爾娜，她在替我包紮時使了相當大的勁。

「痛耶！」

「沒有下次！你再胡來害我擔心的話，到時候我就會提劍劈了一切！擔心這些已經讓我受夠了！」

愛爾娜說著就轉頭向後，不讓我看見臉。

很符合愛爾娜作風的忠告。再有下次，或許她真的會自己出手摧毀帝國。

我得小心別讓事情變成那樣。不過，應該不太需要擔那種心吧。

準備就緒了，接著只剩神不知鬼不覺地入侵。那麼一來，珊翠菈便會出局，戈頓的盤算也會被我們打碎。

從現在起就是反擊的時刻。

5

艾諾等人回帝都的途中——

在帝都這裡，大臣、皇子及主要貴族都被皇帝召去了。

「南部拒絕讓我查案。」

皇帝約翰尼斯在召集而來的眾人面前簡短說道。

於帝國，皇帝是絕對的。拒絕接受查辦即為反叛，別無可說。

每個人都心想，事態終於走到了這一步。

「以克琉迦公爵為中心，南部的貴族組成了南部聯盟。南部大半的貴族、都市都已入盟。對帝都這邊更是關閉門戶，展現出抗戰的態勢。」

宰相法蘭茲的報告讓每個人都顯露憤慨之情。

南部敢恣意妄為，反映了他們對中央有多輕慢。

因為皇帝已經被他們看扁。

「應該派軍南下！」

有人如此疾呼，促使眾多與會者提議要出動軍隊。

對此法蘭茲陳述了至為冷靜的意見。

「南部聯盟的目的恐怕是要陛下讓步。如果能得到陛下寬恕，應該就不至於發展成內亂。」

「那樣的前例一出，更會招來內亂！」

「沒錯！非得毅然處置才行！」

受眾人責備的法蘭茲被指為軟弱，他卻無動於衷地觀察與會者。

這場會議的目的在於探討有效的因應手段，法蘭茲要的並不是派軍這種了無新意的答案。而且皇帝想的也跟他一樣。

「查辦此案或許終需派軍。不過，在那之前可有其他手段？我想聽各位的意見。」

「陛下！承您貴言，但摸索其他手段的時期已經過了！對方拿出了武器！我們也得舉兵相抗！」

沒有錯，正是如此──附和聲接連出現。

皇帝微微嘆氣。對貴族及大臣具備影響力的埃里格沒有參加這次會議，上次舉行完重臣會議之後，埃里格就以外務大臣的身分去牽制他國了。或許是因為這樣，貴族們及大臣們的意見就變得偏頗。

「皇帝陛下。」

在與會者情緒升溫的局面當中，戈頓出了聲。

接著戈頓走到約翰尼斯面前，然後一派威風地直望向約翰尼斯。

「怎樣，戈頓？」

「請將中央軍交給我指揮，我會立刻平定南部的反叛給您看。」

那句話讓貴族及大臣們為之欣喜。戈頓雖不及莉婕，在戰場上仍是一路立下功勳的將軍。儘管戈頓排斥留守國境，這段日子以來便沒有機會上戰場，但他在帝都的將軍中仍堪稱出類拔萃。只要由那樣的他率軍，應該就能如其所言，立刻平定南部的反叛。

但是，當然也有人對此表示反對。

「請等等，戈頓殿下。身為財務大臣，我無法贊成。」

長年擔任財務大臣的老人如此喊停。

戈頓瞪了那名老大臣。

「你說什麼？」

「目前，帝國的財政狀況難以說是良好。從怪物大量出沒開始，一直到先前發生於南部的異象。物流停滯，民眾正深受其苦。若再發動大規模內戰，帝國的經濟將會遭受打擊。」

「我立刻就能結束內亂，不會拖久。」

「斷無贊成之理，這問題並非及早結束便能解決的。」

戈頓聽完老大臣的話，便露出怒火朝對方逼近一步，保持沉默至今的李奧卻在此時發言了：

「皇帝陛下。」

在場所有人的視線集中於李奧身上。

李奧站到戈頓身旁，並且跪下來說了一句：

「南部會反叛是我失職，請問能否給我挽回的機會？」

「挽回的機會？難道你想以將軍的身分出陣？」

期待李奧發言的一部分大臣頓時露出失望之色，但李奧搖頭回答：

「不，我有計策。」

「哦？難道你有計策能解決這個狀況？」

「有的。」

「那就稟報上來。」

「是。請讓我擔任與克琉迦公爵對談的使者。我會以使者身分深入其根據地，並且順勢發動奇襲。只要趕在戰爭開始前將他捉住或誅伐，南部聯盟便會瓦解。」

那條計策讓約翰尼斯挺身向前。

在唯有動員軍隊採取強硬手段一途的氛圍中，李奧的計策顯得相當吸引人。

「主動提出此計，表示你也深知其風險？」

「是的，我會親手彌補自己的失職。」

如此答話的李奧朝旁邊的戈頓瞥了一眼，於是他與厲眼瞪來的戈頓目光相接，對此李奧則回以淺笑。

戈頓應該也知道形勢對他不利，他用深惡痛絕般的視線朝著李奧，李奧卻顯得不以為意。

然而，李奧的那份從容卻被意外人物抹去了。

「我倒覺得這條計策很不錯。你怎麼看，法蘭茲？」

「計策內容固然好……不過我反對。」

「宰相？這是為什麼？」

「李奧納多皇子文武雙全，在民眾間亦有良好風評，做為使者雖無可挑剔……但他也是解決南部異象的英雄，克琉迦公爵恐怕不會放鬆對他的戒備。」

「那麼，換成李奧納多以外的人如何？」

「戈頓殿下在勇武方面過於強勢。皇子中最能讓敵人鬆懈的應是艾諾特殿下，但他以使者身分潛入後便難以施展，而且交付如此大任的決定，本身就會引起戒心。」

法蘭茲說的話讓約翰尼斯低哼沉思。

計策內容是不錯，執行的人選卻稍有問題。

多一道工夫就會更好，有此預感的約翰尼斯便向法蘭茲問道：

「有沒有適任的人？」

「擔任使者需有相應地位，足以代理皇帝陛下的地位。最好是找皇族的成員，不過換成足以匹敵的人物也沒有問題。」

「所以要找誰？」

「這讓我不太想說出口。」

法蘭茲含糊其辭。約翰尼斯對此板起臉色，法蘭茲卻不以為意地噤口。在如此局面中，有新的人物踏進了謁見廳。

所有人的視線隨之聚集。

「打擾您了，皇帝陛下。」

「菲妮……怎麼了嗎？有什麼狀況？」

「我心想自己是否能幫忙些什麼，就來到了這裡。而且那樣的心血來潮似乎並沒有錯。」

話說完，菲妮露出笑容看向法蘭茲。

法蘭茲微微垂下目光。

光是如此，約翰尼斯就察覺法蘭茲含糊其辭的理由了。

「法蘭茲……難道你想叫我派菲妮當使者！」

「菲妮小姐是適任的。只要讓李奧納多殿下擔任形式上的顧問，這條計策恐怕就能順利執行。克琉迦公爵萬萬不可能想到，陛下竟會讓蒼鷗姬犯險。」

「廢話！菲妮既非軍人也非騎士！她在帝國可是連一官半職都沒有的少女！倘若是克萊納特公爵領的問題尚能研議，難道你要她為了南部的問題賭命！」

「從陛下賜予髮飾的那一刻算起，菲妮小姐在某方面等於已經擔任要職。」

「別說歪理！要我把無法作戰的少女送去敵陣？萬一失敗又該如何！」

「倘若計策失敗，李奧納多殿下同樣會蒙受危險。」

「李奧納多是皇子！他以巡察使的身分介入了南部問題！負有的責任並不能跟菲妮相比！」

約翰尼斯憤然瞪向法蘭茲，然後又將視線轉到了菲妮那邊。

隨後——

「退下，菲妮。我自會想其他手段。」

「不，陛下。懇求您將這項任務交給我。」

「不成！」

「……陛下。貴族引起的問題正在讓民眾受苦。縱使領地有別，貴族該負起的責任依舊不變才對。保護帝國人民是貴族的職責。阻止內亂發生，眾多人民將會因而得救。既可讓南部人民免於喪命，其他地方的人民更可免受飢苦。我是菲妮·馮·克萊納特，公爵所生的女兒。犯險有此理由已經足夠。假如不能在人民有難的時候挺身而出，貴族根本沒有存在的價值。」

菲妮會來到這裡是偶然，也是必然。當每個人都在拚命付出努力時，自己又能做些什麼？如此認真思考的菲妮便來到了現場。

艾諾或李奧並沒有交代過什麼，因為他們倆都沒有把菲妮放進盤算。

然而，菲妮卻了解自己具備的優勢。

曾經從皇帝手裡獲賜髮飾，受皇帝呵護重視。這兩點就是讓對方鬆懈的最大利器，菲妮對此相當明白。

「菲妮……」

「請您讓我去，陛下。南部的貴族並不團結。肯定有許多人是出於無奈才會聽命於克琉迦公爵。侍奉貴族的騎士及士兵們就更不用說了。然而，一旦兵刃相接就會讓憎恨產生。蔓延到最後難保不會為禍帝國。我希望協助您平定此事。」

「……」

「陛下。這是為了國家。」

「……將近衛騎士們帶去。」

約翰尼斯帶著滿懷苦澀的表情告訴菲妮。

然而，菲妮卻予以拒絕。

「有近衛騎士們跟著，會讓敵人提高戒心。那樣就沒有意義了。」

菲妮說著便露出了微笑。

當艾諾與愛爾娜前往遊說傷痕騎士時，菲妮就絲毫沒有想過作戰會失敗。

自告奮勇的她之所以不覺得恐懼，也是出於對艾諾的信任。艾諾選了他認為能達成任務的部隊擔任護衛。那就不會有任何問題。

菲妮唯一擔心的是自己會否擅作主張，因而惹艾諾生氣。

她心裡是有那麼一絲微微的擔心。

以志願踏進敵人根據地的當事者來說，擔心這種事倒顯得悠哉了。

「不派近衛騎士怎能擔當大任！」

「可是陛下，近衛騎士會讓敵人提高戒心是事實。」

「不然又該如何！」

皇帝的怒罵聲迴盪於謁見廳，隨後留下的是一片寂靜。

人人都無言以對。有個皇子挑在這個時間點冒出來露了臉。

「呃～……父皇。」

「……艾諾特……你在商討這種大事的時候去了哪裡！」

「哎，我有點事情要忙啊。」

被罵的艾諾板著臉走進謁見廳。

一瞬間，他與菲妮對上目光。看菲妮一副過意不去的態度，艾諾便露出了彷彿拿她沒轍的笑容。

接著艾諾便決定趕在下一句話拋來前，儘快把事情辦妥。

「關於護衛部隊的人選，我想要推薦一支部隊。」

「什麼？」

「進來吧。」

艾諾一說，著軍裝的拉斯就走進謁見廳。

其胸前佩著傷痕騎士的團章。

「拉斯・維格爾……你怎會來到這裡？」

「我聽艾諾特皇子講述過詳情。傷痕騎士志願參與這次的作戰。」

話說完，拉斯便向皇帝敬禮。那是匪夷所思的光景。

以往傷痕騎士從事過好幾次任務。不過，那全是奉命行事，他們從未自發性的做些什麼。

而現在傷痕騎士志願接下大任。異常的事態讓一名貴族出了聲質疑。

「慢、慢著！難道你想請陛下將李奧納多皇子及菲妮小姐交給你們保護嗎！」
「請放心。我們必會將兩位保護好。」
「別開玩笑！這事怎能交給背叛過主子的人去辦！」
「……我們確實是背叛了以前的主子，因為無法坐視主子貪瀆涉弊。然而，請各位放心。正因如此，我們絕對不會倒戈投向舞弊的南部貴族。我們是傷痕騎士，弊端便是我們的敵人。」
拉斯說的話讓貴族沉默下來。考量到原委，拉斯的說詞合情合理。
然而，在場眾人顯得愁顏不展。
坐在最深處的約翰尼斯卻對拉斯提出質疑。
「以往理應也有過幾次這樣的機會。可是，你們卻沒有行動。為何這次卻要挺身而出？」
「……傷痕騎士受了殿下高聲要我們保護皇弟之託。若不予回應……那將違背我們內心僅存的騎士尊嚴。」
拉斯說完就看向艾諾。約翰尼斯也看了艾諾，還發現他手上纏著繃帶。大致察覺到發生過什麼的約翰尼斯深深嘆了氣，然後下令：
「護衛李奧納多與菲妮的任務就交給傷痕騎士。這件事情全權交由李奧納多負責。

細節由你等各自籌措。」

「陛下。請別用那種有欠把握的手段，請將軍隊派給我！」

「手段固然有欠把握，卻有一試的價值。但是，你也要預作準備。准你集結兵力，但不許對此事出手。」

「……我明白了。」

說完話的戈頓就此退讓。

其眼裡蘊藏著凶光。

6

「受不了，妳真是胡來。」

「對不起……」

會議結束，回到房間以後，我便這麼告訴菲妮。菲妮也露出一副過意不去的態度。

可以的話，我才不想讓她去犯險。

「哎，既然妳已經志願要去，那也沒辦法。正如宰相所說，妳適任是事實。這一趟要盡可能確保妳的安全。」

「給艾諾大人添麻煩了……」

「無妨。我也能理解妳的行動。」

在這種狀況會希望有所作為，可以說非常符合菲妮的性情。

何況這次菲妮的心意與許多好處是一致的，如此而已。

沒有道理怪罪她。

「艾諾特大人。」

這麼開口的瑟帕無聲無息地在房裡出現。

離開帝都的這段期間，我有事先拜託瑟帕蒐集情報，但他這次出現的目的似乎稍有不同。

「怎麼了，瑟帕？」

「有可靠的人士剛好在這個時候來訪。」

瑟帕說著就把門推開。於是那裡有著兩張熟面孔。

「好久不見。艾諾特殿下。」

「萊茵菲爾特公爵！還有……」

在那裡的人是約爾亨。

一如往常，他帶著能讓人卸下心防的笑容走進房裡。

從公爵身後靜靜跟著進來的人，則是個模樣有如少年的褐髮少女。

「琳妃雅。」

「因為莉婕露緹大人承諾會代為照顧我的妹妹們。今後我將為兩位殿下揮劍制敵，以報隆恩。」

「妳還是老樣子。不過，感謝妳願意回到這裡。我們正好需要能手。」

「詳情我聽瑟帕先生提過了。據說菲妮大人也會同行。」

「是的。因為我覺得自己也能貢獻一份力量。」

盯著菲妮看的琳妃雅驀地柔柔一笑。

接著她毅然說道：

「我覺得這很符合菲妮大人的作風。還請您放心，儘管我只有棉薄之力，也會挺身相助。」

「好的！」

「這樣戰力就大致齊全了。」

有瑟帕再加上琳妃雅，還有以拉斯為首的傷痕騎士眾精銳。

由李奧來率領他們。只要能順利潛進敵人懷中，成功機率就會大幅提升。

「不過，假扮使者想必不是李奧納多殿下想的主意。可見是艾諾特殿下想的吧？」

「對，愛爾娜還說我性格惡劣。」

「哈哈哈，在騎士看來應該是如此。不過，這會不會導致李奧納多殿下的形象受損呢？」

「那部分我也想好了。」

派菲妮擔任使者到南部，李奧則率領護衛團。南部幾乎無庸置疑會接納這批使者，畢竟他們是皇帝的敕使。一旦拒絕，今後將完全斷絕交涉。那樣對南部貴族們來說應該無法接受。

就算南部合力抵抗，在戰力比例上仍是帝國遠勝。若要誘使帝國讓步，這次就只有接納使者的份。

「陛下對南部聯盟派出使者。然而，告知的內容是對克琉迦公爵的最後通牒，若他不肯屈服就要予以裁處。由菲妮告知那樣的內容。交涉破局以後，若對方出手攻擊即可歸咎於對方。」

「不過，前往南部之前應會先確認交涉內容吧？」

「先準備好兩份敕書，在前一刻才調包。拒接敕書，就會成為懲處的對象。情勢將從派使者暗算直接轉變為懲處臣下。他國指責是有違事理的，帝國與李奧的信用也就能跟著保住。」

皇帝與南部貴族本就是君臣關係。並非能夠對等交涉的立場。對方始終只能單方面接受命令。

南部貴族大概會誤以為揭竿起事後，皇帝就上了同一張談判桌，但是皇帝根本無意讓步，派菲妮去也是為了對克琉迦公爵下最後通牒。

劇本會這樣安排。並不是與立場對等的外國交涉，地位孰高孰低從一開始就很清楚了，可以說就是因為如此才能用上這次的手段。

哎，或許外國諸邦多少會懷有不信任感，但應該沒有國家會動員全體公意將其視為問題。

「原來如此。這套說詞很符合艾諾特殿下的作風呢。」

「可以的話，我也希望艾諾大人採用更光明正大的方式，但只有這套手段了。」

「落於被動就得那樣吧。但是，殿下在這次的事情已奪得先機。主導權搶回來了。那是最重要的一點。不過，目前的主導權很容易因為旁枝末節而轉交他手。請問在情報管控方面有沒有問題？」

很像約爾亨會有的疑問。

對此我充滿把握地點了頭。

「帝都守備隊正在嚴密盤查進出帝都的人員。」
「只有這樣嗎？」
「不，我請勇爵家封鎖了通往南部的道路。到處都有勇爵家的騎士，即使是老練的祕探也不可能突圍。」
只要辯稱事關南部內亂，就能夠淡化帝位之爭的成分。皇帝既已採用我們的策略，即使請勇爵家協助以防情資流入南部也不成問題。
情報外洩的可能性極低。
雖然有隱憂在，但是我也想得到如何因應。
「殿下都做好安排了呢。那我就沒有要表示的意見。有沒有什麼能讓我幫忙的地方呢？」
「這個嘛。公爵打算暫留帝都嗎？」
「對，我是有那個打算。」
「那麼，能不能動用公爵的人脈，幫忙策動商人呢？」
「那是無妨，不過殿下希望怎麼策動？」
「即使屬於暫時性的，南部仍與帝國敵對了。治安的惡化讓人擔憂，而且那樣應該也會出現供糧的問題。我想請公爵預先防範。」

「原來如此，那是合我喜好的差事呢。我明白了。」

約爾亨說完便露出爽朗笑容。

只要約爾亨策動亞人商會，就能確保一定的人手。僱用冒險者，讓他們擔任護衛也能多少刺激金流。若有急需，我也不會吝於動用以席瓦身分賺來的錢。

問題並沒有簡單到打倒克琉迦公爵就結束。反而是事成之後才累人。

「對了，菲妮大人。這給您。」

琳妃雅心血來潮似的遞了一支笛子給菲妮。

光看就曉得，那是極高階的魔導具。

「這是？」

「有位迷路的矮人老爺爺給我的，吹了似乎就能讓笛聲傳進同伴耳裡。」

「那不是很厲害嗎？」

「菲妮大人，妳應該會比我更需要才對。」

話說完，琳妃雅就把那支笛子塞給菲妮了。菲妮為難似的看向我這裡，但我靜靜地點頭。

菲妮會吹笛肯定是十萬火急的狀況。遇到那樣的狀況，即使我用席瓦身分馳援應該也不成問題，就算有問題我也沒辦法坐視。

我肯定拋開一切也會趕去吧。

「我也覺得菲妮帶著會比較放心。」

「……我明白了。這次就先由我保管嘍。」

菲妮說著就客氣地從琳妃雅手裡收下了笛子。

不過，迷路的矮人是嗎？還是個老爺爺。一瞬間，我想起某個人物，卻又立刻轉念。

沒聽說過他人在帝國，也沒有道理在。

哎，萬一對方真的在帝國，也不可能協助南部的貴族，這次應該不會出現在檯面上吧。不過還是先記在腦海裡好了，那可是待在帝國就足以發生大事的人物。

「那麼殿下，我會立刻向商人採取動作。」

「我也要到李奧大人那邊了。」

約爾亨馬上就開始行動，菲妮則會與琳妃雅一起到李奧身邊。

留下的只剩瑟帕與我。

「有事報告嗎，瑟帕？」

「是的。索妮雅狀似是因為人質才被迫配合。雖然我只有偷聽到片段，但她的養父原本好像是被稱為天才參謀的軍人。」

「這樣啊。那我可以理解她的行為模式了。」

從冷靜的狀況分析，乃至於絕不將優勢放手的周旋技巧。還懂得活用保有的優勢，創造己方想要的局面。索妮雅操控了大局。非同小可的才智。

「索妮雅的事情暫且擱下，我們沒有那麼多餘裕。」

「明白了。那麼，我會陪在李奧納多大人身邊。艾諾特大人，請問您今後打算如何行事？」

「情報幾乎都封鎖住了。但是，有個會洩露情報的傢伙將離開帝都。」

「原來如此……您是指戈頓殿下嗎？」

「對，我要監視那傢伙。畢竟沒人知道他會做什麼。抱歉，李奧就交給你了。有事我會瞬移過去，但戈頓這邊八成也會出亂子。」

當我如此心想時，就已經開始思考戈頓將採取什麼動作了。

7

出發的日子到了。

房間裡只有我與菲妮。
「時候終於到了呢。」
「對啊。哎，萬無一失啦。除非真有大出所料的狀況，不然應該沒問題。」
「是的，我心裡並沒有不安。」
菲妮說著就朝我笑了笑，好讓我放心。
見狀，我短暫地沉默下來。
至今以來，意料外的狀況已經發生過好幾次。無法說這次就不會有。
菲妮將首當其衝。危險程度與以往不能比。
「……老實說吧。可以的話，我不希望妳去。」
「對不起。」
「妳……真是堅強。」
菲妮靜靜地垂下頭，然後抬起。她的臉上確實看不出不安。
對周圍的信任讓她得以如此。能對人信任到那種程度，的確是強處吧。
「我並不堅強。每天，我都被迫體認到自己是軟弱無力的。」
「妳會嗎？」
「您覺得意外？我總希望自己能幫到艾諾大人的忙喔？」

「令人感激，但妳現在就幫得夠多了。」

「不，還不夠。我是跟您共有祕密的人。我在這裡是為了減輕您的負擔。可是……我卻提供不了任何助力，您受的傷則是愈來愈多。」

菲妮的視線看向了我的左手。

由於尚未痊癒，纏著繃帶的左手看在她眼裡應該有些痛心。

但是，多虧有這道傷，傷痕騎士才願意為我們傾盡全力。

「這點傷沒什麼大不了。」

「……小小的傷口，累積起來也會變成一大片傷勢。我的職責是不讓您受到嚴重的傷害。我如此自負。」

被菲妮直直地凝望，我露出苦笑。

於是菲妮露出了有些氣惱的臉。

「我、我說這些是認真的！」

「是啊，我明白。我只是對妳那張認真的表情感到意外。」

「您、您把我當傻瓜了，對不對！」

「沒有啦。我了解到，妳都在為我著想。所以我先說清楚吧，我也都在為妳著想。妳很溫柔，時時都走在正道之上。對我來說是寶貴的指南針，妳不在就困擾了。」

經過帝位之爭，三位皇兄皇姊都變了。

我未必不會變成那樣，所以需要有菲妮在身邊。無論用過多邪惡的手段，仍要避免讓自己步入歧途。我一直都在避免動用會讓菲妮由衷顯露難色的手段。

她會由衷顯露難色的手段，李奧肯定也不喜歡。一旦用上那種手段，我也會沉淪於帝位之爭。

為了避免變成那樣，我希望將菲妮時時留在身邊當成燈火。

「所以……有什麼狀況的話，妳要立刻吹笛。我為了自己絕對會趕去救妳。無論我當時在做什麼，無論我當時跟誰在一起。我都會優先去救妳。」

「聽您那麼說，會讓我為難的……艾諾大人理應有更重要的事得辦。」

「不，妳是第一優先。當然，我也會盡可能完成其他要務。」

「這樣啊……那麼，萬一有需要的時候就麻煩您了。」

「好，包在我身上。」

話說完，我自信地笑了笑。

為了盡可能讓菲妮安心，為了讓她認為不需擔心任何事。

「時間差不多了呢。」

「已經這麼晚啦……」

看過時鐘的我站起身。之後，菲妮將與李奧等人會合並從帝都啟程。接著，我也要動身監視戈頓才對。那麼一來就不容易見面了，沒有那種空閒。

所以我思索有沒有交代不足的事。

然而，我的腦袋什麼也想不到。

左思右想之間，菲妮便打開房門。

「我們走吧。」

「好、好啊。」

感到尷尬的我搔搔頭。當我這麼做的時候，菲妮嘻嘻地笑了。

隨後——

「艾諾大人。您從初次見面時就幫助了我。無論在何時何地，我都會信任您。所以我心裡並沒有不安，無論遇到什麼我都不怕。請您放心地送我出發。」

「……我倒不記得自己有幫妳那麼多。」

「艾諾大人總是無意識地在幫助別人的，我便是證明。」

「克萊納特公爵領發生過的事，單純是出於我的盤算喔？」

聽我這麼一說，菲妮就愉悅似的笑了。

那副笑容的真意讓人摸不透，菲妮便在我困惑時先走了。

不知道她那副笑容有什麼樣的含意。

我一邊又把新的謎題抱在心裡，一邊追到了菲妮後頭。

■■■

「路上當心。」

「當然。」

我跟李奧如此開口道別。菲妮的處境當然危險，但李奧也一樣危險。

不過李奧好像也沒有把自己逼得太緊。該說有膽量嗎，還是另有什麼緣故？

接下來要去的南部，可是幾乎全被克琉迦公爵一手掌握著。

「哥似乎滿擔心的耶。」

「這還用說。」

「放心。反正有哥安排的強悍護衛在啊。」

李奧說著就看向正在列隊的傷痕騎士。

帶隊的拉斯注意到這邊的視線，整批人便同時朝我們敬禮了。

「艾諾特殿下，送行時請您抬頭挺胸一點。會影響到我方的士氣。」

「別出難題給我啦……」

「您無法相信我們嗎？」

擔任護衛的是傷痕騎士的三百精銳。其他成員都派去封鎖帝都的情報了。

換句話說，李奧靠三百名兵力就要打下城池。

無論他們再怎麼強悍，難免會不安的吧。

「信任不了的話，我就不會把弟弟託你們照料。」

「那就請您抬頭挺胸，我們希望看您充滿著自信。請表現出來，顯示您對於我們的信賴。」

被拉斯這麼一說，我只好挺胸抬起臉。

然後我朝著三百將士說道：

「——交給你們了。」

他們以敬禮代替回話。接著拉斯便與部下們逐一就位。

差不多要出發了。當我如此心想時，琳妃雅過來了。

「我走了。艾諾特殿下。」

「好，拜託妳嘍。不過琳妃雅，妳對我的稱謂能不能改一改？」

「您討厭這樣嗎？」

「會有種被妳保持距離的感覺。」
「是嗎……等我回來以後，再試著改改看對您的稱謂吧。」
「這樣啊。令人期待。」
敬請殿下期待——琳妃雅說完就行禮退下了。她前往的是菲妮所搭的馬車，琳妃雅身為菲妮的近衛，會從各方面給予支援。
一瞬間，我與菲妮目光相接。菲妮笑吟吟地朝這裡揮著手。
「真悠哉。」
「那倒也是。」
「應該比提心吊膽來得好。」
經過這樣的對話，瑟帕便在行禮後離去。
然後只剩下我與李奧。
「很可靠呢。」
「有嗎？」
「畢竟是哥傾全力召集來的戰力啊。沒有比這更可靠的了。」
李奧說著就用右手握拳朝我平舉而來。
見狀，我也一樣將拳頭平舉而去。

雙拳輕觸後，李奧便用充滿霸氣的表情告訴我：

「我會去阻止的。這場戰爭。」

「好，拜託你了。」

經過這段對話，李奧搭上馬車。

使節團就此啟程。我追著從帝都離去的行旅，上了城壁目送他們直到看不見蹤影。

「走了呢。」

「是啊，走掉了。」

跟我同樣來目送的約爾亨嘀咕。

於是我旋踵轉身。

「您去哪裡？」

「有些事要辦，因此我會離開帝都。若有人問到關於我的事，請公爵先適當地敷衍過去。」

「那倒無妨……殿下此去是為了監視戈頓殿下與傳聞中的軍師嗎？」

「虧你想得出來。」

「到底是可以想見的。可不能過度逞強喔？您要是出事，我就沒有顏面見莉婕露緹大人了。」

「原來如此。那我得小心才行。請放心。我只會遠遠觀望。」

「那就好……不過護衛的人手呢？」

「我有安排。」

我一回話，約爾亨便點了點頭，然後笑著囑咐務必小心並送我離開。

這樣短期內就算我不在帝都，應該也沒有問題吧。畢竟這次瑟帕不在，我讓約爾亨代為顧守。

我突然溜走是常有的事，應該沒有人會覺得不可思議。

「可別以為接下來能夠稱你的意，戈頓。」

我微微嘀咕，並且逐漸加快腳步。對方離開帝都的話正好。

接下來是暗中活躍的時刻了。

第四章　南部決戰

Episode 4

1

李奧等人從帝都出發的時候——

奉命集結兵力的戈頓也有了行動。

「索妮雅。妳有第二條計策要向我獻上嗎？」

戈頓一邊策馬朝集結地移動，一邊朝索妮雅問道。戈頓自然不說，李奧他們的行動對索妮雅而言也是出乎意料。因為她不認為李奧會想出假扮使節暗算敵人的大膽策略。

十之八九並非李奧出的主意。策劃者會是更懂得懷疑他人，看透他人心思的人物。該名人物肯定正在李奧背後竊笑。還有，那名人物會是誰呢？索妮雅內心有底。

然而就算知道是誰，也拿對方沒轍。

「出手妨礙皇帝陛下認可的作戰並不妥，當下應該保持待命。李奧納多殿下的作戰固然是妙招，但要執行肯定不容易。在戰場會尊重前線的判斷，若察覺情勢有異，還是可以進軍。目前先等待機會吧。」

「太消極。我不吃這套。」

「即使李奧納多殿下這次立功，帝位之爭的樣態也不會改變。只是由李奧納多殿下崛起取代珊翠菈殿下而已。戈頓殿下，您並沒有損失。」

「就算會有損失，我仍想立功，為此我才聽從妳的計策至今。費這麼多工夫還無法立功，又怎能服眾。」

「但是，出手妨礙會被皇帝陛下盯上，最糟的情況將遭到問罪。」

「我方早就被盯上了。應該冒著風險將主導權取回手裡。」

面對索妮雅的建言，戈頓拋出對立的意見。他的意見並沒有錯。索妮雅也考量過。然而，考慮到失敗時有何後果，索妮雅就做出了應該等候時機的結論。

「此刻保持安分，可以視為對皇帝的尊重。讓眾人感受殿下嚴守身為皇子的分寸，評價便不會下滑。可是，此刻若採取強硬的策略，將被視為不尊重皇帝。發展成那樣，殿下要在帝位之爭勝出就困難了。畢竟到最後，誰當皇太子仍是由皇帝陛下決定。」

「哼……無趣。」

「……您的意思是？」

「我不打算靠父皇的力量當皇帝，我要靠自己的力量稱帝。然後，我會率領帝國軍統一大陸。歷史將銘記我的武勇。」

「胸懷大志並非壞事，但光靠蠻幹是贏不了的喔？尤其是對埃里格殿下。」

「單就帝位之爭的話啦。」

語畢，戈頓策馬前行。

索妮雅從他的發言與眼底感到了不祥之兆，因此，後來她又數度想要向戈頓進言，戈頓卻沒有理會。

■■■

帝都南郊。郊區再過去即是平原。戈頓將帝國中央軍召到了那裡。

其數達三萬。集結順利的話，預定還將增長一倍。

「戈頓殿下！難道要繼續眼睜睜地看下去嗎！」

在主營帳篷下如此向戈頓疾呼的是個蓄鬍中年人。

體格雖壯，肚皮卻也相對較厚。個頭不高，讓觀者聯想到木桶的那名男子叫亞當·葛佛。

他是駐留於帝都的將軍之一，在戈頓這次率領的部隊擔任副將。同時，也是戈頓的熱情支持者。

「皇帝陛下的命令是集結，並非進攻。」

「可是！」

葛佛對戈頓爭辯。刻意將局面導向內亂的是戈頓陣營。然而，其策略即將被李奧等人打破。

知道此事的葛佛無法就此沉默等待李奧他們的報告。

「哎，葛佛，你先冷靜。在全軍到齊之前，我只有按兵不動的份。所以要派你前去偵察。」

「根本不需要偵察！敵方是烏合之眾！只要我們發兵進攻，就可以一舉衝破前線，搗入敵陣深處！」

不只是葛佛，眾多軍方人員的共識皆為如此。

南部士氣不振，位於前線的眾都市尤其低迷，也沒有多大兵力。面對那些理應開戰即降的都市，連打都不打還要派兵偵察，對葛佛而言只會是苦差事。

然而——

「別那麼說。葛佛，我把一萬兵力交給你。去偵察位於最前線的凱爾司城。」

那算是一道有違常理的命令。

將目前聚集兵力的三分之一用於偵察，簡直匪夷所思。

一瞬間，搞不懂狀況的葛佛也懷疑自己耳朵，卻立刻就發現戈頓臉上浮現了笑意。

「您有什麼策略對吧！」

葛佛臉上滿懷期待。對此戈頓什麼也沒有回答，只點了頭。

葛佛朝那樣的戈頓連聲回應：

「明白！明白了！我這就率一萬兵力去偵察。」

「拜託你嘍。我派兩個人輔佐你。」

戈頓說著便將兩名人物叫來主營的帳篷裡。

其中一人是戈頓的軍師索妮雅。

另一人則是灰髮的高大軍人。見其身影，葛佛賊賊一笑。

「這不是雷茲上校嗎？有您輔佐讓人更具信心。」

「我也很榮幸能輔佐葛佛將軍。」

雷茲以抹去情緒的態度敬禮。雷茲是戈頓的支持者之一，屬於率領騎兵的指揮官。其實力如假包換，身為上校仍成了戈頓的心腹之一。

對方看在葛佛眼裡是個礙事的男人，如今雷茲變成低自己一截的輔佐，對葛佛來說是件快意之事。

索妮雅一邊觀察兩名軍人的互動，一邊直直地望向戈頓。

「派一萬兵力偵察，可不知道會被外界說成什麼樣喔？」

「這是偵察。畢竟凡事謹慎為上。」

「……您若有想到什麼策略，打消主意應該比較好，胡亂出手只會造成損失。保持待命就算等不到機會，也不至於陷入危機。」

「所以我說這是偵察。」

回話的戈頓將索妮雅的意見應付過去。

索妮雅知道對方無意聽自己說話。戈頓一路來到這裡，都沒有聽取索妮雅的建言，也不找她參加作戰會議了。

提不出自己所需策略的軍師便無用處。戈頓做了這樣的判斷。

「妳去輔佐葛佛。那是為了妳與妳父親他們好。」

「……既然您無意把我當軍師，能不能釋放我的家人呢？或許我的思維與您不合，但您的思維也與我不合。恕我謝絕拖垮彼此的結局。」

「我需要妳當軍師，所以也派了任務給妳。有空抱怨，妳還不如把工作做好。」

戈頓說完就叫索妮雅與葛佛退下。

只剩雷茲在場。而戈頓靜靜地朝雷茲問道：

「事情有照規劃進展嗎？」

「是！一切都照殿下指示的安排好了！」

雷茲一邊敬禮一邊答話。戈頓狀似滿意地對親信的工作效率點點頭。

接著戈頓朝南方露出賊笑。

「這樣李奧納多他們就完了。」

「不過殿下，只要這項作戰成功，下一項作戰是不是就免了？」

「事有萬一，畢竟這次對方還有勇爵家撐腰。要預防作戰沒有傳達給克琉迦公爵，下一項作戰同樣得斷然執行。交給你了。」

「屬下明白。我會將事漂亮辦成讓您驗收。」

「拜託你了。只要打下凱爾司城，接下來就是一路推進，將陣仗推進到底。我也會隨後趕上。」

「是！殿下的路就由我當眾拓出！」

雷茲自信滿滿地宣言。看他那樣，戈頓加深了笑意。集結的軍隊指揮官幾乎都隸屬戈頓陣營，無論發生什麼都會聽命於戈頓才對。

「南部這一仗必定要打。而且將南部完全討平後……就換帝都了。」

「終於要開始了。」

「對，這樣小家子氣又煩人的派系鬥爭就結束了。我將成為皇帝……帝國則會起兵統一大陸。制壓完大陸以後就換海的另一頭。這世上的一切都要歸於帝國名下統一。」

「我願追隨殿下！」

戈頓與雷茲心馳於自己的未來。

然而，他們倆的未來早已脫序失控。

■■■

戈頓為搜索蕾貝卡而調動了祕密部隊。

這支部隊非屬官方建制，知道的人便有限，其訓練度在帝國軍中亦名列前茅。

優秀士兵被集結於此，並且一路克服嚴格的訓練至今。

協助戈頓就為嶄露頭角，因此他們認為需要一位軍人出身的皇帝。然而，那支部隊卻在前往南部的途中被絆住了。

「可惡！這怎麼搞的！」

擔任部隊指揮官的少校無法相信發生在自己身上的狀況。

戈頓為了將情報送到克琉迦手上，便朝南部派出了祕密部隊。情報當然是指李奧的作戰內容。

他們以百人的規模展開了行動。可是，其部隊卻已發揮不了部隊的效用。

「沒聽說過有這種霧啊！」

原因則是突然起霧。

這片霧使他們連鄰兵都認不出，祕密部隊四散各處。

即使如此，身為精銳的他們仍摸索著蛛絲馬跡逐漸推進。

「明顯不是自然現象啊……」

如此感受到的少校隱藏動靜，並且慎重前進。

倘若不是自然現象，最先要懷疑的就是怪物搞的鬼。

釋出霧氣後從中展開狩獵的怪物。雖然沒聽過這種事，卻也無法斷言不會有。

少校並未發出大聲響，一路悄悄地推進。哪怕霧氣再濃，單純前進對祕密部隊成員算不了什麼。走散的人也毫無問題地正在向前進。

如此判斷的少校繼續前行。他的判斷有正確之處，也有錯誤之處。

倘若是普通的霧，他應該就能一路前進而不至於迷失。然而，他們看見的霧卻不是真正的霧。

「幻影之霧的滋味如何，少校？」

有一名披戴銀面具及黑披風的魔導師飄浮於天空——是席瓦。
在他的視線前方，少校正踏著有如夢遊症患者的腳步朝山裡走去。
席瓦讓他們見到濃霧的幻影，並陷入方向感麻痺的狀態。無論感官經過再多鍛鍊，一旦麻痺就沒有意義。
到處都有哀號傳出。有人遭受怪物襲擊，有人跌落山谷。
祕密部隊的所有成員完全被絆住了。
「很遺憾，戈頓。你的部隊全滅了。」
席瓦說完便消失於現場。
受困於幻影當中的祕密部隊將絆在原地幾天。之後就算能設法恢復神智，也到不了克琉迦身邊。
無論他們腳程再快，屆時李奧等人都已經抵達克琉迦身邊了。
數天的落後無從補救。
席瓦就這樣輕鬆擊潰了戈頓的第一項作戰。

2

凱爾司城在位於南部前線的都市當中可謂最大城。但即使如此，從全體帝國來看就屬於中規模的城市，騎士數量為五百名左右。加上能作戰的男子也只有約千人戰力。

而葛佛正以一萬兵力威嚇凱爾司城。

「呼哈哈哈！那些軟弱的南部騎士八成正嚇得發抖吧！」

話說完，葛佛心情絕佳地環顧凱爾司城。

城牆有一定高度，城門規模還算可觀。要是集結了相當程度的戰力，應該會是一座棘手的城塞都市，不過葛佛早已掌握凱爾司城的戰力頂多千人。

等戈頓的計策一發，開戰後幾乎可以確定不用一天就會淪陷。

「雷茲上校。你有聽戈頓殿下提過什麼嗎？」

「不，我什麼都沒聽過。殿下只叫我仔細偵察。」

「原來如此。所以殿下正在與我們無關的地方採取行動嘍。」

「恐怕是。因此現在先聽從指示吧。在過去有座山丘，從那裡可以瞭望戰場。」

「很好。帶路吧。」

戈頓若成為皇帝，心腹們也會跟著升官。屆時能獲封元帥的心腹僅在少數。對葛佛來說，雷茲就是競爭的對手。

然而，此刻雷茲隨侍在旁。這表示戈頓明顯認同葛佛高他一階。葛佛已經看見自己接掌元帥之位的模樣了。當他沉浸在自己未來的榮景時，便受到一旁的索妮雅打擾。

「將軍。那座山丘太接近凱爾司，要瞭望恐怕得挑遠一些的地點。」

「哼！近又怎麼樣？對方敢來攻擊？無聊透頂。」

「若遇到狙擊便無法防範。身為指揮官應該謹慎行動。」

「即使位置算近，與都市仍有一定距離。要是凱爾司有人能從那裡進行狙擊，情報自會傳到我耳裡。」

「問題在於或許有。」

「半精靈丫頭就是這樣……膽小得不像話。」

葛佛駁斥索妮雅的慎重論調，然後大步爬上山丘。

雷茲跟隨在後。

索妮雅嘆了氣跟到其後。然而，走在前面的雷茲一瞬間放慢了腳步。周圍的護衛也隨之配合。

那使得葛佛很快就獨自抵達丘頂。

跟著便有獨特的颼然聲響傳入索妮雅耳裡。那隨即變成了物體遭貫穿的聲音。

「啊……」

山丘頂部。葛佛的眉心中了箭。

倒下的葛佛緩緩從丘頂滾落。

雷茲貌似慌張地將其接住，並對葛佛的安危加以確認。

「將軍？葛佛將軍！」

頭部遭確實貫穿的葛佛當場死亡。

確認過的雷茲當場對所有人做出指示。

「全軍戒備！將軍遭人狙擊了！凱爾司有抗戰的意志！」

聽見指示，索妮雅不可置信地確認雷茲的表情。

對方臉上浮現了作戰進行順利的笑容。

「你讓友軍發動狙擊……？」

「是敵人發動狙擊。」

雷茲一邊說，一邊俐落地收拾葛佛的遺體。

然後他開口宣言：

「此後由我接手指揮。軍師索妮雅。制定攻打凱爾司的策略。」

「你們不惜做到這種份上……也要發動戰爭嗎！寧可專程下令犧牲己方就為一戰的人，你還奉他為主子？」

「我方並不希望如此，發動攻擊的是對方。況且將軍已遭暗殺，這是異常的事態。此後將依現場判斷行動。現場的判斷會受到尊重。」

話說完，雷茲絲毫不顯哀傷地走離。

彷彿照計行事的步伐讓索妮雅更加篤定。戈頓對她的建言倒行逆施，自顧自地想要引發一場內亂。

然而，目前的索妮雅無力阻止。她瞪也似的直接望向凱爾司城。

「怎能如此……」

不知道是狙擊手早派到凱爾司城，還是凱爾司城有人安排了狙擊手？

無論為何者，堪稱前線最大城的凱爾司一旦淪陷，其他城鎮就只有投降或拿出薄弱抵抗的份。那麼一來，戈頓的軍隊將輕易朝敵人根據地而去。

位於敵人根據地的李奧等人也難以倖免。

打下凱爾司城將栽進一場難以善了的戰事。棘手的是，無需索妮雅多做策劃也能將凱爾司城打下的兵力已齊聚於此。

「我該怎麼做……」

握有主導權的是戈頓，索妮雅幾乎毫無實權。隨侍將軍的軍師頭銜形同可有可無，索妮雅一直都被蒙在鼓裡。

但是，就算那樣……

「非拚不可。」

應該還能做些什麼才對，索妮雅這麼鼓舞自己。

■■■

進行狙擊的凱爾司陣營同樣發生了混亂。

「叔叔，這是怎麼回事！」

治理凱爾司的領主亞羅士・馮・晉梅爾伯爵是個才十二歲的少年；有著亮褐色頭髮與同色澤的眼睛；會介意自己長得比同儕嬌小的普通少年。

前年父親去世，使他在母親與叔叔輔佐下成了領主。

帶著護衛的叔叔就在亞羅士面前。

「這話是什麼意思？」

「請不要裝蒜！應該是叔叔指示要狙擊敵人的！」

「我可不曉得。」

「叔叔！請說明您這麼做的用意！」

「用意？你竟然還不懂啊，愚蠢。亞羅士，我投靠帝國軍了。」

「投靠帝國軍……那您為什麼要狙擊對方！」

亞羅士無法理解叔叔說的話。絕大多數的南部貴族都有親人被克琉迦扣留當人質，亞羅士的母親也成了人質。

因此亞羅士沒辦法投降，卻也不願積極地挑起戰端。因為他知道絕對會輸。

克琉迦率全軍過來應戰的話，或許是有勝算，然而單一都市能做的抵抗有限。因此在應對上務求慎重，表示已投靠帝國軍的叔叔卻狙擊了帝國的將軍。亞羅士差點就認真懷疑叔叔已經瘋了。

「理由在於戰爭。帝國軍的總大將戈頓殿下要打這場仗。狙擊了將軍以後，開戰的理由便因應而生。他們應該會在憤怒驅使下攻陷這座都市，然後將發生大規模內戰。」

「荒謬……您那樣做有什麼意義！」

「戈頓殿下立功後，將憑著手裡掌握的軍隊稱帝。之後，我應該會被任命為某地的領主吧。比現在這樣好太多了。」

亞羅士的叔叔說著就笑了起來。目睹那富有野心的笑，亞羅士領悟到說什麼都沒用了。事態已經無可挽回。

「帝國軍遲早會攻進城裡。亞羅士，在那之前你什麼都別做。」

「叫我什麼都別做……？這塊地是祖先代代傳下來的土地，而且有一路守護至今的人民在！」

「那不是我的人民。」

亞羅士看叔叔這麼撇清關係，便無力地垂下頭。

要抵抗根本不可能。孩子究竟能做些什麼？

如此自嘲的亞羅士驀地看向了安放於領主座位上的劍。父親在最後託付給他的劍。對亞羅士來說仍然太大，一次都不曾拔出來。

即使如此，亞羅士看了那以後就露出充滿決心的臉色。

接著他拔出了劍。

「你打算做什麼？」

「我是晉梅爾伯爵。這塊地的領主……有守護人民的職責！」

「都向皇帝揭起反旗了還說這做什麼。你的職責在那一刻就已經沒了！」

「就算那樣……我仍有繼承而來的驕傲！別以為所有事都會照著叔叔的盤算！」

亞羅士設法舉起大大的劍，並且望向叔叔。

叔叔懾服於那身為孩子卻下定了決心的眼神，便向護衛做出指示。

「嘖……抓住他！」

然而，護衛們沒有反應。狐疑的叔叔回過頭。

於是他發現護衛都當場睡著了。

當叔叔感到豈有此理時，自己也湧上了睡意變得眼皮沉重。

「這是……魔法……？」

「正是。你們都要睡上一陣子。我有事找那邊的少年領主談。」

有聲音這麼傳來，叔叔就當場蹲身昏睡了。

然後亞羅士面前只剩下一名男子。

「您是……？」

「SS級冒險者席瓦。如果你有對抗現況的意志，我可以伸出援手。」

「席瓦？帝都的守護者怎麼會來……」

「身為冒險者，我是不希望無謂的戰爭刺激到怪物，繼而造成治安惡化的。雖然說大概也有人會因而工作變多，工作多也會讓犧牲變多。說來說去，和平還是最好的。」

席瓦說完便緩緩朝亞羅士靠近。

接著席瓦的身影瞬間產生了變化。

用灰色斗篷蓋住頭的神祕人物。看不見兜帽裡的臉，一瞧就覺得可疑。

「話雖如此，我席瓦身為冒險者，總不能大張旗鼓地干預帝國內部的問題。儘管要偽裝身分，若你可以接受的話，我願意成為你的臣子直到撐過這個局面。」

「……您是認真的嗎？厲害如您，有什麼理由要做這些？」

「目前，皇帝的敕使正要前往克琉迦公爵身邊。為了朝公爵發動奇襲，並以最低的損失解決當前的問題。帝國軍之所以想引發戰爭，也有與敕使作對的用意在。既然有人打算作梗，自然也有人打算維護敕使的作戰。」

「您就是受了想維護作戰的一方委託……？」

「要那樣解讀無妨。怎麼樣？你需要我幫忙嗎？還是不需要？」

單純的二選一擺在眼前，亞羅士有些迷惘。

但是，他立刻做出了決斷。

「請讓我借助您的力量。」

「很好。那就來開作戰會議吧。我嘛……是一名流浪的軍師。麻煩向眾人這麼介紹我。至於名字……叫我『古瑞』好了。」

「意思是灰色嗎……直接套用耶。」

「名字單純比較好。」

席瓦說完就化名為古瑞，變成了亞羅士的臣子。

3

以流浪軍師古瑞的身分混進凱爾司後，找了少年領主亞羅士要他說明事情的原委。

「總之，能先告訴我為什麼情勢會緊張到這種地步嗎？」

「您不知情？」

「之前我都在擾亂軍方派出的祕密部隊。後來瞬移到這裡就發現已經人心惶惶了。來這裡是要找人問一問，結果碰上了剛才的場面。」

「原來如此……簡單說呢，就是我方有人狙擊敵軍的將軍，暗殺了對方。」

玩兩套手法啊。以戈頓來講顯得有小聰明，以索妮雅來講又顯得粗糙。八成是戈頓跟心腹一塊想的。真不曉得他還留個軍師在身邊做什麼。

從強行促使開戰的做法來看，戈頓算是正式開始把父皇對自己的印象置之度外。

他結束與南部的戰爭後打算採取什麼行動，從這次的事就現出端倪了。

「有趣的局面。安排狙擊手的是你叔叔？」

「恐怕是。」

那麼一來，過錯就在我方。

由於將軍遭到暗殺，便出手反擊。儘管做法實在蠻橫，要辯稱是現場判斷也就沒得多說。何況只要其行動導致這座都市被攻破，與南部就會進入全面戰爭。

那就沒辦法走回頭路了。除了動真格打擊南部之外再無他法。

對戈頓來說應該是最美的劇本。

不過，這座都市沒陷落就另當別論。縱使這裡發生戰鬥也只是小衝突，情報晚一些才會傳到克琉迦的根據地。在那之前，李奧他們恐怕便已經抵達做出了斷。

撐個幾天，將戰鬥侷限於此地就還過得去。

事情被帝都知道也會立刻喊停，從戈頓的立場也不能讓情報流回帝都。正如同我方不希望情報外洩，對方也處於不希望事跡敗露的狀況。

「軍方動作緊湊，大概都符合預期吧，戰鬥已經無法避免。這裡的兵力有多少？」

「騎士五百名，士兵五百名。共計一千。只是……士兵並沒有受過訓練……」

「倉促徵來的兵員啊。總比沒有要好……面對敵軍的一萬精兵，我方是倉促成軍的一千人。數量有十倍的差距，不過戰力應該差得更遠。」

即使撐過幾天就是我們贏，絕望的戰力差距連要撐過那幾天都苦不堪言。

硬碰硬會在一天內淪陷。

「我們贏得了嗎……？」
亞羅士不安地問道。
為了讓那樣的亞羅士安心，我拍拍他的頭。
「有勝算。當然了，需要你幫忙的事情可多得很。」
「不、不要緊！我會辦到的！」
「很好。那先向我介紹其他的家臣，接著要從說服家臣們做起。」
「好！」
伴隨有精神的回話聲，我與亞羅士邁出了步伐。

■■■

「我明白狀況了。」
如此回答的是個蒼老騎士。
話雖這麼說，其眼神仍然銳利，身段也看不出老態。
散發出老練強者氣息的這人是晉梅爾伯爵家的騎士團長，霍克特。
「倘若那一次狙擊是出於晉梅爾伯爵家之人，應該就無從辯解了。就算亞羅士大人再怎麼撇清關係，軍方也不會接受。您願意為主母以及南部眾人挺身奮戰，志節高尚。不過，將那種來歷不明的男子留在身邊是否妥當？」

霍克特說著就瞪向我。

其他人也一樣。召集來的都是老資歷的家臣。

他們並沒有跟亞羅士的叔叔勾結，之前都在城牆上的崗位警戒。

對他們來說，與亞羅士並肩作戰是理所當然的。然而，現場有我這種人應該就無法信服。

「古瑞救過我。大家可以信賴他。」

「就算他救了您，能否信賴仍是另一回事。」

呼嗯，果然會變成這樣。

城裡沒空在非得團結抗戰的狀況起內鬨。

「霍克特騎士團長。我打斷一下好嗎？」

「怎樣，流浪的軍師？」

「你如何看待現在的局面？」

「此乃晉梅爾伯爵家的危急存亡之秋。」

「呵……天真。你的認知太過天真。」

「什麼？」

我朝霍克特回話之後，就伸手指向為了舉行作戰會議而攤開的地圖。這座凱爾司城位於南部最前線。這裡被攻破的話，意味著戰火將延燒至前線地帶。

「這裡若被攻破，帝國軍就會一舉朝南部侵攻。其戰火將蔓延各地，導致帝國大為耗弱。誰燃起了導火線？眾人所記得的無非是晉梅爾伯爵家，就算經過了這場戰役仍能活命，皇帝必會將伯爵家全族處刑才對。」

「這、這是有理……」

「話雖如此，如今也沒辦法投降。會被判以暗殺將軍之罪，晉梅爾伯爵家距離滅族僅剩一步之遙。何況為什麼非得與帝國軍抗戰？士兵們應會懷有疑問。即使領主的母親被擄作人質，那也是領主的問題。要讓他們心服可是一項大工程喔？擁有的戰力薄弱，對手卻精強。待克服的問題如山高，這就是現實。肯在現狀中表明有意協助的人是多麼寶貴，想必你不會無法理解吧？」

「……就算那樣，我還是不能立刻對你寄予信任。」

「那你大可監視我。帝國軍立刻就會攻來喔？」

「……好吧。明知局面絕望到這種地步，你仍願意站在我方。應該有勝算吧？」

我對霍克特問的話點頭。

接著我將視線轉向在場所有人。

「再沒有比這更適合用窮途末路形容的狀況了。然而，我們還是有希望。帝國正在祕密執行作戰，數天內克琉迦公爵應會遭受奇襲。換句話說，城裡撐到那一刻就好。」

「我可沒有聽說過那樣的消息啊？」

「畢竟這是機密。言歸正傳嘍？晉梅爾家固然是窮途末路，但只要撐過這一關就有轉機。以一千抵禦一萬，避免了內亂激化。這在皇帝眼中將是值得讚許的行動。況且有母親被擄作人質的理由在。不僅如此，這次的事情與帝都進行的帝位之爭有諸多牽連。只要克服這個難關，風向便會隨之轉變。」

「……坦白講，我想晉梅爾伯爵家的存續已屬次要，更重要的是不能讓這一場內戰激化。我是如此認為。古瑞難以讓眾人信任，說詞也缺乏根據，這些我都了解。但我們所剩的辦法就只有相信他，並且請他協助。畢竟照一般方法抗戰還是會敗的。」

亞羅士說的話讓家臣們一瞬間露出難色，但他們不久後就認命似的垂下頭了。

見狀，亞羅士將視線轉向我。

「那麼古瑞，請將你想的作戰告訴我們。」

「我明白。帝國軍在攻打這類城塞都市時，常用手段是先集中攻擊正門，再朝兵力空虛的其他門發動奇襲。既然局面都照著對方規劃在走，應該就會用這種慣用手法。」

「那我們要將兵力分散到四方的城門嗎？」
「不，原本兵力就有十倍差距。若想撐過正門的攻勢，我方也必須配置相應的兵力才行。」
帝國軍對正門發動的攻勢原為誘餌，但是兩軍規模本來就差太多。誘餌難保不會歪打正著，我方從正門移兵並不明智。
霍克特對我說的話瞇眼。
「那麼，你的意思是要使計將奇襲部隊擊退？」
「正是如此。對方人數眾多，且為正規軍。反觀我方人數較少，更非正規軍。對方肯定會大意。即使被要求提高警覺，輕敵仍是難免。因此必中陷阱。」
無論奇襲部隊再怎麼當心，對於鄉下都市的認知仍不會改觀。既然戰力上有絕對的差距，對方就不會穩紮穩打。
畢竟他們的目的在於儘快突破這座都市，進而制壓南部前線。
那麼一來，就連皇帝也無法攔阻。軍方肯定會用常用手段一舉攻陷南部。
「亞羅士大人。能不能借我一百名士兵？」
「一百名……能將奇襲部隊擊退嗎？」
「敵軍會朝兵力空虛的門下手。我方並沒有要同時防守三個方向的門，一百名士兵就夠了。另外還有一件事。」

「請你儘管說，我會立刻讓人安排。」

「沒什麼大不了的。守城理應有準備油，能分一些給我嗎？」

「用火攻啊。不過，單純的火攻可無法擊退奇襲部隊吶？」

「那我都想好了。請放心。」

話說完，我淺淺一笑。雖然眾人看不見我的臉，靠氣氛應該傳達到了吧。

內心發怵的霍克特因而後退一步。

我就這樣參與了對抗帝國軍的戰役。

4

當眾人準備就位時——

亞羅士在騎士與士兵面前現身了。

騎士們還不算嚴重，但士兵們的士氣明顯低落。

我想那應該無可厚非。對他們來說，領主母親被擄作人質是別人家的事，即使打著南部聯盟的名義也不會有歸屬感。他們是帝國的人民，那樣的觀念到現在仍未改變。

因此士兵們並無意願打這場仗。而且能讓他們投入戰鬥的只有一個人。

全靠亞羅士了。

「對不起，將大家召集到這裡。有一件事非得向大家坦承才行……是我叔叔暗殺了帝國的將軍。儘管我不知情，但是帝國軍想來並不會予以採信。」

「怎麼這樣……那我們要跟帝國軍正面對抗嗎！」

「之前不是說過要靜觀情勢改變的嗎！」

「對手有一萬人之多耶！怎麼可能贏啊！」

士兵們發出不平與不安的聲音。

承受了那一切的亞羅士大大地點頭。

「我決定抗戰。但是，那並不是為了南部聯盟，也不是為了帝國。我要為了從祖先代代傳承下來的責任而戰。晉梅爾伯爵家是這塊地的領主，有保護人民的義務。即使向帝國軍投降，他們仍會為了侵略南部而大舉掠奪財物吧。這片土地更會被批評成向帝國揭起反旗，而又投降的都市。那肯定會導致這地方從此衰弱。唯有那樣的未來……我們非得避免才可以。」

如果要說真心話，亞羅士肯定是想為母親而戰吧。對喪父的十二歲少年來說，母親有多麼寶貴。即使如此，亞羅士仍堅強以對。因為他自己就是領主。

「皇帝陛下朝克琉迦公爵派了敕使。那名敕使抵達後，戰爭將視交涉的結果而就此打住。然而，我們現在讓帝國軍通過的話，敕使與公爵的交涉便會告吹。撐幾天就好！只要撐過幾天，狀況就會有許多轉變！假如與敕使交涉不順，南部聯盟就只能派兵支援我們。另一方面，皇帝陛下也不希望發生大規模內亂。抵抗激烈的都市將有人來調停，到時候投降可以將損失減輕到最小。所以……在這當下，我決定戰鬥。」

話說完，亞羅士拔出從父親繼承得來的劍。

接著他向騎士與士兵號召。

「我不會懲罰離去的人。無法與我一同賭命的人就離開吧。抱歉，我是個不爭氣的領主……」

被他那麼一說，現場頓時鴉雀無聲。

在那當中，有個扛著長槍的士兵出了聲。

「別扯那一堆道理啦。想救母親的話，直接叫我們幫忙不就好了嗎？」

那是個粗野的男子。年紀大概四十出頭吧。

在充滿外行氣息的士兵們當中，只有他還算拿得出架勢。我猜這人當過冒險者。

旁人應該也都敬其三分，那個男子自然受到了注目。

「約旦先生……」

「領主大人。說真心話吧。你希望怎麼做？」

「……我想保護媽媽……同時也想保護這座城市……」

「我們從前任領主在位時就一直受到照顧……現在他留下的小孩希望我們能幫忙！孩子都把話說到這個份上了，大家還能默不作聲嗎！帝國軍敢打來，我們就把他們統統轟回去！」

名叫約旦的男子話一出口，士兵們眼裡就有了力量。

原本消極的情緒有所提振。此刻，他們都成了士兵。

「沒錯！跟帝國軍拚了！」

「請交給我們吧！」

晉梅爾伯爵家的信賴讓他們成了士兵。士兵們的士氣一舉提升，甚至能蓋過騎士。

亞羅士欣喜地朝我這裡看來。

好，這樣就有得打。

「那麼，現在要來說明作戰！」

霍克特順勢大聲告訴眾人。

聽見他那麼說，士氣就更高了。

■■■

「唔喔喔喔喔喔！」

從正門有怒號傳來。

因為帝國軍的第一陣正為攻破正門而來。先遣隊並沒有將大規模的攻城兵器運來，畢竟始終得佯裝戰鬥純屬偶發性質吧。

因此進攻方式是先以弓箭牽制，再靠攻城槌破門外加搭梯爬上城牆入侵，很經典的戰法。

大半的戰力都集結於正門。固守抗戰的場合基本上皆為守方有利。就算帝國軍派出精銳，以一擋百的強者也不是要多少有多少，而且最新兵器幾乎都優先派給國境軍。

對方沒有能打破現狀的劃時代兵器。因此他們會靠人數。

「我說軍師大人，敵人真的會來東門嗎？」

約旦是分發給我的百名士兵之一，這麼問的他望著東門。

東門以地形而言有特別之處。通往門的路是一條坡道。

原本這會是最難攻破的一道門。正因如此，我料想敵人將針對這裡。

「沒料中的話，我們立刻移防就好。反正我不會失算。」
「你哪來的自信啊？」
「這是帝國軍的準則。攻打正門，再從他處奇襲。從心理上認為最難被攻破的地方奇襲可收得奇效。他們兵法都是那麼學的。」
當我這麼說的時候，東門前立刻有敵人出現了。
人數有沒有一千不好說。騎兵數名，其餘都是步兵。正朝這裡一直線而來。
「來了啊。放箭。」
「還真的來啦……令人吃驚……」
接到我的指示，有幾人拉弓放箭。要說到為什麼就這幾個人手，因為箭能射得準的沒幾個人。當然敵人並不會那樣就停下。
對方到底不會認為這裡無人看守。
有幾人放箭，更能確定有守兵。箭深入疾奔而來的奇襲部隊當中，射中了一人使其跌倒，還連累了跟在後頭的幾人。
「全給我上——！」
在前頭騎馬狀似指揮官的男子高呼。
那使得城牆上的弓兵們退縮，但我靜靜告訴眾人。

「別理他。繼續放箭。」

「是、是的！」

「叫底下準備。」

「好的。」

我朝約旦做出指示，守在底下的士兵們就開始將門頂住。

隨即有抵達門前的帝國軍士兵帶著攻城槌要來破門。對方還準備搭梯上牆，不過有弓兵設法攔阻，更有其他士兵推倒梯子擋下攻勢。然而，遭攻城槌猛叩的城門可就不是這麼好守了。

「上！趕快撞破這道門！」

「唔哇！門撐不住了！」

城門後頭的橫木吱嘎作響，聲音愈來愈大。守城士兵們勉強將門頂住，攻城的力道卻明顯較強。不過我早就明白會如此。

看時機已到，我便向約旦打出暗號。

約旦會了意叫士兵們從城門撤退。

「撐不住了！退下！大家撤！」

「唔哇啊啊啊！」

「快逃啊啊啊啊！」
撤退並非演技。作戰細節只有一部分的人知情。剛才那些慘叫全是真的。
因此敵人才更具信心。他們認為奇襲成功了。
「好！一鼓作氣！」
攻城槌終於將門衝破。霎時間，在後頭預備的約旦等人投出擲槍。
本想一舉突破城門的士兵們成了肉串，但對方並未畏縮。
「唉！耍小聰明！別怕！全隊突擊！」
接到指揮官的號令，奇襲部隊一口氣突破東門，朝城內湧入。
但是，他們的注意力不足。門前已灑了大量的油，使勁猛衝的那些人因而被絆住。
「什、什麼名堂！」
「唔哇！」
「有油！這是油！」
城門前立刻有呼天搶地的光景上演。
不幸的是這波突擊氣勢強勁，後續跟至的士兵紛紛中了灑油的陷阱。
在如此局面中，約旦帶著火把朝我接近而來。
「喂！軍師大人！真要這麼幹？」

「是啊，請。」

「還說請，風現在是朝西邊吹的耶！弄得不好會燒向城裡頭！」

「不會有問題的。本日，在這個時刻……風向將轉而往東。」

「真的嗎？我可不管嘍！」

話說完，約旦就拿火把朝渾身是油的奇襲部隊扔去。

那一瞬間。風向突轉為東風。而且火把接觸到油，引發了爆炸。

大規模爆炸與火焰卷起，然而有勁風將火朝東吹去，損害未殃及城裡。

相對地，在坡道排成縱隊的其餘奇襲部隊便遭到火蝕。

其景象宛如從城門吐出了龍息。

火勢燒向奇襲部隊，頂多只有後方的人員勉強倖存。

而他們也受了燒傷，忙著要救助傷患。

敵人已無攻擊我方的餘裕。

「活下來的士兵啊！聽清楚！這座凱爾司之城有流浪軍師古瑞守著！諸位應是無望踏入此城了！替我向指揮官轉告這些話！」

話說完，我便笑著目送逐漸撤退的奇襲部隊。

在如此局面中，臉色詫異的約旦朝我走來。

「你……是魔導師？」

「不，那全靠計算。」

「真假……」

我一邊說一邊在兜帽中吐舌。那當然是魔法。

風向才不可能轉變得那麼湊巧。然而，神機妙算的軍師比會用魔法的軍師更能震懾敵人。只要我用的魔法沒穿幫就好，大部分事情也可以用一句計算蒙混過去。若要欺敵必先欺己。風聲遲早會傳到敵人耳裡，使他們對我油然生畏。

這樣帝國軍就非得思考對策。而且那將可替我方爭取到時間，又能讓帝國軍焦慮。他們沒有時間。

「那麼，之後就按照規劃行事。」

「好，我知道。包在我們身上吧。」

約日說完便叫自己的部下集合。他們的下一步早就定好了。

要事事搶得先機，我方就必須有所動作。

「來吧來吧，接著對方會用什麼手段呢？」

我邊說邊望向了帝國軍。

5

隔天，帝國軍放棄奇襲改採正攻法壓境而來了。那可以說是帝國指揮官都會採用的最佳選擇。

帝國軍兵分四路，包圍了四道城門展開進攻。他們認為敵方兵力少還得分開防守，總有地方可以突破——理應是如此才對。

然而結果卻不如所想。

「唔喔喔喔喔！」

「砸下去砸下去！」

凱爾司的騎士與士兵們士氣高昂地守住城牆。

箭如雨下，石塊紛紛砸落。那是可以料到的攻勢。可是卻彈無虛發地命中在帝國軍士兵身上。

這有幾個原因。日前作戰遭守城方精準預判，精兵一千幾近潰滅。其用了火攻。指揮攻勢的據說是神祕軍師。

這些傳聞讓帝國軍士兵的內心產生了警戒與不安。城門附近有機關。敵人一旦用火就會讓戰況生變。如此的警戒與不安拖緩了他們的行動及判斷。

「朝城門貼上去！」

「是！」

收到指揮官的指示，有一名士兵上前作戰。不過，在目睹城門形影的瞬間——

昨天，燒傷被抬回來的士兵慘狀閃過腦海，使他出現了迂迴前進而非正面朝城門衝鋒的動作。

然而當士兵有那些多餘的動作時，就被餵了弓箭。

所有城門都出現了共通的情況。不過，那點疑慮頂多讓精兵變成尋常士兵。不至於被痛宰到這種地步。

根本的原因出在凱爾司方面。他們不會放過有所遲疑的士兵，也不會聽漏指揮官的聲音。一直展現著出色的集中力並採取最理想的行動。

甚至讓人分不清哪一方才是訓練有素的士兵。

帝國軍對這樣的守城兵持續強攻。各城門的犧牲一路增長，最後暫代指揮官的雷茲領悟到突破無望，就下了暫時退兵的指示。

■■■

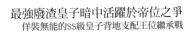

「敵人的軍師是妖怪嗎！」

雷茲在帳中敲桌怒罵。聚集在現場的指揮官們心裡也想大吼。他們是攻打各城門的指揮官，能做的也都做了，結果一敗塗地。失去寶貴的時間，也失去了兵力。

計畫到途中都進展順利。然而，一切都在途中脫序了。

全都是區區一名男子所致。

「那簡直像魔法……敵兵與昨天差太多了。」

「沒聽過可以將門外漢變成精兵的魔法……是昨天的勝利讓敵兵獲得自信，鼓舞了士氣。他們全都脫胎換骨了……」

「能預先判讀風向，將單純火攻變得熾烈如龍息的軍師……恐懼的情緒正在士兵間蔓延開來。」

指揮官們的話語讓雷茲緊咬嘴唇。

照起初的預定，他早就完成占領繼續進軍了。然而，實際上卻是一步也無法推進，還失去眾多士兵。先前居中安排狙擊兵的晉梅爾伯爵家之人毫無音訊，也不可能從敵方內部擾亂。雷茲正逐漸落入無計可施的困境。

再這樣下去，無法攻破凱爾司將讓戈頓的計畫泡湯，連雷茲自己也難以全身而退。

就算將軍遭到暗殺，開戰並非皇帝所願。打破命令發起戰端的他必受懲處。

而且戈頓派系內的權勢版圖應該也會跟著重劃。

雷茲有許多籌碼都放在這上面。正因如此，他立刻做出了確實的判斷。

「把索妮雅叫來……用軍師對付軍師。」

「您要信任那個半精靈？」

「她難保不會陷全軍於死地啊！」

「不會有那種事。只要有人質在，索妮雅就只能聽從我方。」

「但是……」

「別囉嗦……我已經決定了。總之快把人帶來。」

聽從雷茲的指示，有一名士兵去叫索妮雅了。雷茲至今以來不曾依靠索妮雅。儘管交代過要她制定攻略的策略，卻不肯讓她接近自己。

因為雷茲知道，索妮雅對戈頓當然不用說，連對他自己都抱有疑心。而且那不過是中規模的都市，原本他也自負能獨力打下。然而，那份自負已經灰飛煙滅了。

巴著粉碎的自尊心不放，只會自毀前程。為了自己，雷茲決定要採用依靠索妮雅的選項。

不久，索妮雅帶著不滿的表情進了帳篷。

「您似乎找我？」

「敵人陣營有軍師在。我要聽攻略的計策。」

「我想我已經提議過了吧？」

「跟敵人耗時間的計策並沒有意義！」

開戰前，索妮雅提出了用包圍消耗敵人的計策。

從戈頓陣營的立場來想，非得在幾天之內就打下凱爾司城，因此那條計策當然沒有被採用。索妮雅卻認為那才是上策。

「首日就失去一千兵力，今天也失去了將近同數的兵力吧？剩下八千人，就算發動強攻也能想見有何結果。當昨天失敗時，你們的計畫早就受挫了。敵人已經團結起來，士氣高昂地守著城。換成我就不會發兵進攻。」

「凱爾司城非得打下來！敢自稱軍師就拿出計策！妳不在乎人質了嗎！」

「……無論你要怎麼說，答案都不會變。若想達成戰略目標，就只有在首日打下凱爾司一途。或者從包圍著手，不給敵方團結的機會。我自認已經盡可能協助過你了。」

計策提過了，是你自己不予採用——這就是索妮雅話裡的意思。話雖如此，索妮雅提出那條計策時，也想過對方絕不會採用才對。

奇襲作戰大有機會成功。在索妮雅看來也有同感。

敵人全是外行。理應是如此。然而一名軍師卻改變了局面。

「對方是巧弄口舌讓領主底下眾人團結，還祭出了有效策略應戰的軍師。凱爾司城已經不是當初那座好打的城。勉強進攻會痛遭反擊。」

「我現在就是非勉強進攻不可！總之妳拿出計策就對了！」

受到雷茲催促，索妮雅發出嘆息。沒有攻城兵器仍要攻城只會增加犧牲。有魔導師部隊就另當別論，單純偵察卻不可能有那種部隊隨行。

在索妮雅智謀所及範圍內，並沒有能立即見效的手段。可是不拿出計策的話，人質不曉得會有什麼下場。戈頓的眼神在索妮雅腦裡浮現。他那雙眼睛蘊藏著陰狠的凶光，讓索妮雅覺得極具毀滅性。

既然人質被對方握在手上，索妮雅能做的有限。然而，要是讓眼裡懷有那種凶光的男人發動戰爭可不知道會做出什麼。

自己會不會犯下了無比愚蠢的過錯？索妮雅感到懊悔。對一個幫不得的男子提供了幫助。他不惜殺害己方也要邁進就是證據。

為贏得帝位之爭而發動一次內亂也就罷了，戈頓走過這段歷程後仍會追求戰爭吧，索妮雅對此有把握。他當了皇帝肯定還是會故技重施。等在將來的是無窮盡的戰火。

那非得避免才行。可是，索妮雅有各種苦衷。

她希望解救人質。但戈頓當了皇帝，帝國應會烽火不休，國政荒廢。那樣苦到的是人民，也就是索妮雅等人。話雖如此，當下不獻計又救不了人質。

索妮雅會向戈頓獻計，是為了讓自己成為被關說的目標。要受到戈頓重用，那才會發揮效果。像現在這樣遭到疏遠，其他稱帝人選便不會幫她解救戈頓藏起來的人質。

忽然間，索妮雅想起艾諾的臉。是艾諾的話，或許就會幫助她。索妮雅冒出這樣的想法，卻又立刻自知那毫無指望。畢竟索妮雅面對的應該就是艾諾想出的計策，她身處必須將其瓦解的那一方。彼此是敵人，而且計策被破的話，艾諾根本就沒空管索妮雅的死活。

索妮雅煩惱了一陣，然後提問。

「還剩多少緩衝的時日？」

「再長恐怕就兩天。日子一過，敕使便會抵達克琉迦身邊。」

即使設法攻破凱爾司，敵人首腦一旦倒下，這場仗就不用打了。

帝國軍真正要對抗的並非凱爾司，而是時間。

正因為如此，索妮雅決定提出一條計策。

「那就用一天時間製造克難的攻城兵器吧。」

「我說過沒時間了吧！事到如今，妳還要浪費時間？敕使動作快的話，有可能明天就抵達了！」

「那終究是可能而已。我方只有賭敕使可能來不及的份。既然最多有兩天時間可供緩衝，我就要拿來利用。容我再三提醒，莫非您到現在仍過於低估敵人？」

索妮雅的回覆讓雷茲啞口無言。砍伐木材，再製造幾座克難的攻城兵器。那樣就有可能攻破凱爾司。唯一的缺點是帝國軍或許會一路挺進南部，但索妮雅決定信任敵人的軍師。

一天沒有發動攻擊，正常是會讓對方鬆懈，不過流浪軍師古瑞應該不至於那麼蠢。他應會研擬對策。

古瑞會在這種情勢助凱爾司守城，圖的應該是爭取幾天時間就能熬過難關。

索妮雅判讀過古瑞的思維，才提出了利弊各半的計策。

這是雙方都可能獲益的計策。對索妮雅而言，最理想的發展是戰況難分上下，即使攻破凱爾司也來不及進軍。那顯示索妮雅的策略固然有效，雷茲卻是無能的。而且只要李奧等人順利成事，內亂便不會發生，戈頓因為凱爾司一役被皇帝盯上，也就無法輕易放掉索妮雅這顆棋子。

同時，這對帝國軍來說卻也是唯一的勝利之道。要是進展得太過順利，凱爾司將會淪陷，內亂隨之爆發。

一切端看敵人的手腕。對索妮雅來說那就是賭。

「好……立刻派人動工！從現在開始製造攻城兵器！」

雷茲說著便開始發出指示。見狀，索妮雅從帳篷離開，緩緩地走了起來。

目標是葛佛遭狙擊的那座山丘。她要爬上去觀察凱爾司的動靜。

雖然不了解細節，卻可以看出那座城充滿活力。難纏對手會有的特徵。

若有時間，還可以使計重挫其活力，不過也沒有時間了。自覺在思索這些的索妮雅露出苦笑。不知不覺中，她為了贏過敵方軍師就開始擬定計策了。

「你為人如何呢？古瑞。是溫柔，還是冷酷呢？」

索妮雅拋出對方不可能聽見的問題，並且凝視凱爾司。於是，有個男子上了城牆。

用灰斗篷蓋住頭的男子朝索妮雅所在的方向望來，然後優雅地當場朝她行了禮。

沒想到對方會有這種舉動的索妮雅因而愣住，那名男子就大聲開口：

「敵人的軍師啊！有空視察敵情可真從容！傳聞追上其他稱帝人選的戈頓皇子有個半精靈軍師！我聽說過！這局面要如何解決，就讓我一睹妳的手腕吧！」

「……知道得那麼多，看來你可真是消息靈光呢！」

「對，我知道很多！妳是因為有人質被挾持才被迫戰鬥的吧？實在棘手！無法選擇侍奉的主子，我為妳同情！」

「唔！」

對方語出驚人，索妮雅瞪大眼睛。

古瑞看索妮雅那樣，便輕輕一笑。接著他忽地擺出身段告訴索妮雅：

「妳出手只要為人質著想就好！儘管用全力攻來！我會將一切化為灰燼！」

「……恭敬不如從命！」

索妮雅聽見古瑞說的話，便望向前方。

那是在挑釁。要她別用人質當藉口，拿出全力看看。意指即使如此她也贏不過。

既然這樣，她決定承對方貴言來真的。

如此心想的索妮雅走進軍帳，然後要繪製攻城兵器設計圖的士兵讓開。

「筆借我，我來設計。」

對方敢那樣挑釁，就會有相應的措施。半吊子的攻城兵器對抗不了。

要讓戈頓覺得策略有效，必須對凱爾司造成致命打擊。換句話說，必須擊碎古瑞的自信。

索妮雅按照古瑞的忠告，出了全力來製作攻城兵器。

6

當艾諾正以古瑞名義在凱爾司進行防衛戰時。

李奧他們以超乎戈頓等人預料的速度抵達了克琉迦的根據地汶美。

理由在於至今行經的南部眾都市。

「沒想到這麼輕易就放我們通行呢。」

原本料想多少會有阻礙的李奧一邊嘀咕，一邊穿過了汶美的城門。

在李奧身旁的瑟帕一邊觀察周遭的環境並回答道：

「發自本心追隨克琉迦公爵的人應該不多。民眾臉上也欠缺活力。反叛說起來並非南部的公意吧。」

「那我們來就是有意義的了。」

「光來到這裡並沒有意義，殿下。」

策馬於李奧身旁並行的拉斯這麼說道。菲妮搭乘的馬車有傷痕騎士的精銳們護衛。

然而，那些護衛沒辦法永遠守在她身旁。

「必須設法對付克琉迦公爵才行。」

「我當然明白啊。上校。」

「那麼請容屬下先做確認。穿過城堡正門後，公爵恐怕就會出來迎接。那時要下手正是機會。再繼續深入的話，武器恐怕會被對方收走。」

「但是，在那裡動手會讓菲妮小姐蒙受危險。」

「請放心。有琳妃雅小姐與我在。」

瑟帕說著就看了李奧。李奧用眼神質疑是否沒問題，瑟帕便靜靜點頭。

傷痕騎士縱然是擔任護衛，當公爵與敕使直接會面時，有好幾名成員守在旁邊就會遭到懷疑。

菲妮的護衛要交給像瑟帕這樣可以用管家身分自然留在身旁的人。

「……我知道了。上校，動手的時機交由你判斷。」

「遵命。請殿下待在較後面的位置。」

「不用替我費心喔，我會自己保護自己的安全。」

「……您的人身安全若出了意外，屬下將無顏面見艾諾特殿下。」

「上校。我不是來這裡接受保護的，我來是要捉住克琉迦公爵。如果這件事失手，我才沒有臉見哥呢。」

被李奧直直一望，拉斯微微瞠目，然後就立刻低頭謝罪了。

「失禮了。是屬下多操心了。」

「拉斯上校。沒錯喔。李奧納多大人跟艾諾特大人不一樣，他可是會運動的。」

「別將戰鬥說成會運動就打發掉好嗎，瑟帕？」

「差別不大吧。雙胞胎的運動神經會差得這麼多，也是一件鮮少見的事。那位殿下可真是弱不禁風。拿起劍就犯肌肉痠痛的毛病，甚至會讓我有些擔心。」

「明明慢慢揮就好了，他就是要使勁猛揮充面子。哥的毛病。」

「艾諾特大人總愛逞威風啊。」

「那我有同感。艾諾特殿下應該是位喜歡耍帥充場面的人物。但是，他因而拿短劍捅了左手。那一位同樣可稱英傑。」

聽了拉斯的評語，李奧露出笑容。他一次也不曾覺得爭帝位是開心的，有幾件事卻讓他慶幸參與了帝位之爭。

其中之一就是認同艾諾的人變多了。懶惰又怕麻煩，能不動就儘量不動的艾諾參加帝位之爭以後，變得勤快了。見識其行事風範，了解廢渣皇子是裝出來的人正在增加。那對李奧來說是開心的事。

「您似乎很開心吶？」

「很開心啊。哥獲得認同是讓人開心的。還有……能跟他合力做些什麼也很開心。哥替我將舞台準備好了。無與倫比的舞台。是我任性才想盡可能減少犧牲，哥勉強自己陪我還幫忙安排了這麼多。能站上這樣的舞台，我很開心。能實際感受到我們兄弟是並肩在作戰。」

話說完，李奧便策馬先往前進。眼前是克琉迦公爵的城堡正門。

「我乃帝國第八皇子，李奧納多．雷克思．阿德勒！皇帝陛下的敕使是我一路護衛至此！開門！」

城堡正門應了李奧的那句要求，緩緩地發出聲響逐漸開啟。

李奧策馬進入其中。入城便不能罷休。要懷著一切結束前都無法出城的覺悟。

■■■

下馬的李奧等人是由騎士帶路。該處位於城堡的露台底下。

「這裡是？」

「喜哉樂哉，李奧納多皇子。好久不見了。」

聽見聲音，李奧微微地瞇起眼睛。因為克琉迦公爵出現在露台上了。

以迎接敕使的方式來說，未免太過無禮。

「好久不見。克琉迦公爵。請問這是怎麼回事？」

「哪裡，只是一點保護安全的措施。這麼做並不是在懷疑你們幾位，但我好歹身處生命受威脅的立場。因此希望敕使大人可以獨自從那裡上來。」

那與隻身踏進猛獸的巢穴同義。

李奧板起臉孔抗議。

「這樣會否失禮過了頭？請到這裡來確認書信，書信的內容已經由你方派出的騎士確認過。」

「很遺憾。我只答應在這裡確認正式的書信。若各位不願配合就請回吧。」

「那就讓我與敕使同行。」

「請敕使大人獨自上來。」

克琉迦的提議讓李奧差點忍不住想朝佩劍伸手。因為那太過無禮了。

但是，一整套流程要確認過書信才算完成。等克琉迦予以拒絕，李奧等人方能獲得正當性。現在動手將淪為假冒使者名義的刺客。

可是，菲妮馬上答應了對方的提議。

「我明白了。就由我過去吧。」

「菲妮小姐……」

「無妨。克琉迦公爵也不會對皇帝陛下的敕使做什麼吧？」

「當然了。蒼鷗姬。」
「那就可以放心。我的職責是將皇帝陛下所託書信送到克琉迦公爵手上。既然公爵您偏好在那裡確認書信，由我過去便是。」
話說完，菲妮使了眼色請騎士幫忙帶路。
那名騎士則說「這邊請」，然後帶她到了露台。
「日安。蒼鷗姬。近身一看，更覺得妳生得美麗。」
「謝謝。克琉迦公爵。這是來自陛下的書信。」
「請讓我拜讀。」
克琉迦說著就在自家騎士圍繞下將信打開。
接著他眉頭一動也不動地逐行讀信。
「原來如此。這就是皇帝陛下的答覆啊。」
「是的。」
「還真是一位殘忍的人物，竟會將自己寵愛的妳用於宣戰。」
「很遺憾，那並非宣戰，克琉迦公爵。我代表皇帝陛下向你下令。立刻下跪臣服，並且指示南部諸侯將武裝解除。若不聽從……我將懲罰你。」
「哈哈哈！視我為懲罰對象？妳在這種狀況辦得到什麼？很遺憾，我的答案是不。

就以妳為人質重新交涉吧。」

「你要違抗皇帝陛下的命令？」

「左一句皇帝陛下，右一句皇帝陛下。他的威信對我可不管用喔？我們克琉迦家在併入帝國前，本就貴為一國之主。是皇族用了武力制壓我方，並冠以公爵的名分困滯。自此之後，我的家族從未將恨意與仇怨忘記。我一次都不曾奉那種男人為主！」

「原來如此……長年的仇恨啊。我不清楚那是多深的過節。不過，有一點是我可以給你意見的，那就是這塊土地以往曾為你們家族治理的國家。就算現在遭到帝國吞併，這塊土地的人民依舊是你庇護的對象才對。而你讓民眾受苦了。在那個時間點你就沒有稱王的器量。不……你就連擔任貴族的器量都沒有！」

「我不打算跟妳爭論王或貴族的話題。不過先告訴妳一點吧，強者為王。」

「那你果然沒有稱王的器量呢。真正的王比你想像中更加強大，還擁有形形色色的臣子。好比如此。」

霎時間，瑟帕無聲無息地出現在菲妮身旁，將周圍的騎士們一擊斃命。其利刃朝著克琉迦進逼，克琉迦卻拿騎士們當肉盾當場逃跑了。然而，底下有李奧他們已經入侵至城內。

「我可不會放你走！克琉迦！」

「唔！把他們全給我殺了！」
接到克琉迦指示，騎士們擋在李奧等人面前。
不過，由拉斯帶隊的傷痕騎士將敵方衝散，便為李奧拓出道路。
「菲妮小姐！」
「我沒事！請您繼續進軍！」
「我明白了！菲妮小姐，妳也要小心！」
菲妮與幾名傷痕騎士還有琳妃雅一同從現場脫離。
汶美城中的小規模戰爭就這樣開始了。

7

「別讓他逃了！」
接到李奧的指示，傷痕騎士們朝克琉迦追去。
有群騎士卻闖進其中，勢要將他們攔下。敵方的騎士與傷痕騎士交戰之間，李奧與克琉迦視線交會。

「我絕對不會放過你！」

「哼！你以為這座城裡有多少騎士！看你似乎帶了精銳過來，但憑寡兵是打不下城的！」

「可別把我們看扁。」

拉斯說著便揮舞雙劍，將敵方騎士逐一斬殺。

見狀，克琉迦立刻轉身就逃。

李奧留下一部分小隊，並沿著拉斯開的路追到克琉迦後頭。

「對方是朝著城頂逃去。」

「大概有什麼玄機吧。畢竟是珊翠菈皇姊的舅舅。」

話剛說完，後方就傳出尖銳喊聲。

「左方有敵兵！」

「第三、第四小隊！擋住他們！」

接到拉斯指示，小隊又分兵應敵。

被絆住的話，就不能靠人數優勢推進。儘管寡兵被進一步分散，李奧等人也只能往前追。即使如此，李奧仍擔心地目送前往應敵的士兵們。

有一名士兵告訴那樣的李奧。

「殿下無須擔心。我們做好了一切覺悟才會來到現場。」

「……你的名字是？」

「貝倫特・列爾納少尉。」

「我聽過那名字。哥說過，你是最早志願參與作戰的人。」

「是！因為我認為這值得賭上性命。請您專注於前方就好。有我們殿後。」

「……知道了。背後就交給你們。」

「包在我們身上。」

「所有人當心。我有某種不祥的預感。」

「殿下提到的不祥預感令人發毛呢。」

回話之間，拉斯本身似乎也察覺到類似跡象，就要求所有人嚴加戒備。

有讓眾人重視防範甚於進軍速度的某種危機潛藏於此。拉斯感受到了那樣的跡象。

而且那並沒有錯。

李奧等人所在的通路旁傳出了大聲響與震動。有東西正陣陣逼近。

「散開！」

接到拉斯指示，全體人員從現場疏散。

間隔片刻，通路牆壁遭到破壞了。

「吼喔喔喔喔喔喔喔喔喔！」

「啥玩意！」

「大家小心！」

傷痕騎士的士兵們擺好架勢備戰。於是那東西從煙塵的另一端出現了。

體長約兩公尺半。橫幅寬闊，將空間廣大的通路擋住近半。

令人吃驚的是，那東西是人類。不過怎麼看都像怪物。

「居然養了這種怪物，真讓人驚奇。」

拉斯一邊說，一邊迅速滑鏟至怪物腳邊，並且出劍砍腿。配合其攻勢，周圍的傷痕騎士也合力持劍猛砍。

「吼？」

「對他完全不管用！」

儘管被無數利劍捅入，那頭怪物卻好端端的。然後他以蠻勁揮動手臂。光是這樣，周圍就有幾名隊員遭到掄飛。

「對手的痛覺遲鈍！針對首級！」

李奧立刻分析了對手，並且一邊做出指示一邊上前。周圍的隊員有意勸阻，李奧卻奮不顧身地衝去。

怪物再次揮動手臂，不過李奧高高躍起予以閃避。接著他直接跳上了怪物的肩膀。

李奧想從那裡朝首級出劍，怪物卻伸臂阻擾。

然而，其手臂被拉斯斬斷了。

「果真厲害。上校。」

李奧說著便將怪物的首級砍飛。那究竟是什麼？眾人都心生疑問，現在卻只能暫擱不管。

「受傷的人退下！沒大礙的跟我來！」

李奧邊號令邊朝城頂而去。

■■■

李奧他們殺進城裡以後，菲妮等人也遇到了追兵。

不過，對方始終接近不了有琳妃雅與傷痕騎士保護的菲妮。

「請稍作退避。」

「好的……」

菲妮聽到琳妃雅指示，便稍微退後。於是菲妮目睹了有騎士想捉她，因而被琳妃雅斬殺的那一瞬間。

見狀，菲妮默默露出沉痛之色。雙方正在以命互搏。有旁觀覺悟的她來到了這裡。許多人代替無法戰鬥的自己而雙手染血。不可以因為自己覺得對方可憐就叫大家住手，這種話撕破嘴也不能說。

即使如此，菲妮仍無法因為那是敵人就看開放下。

「結束了。菲妮大人？」

「……」

菲妮靜靜地蹲到一旁倒地的敵方騎士身邊。

傷痕騎士的士兵認為危險而想勸阻，琳妃雅卻予以制止。

「我是菲妮．馮．克萊納特。你有沒有什麼遺言？」

「啊……我、我是……侍奉托拿特家的騎士……」

「你怎會來到這裡？」

「主、主子……成了人質……不捉住妳的話……就會被殺……」

「……有沒有事情要託我完成？」

「求妳救……我的主子……」

騎士說著朝菲妮伸手。菲妮想把那握住，騎士卻先一步力竭身亡。菲妮睜大眼睛，接著緩緩地握緊了騎士的手。

「我明白了……」

「菲妮大人。請立刻移動。」

傷痕騎士焦急地告訴她。

菲妮聽見便微微點頭。接著她望向琳妃雅。

琳妃雅目睹了菲妮的臉，就在略感吃驚後嘻嘻一笑點了頭。

「我會照菲妮大人的意思辦。」

「琳妃雅小姐……」

「我只是在保護您，而且我也認為菲妮大人想做的是件好事。」

「……對不起。謝謝妳。」

菲妮說完便看向自己身旁的傷痕騎士眾精兵。

由於要護衛菲妮，傷痕騎士選了一群特別有本事的好手。對他們來說，菲妮在這種狀況還要多此一舉的做法讓人無法理解。

儘快讓菲妮移動到安全處是他們的工作，停下來說話只是無謂之舉。然而，菲妮又立刻拋出讓他們更加無法理解的話了。

「我決定……去解救人質。」

「什麼！您是認真的嗎！」
「現在並沒有空閒做那種事！」
「請重新考慮！」
士兵們全表示反對。
但是，菲妮筆直望著那些士兵說道：
「我知道這有危險。但是，我身為皇帝敕使有解救南部諸侯的義務。」
「可是！」
「我也了解各位勸阻的理由。我想……應該是你們比較正確，而且精明吧。」
菲妮說著便緩緩地伸手觸碰蒼鷗髮飾。
從獲賜那只髮飾以後，自己便不再是單純的公爵千金。
感到排斥的菲妮自此不離開領地。即使如此，她仍離開領地，幾近蠻橫地跟隨艾諾到了帝都。
當中有特別的情愫在。菲妮想幫艾諾的忙。她想報恩。如此的情愫。
過去，在決定髮飾得主的活動中。縈繞於菲妮腦海的盡是不安，昏頭轉向的她差點跌倒，有個少年就爽朗地出了聲替她打氣。
面對戴面紗遮著臉的菲妮，那個少年口氣隨便地提到皇帝只是個普通大叔，告訴她緊張也沒用。說來很不負責任。畢竟菲妮接下來要登台了，對方卻以麻煩為由就從台上溜掉，還這樣替菲妮打氣。

多虧如此，菲妮獲得了蒼鷗髮飾。當時開口相助的少年，也就是艾諾讓菲妮在心裡懷有特殊的情愫。至今依舊不變。她想為艾諾貢獻一份力。為此她覺得自己什麼都可以辦到。維持蒼鷗姬的身段，也是為了讓自己無愧於艾諾。

觸碰髮飾就可以辦到任何事。那會讓她湧上無窮的勇氣。

「但是……因為做法正確、因為頭腦精明就對需要幫助的人視若無睹，這有違我的主義。我來是要拯救這裡的人。各位不也一樣嗎？你們不是聽了艾諾大人發表演說才被打動的嗎？曾一度以騎士名號自稱的人……能夠坐視這樣的慘狀？」

「……可是！如果您的安全出了差錯！」

「不會有事的。因為我身邊有一群高強的騎士在。」

「什麼……？」

「既然各位在保護身為敕使的我，此刻，你們的職銜相當於近衛騎士。我相信你們有足夠的實力。我相信艾諾大人為我部署的騎士……可不許你們說沒有自信。因為你們是傷痕騎士。帝國軍中最精銳的一群。」

聽菲妮這麼一說，士兵們面面相覷。接著他們認命似的點了頭。

因為他們想不出能說服菲妮的話。
從個人情感來說，他們何嘗有坐視不管的念頭。自信更是足夠。亦有無論遇到什麼都要保護好這名少女的覺悟。即使如此，最好還是盡可能採取安全之策。
因為他們受了激勵眾志的皇子之託。
但既然這名少女說要去，就無人能勸阻。
「我們會盡全力保護您。但是，若判斷您生命安全有虞，我們即使來硬的也會要您先逃。」
「好的。我信賴各位。」
菲妮說著便笑了笑。
事情談妥後，琳妃雅接著開啟話端。
「那麼，要從哪裡找起？若盡速找出人質，我們還能支援攻堅部隊。最好要快。」
「那應該不用煩惱。瑟帕先生。」
菲妮用充滿把握的聲音喚了瑟帕的名字。
聽見呼喚，瑟帕便出現在菲妮身後。
「在。」
「查得出人質所在的位置嗎？」

「我簡略探視過城裡，因此有頭緒。」

「那麼，能不能請你帶路呢？」

「遵命。不過……您變得跟艾諾特大人相像了吶。」

「有嗎？」

「是啊，非常像。」

菲妮欣喜地笑了。

因為那對她來說是最高級的誇獎。

8

汶美城後方。

有一處被安排成別館運用的區域。

被克琉迦擄為人質的南部諸侯們就在裡頭。

「德勞多侯爵！放我們出去！」

如此要求的是個三十出頭的男子。

以貴族當家而言算年輕的他，正是托拿特伯爵。
在南部貴族中屬於立場傾向帝國的第一人。
跟托拿特伯爵面對面的則是個肥胖男子，與克琉迦可說是同夥的德勞多侯爵。
「你還在說那種話啊，托拿特伯爵。」
德勞多對托拿特伯爵說的話嗤之以鼻，並且緩緩地走了起來。
一旁還有幾名騎士在監視托拿特伯爵這些手無寸鐵的人質，以免他們反抗。
「皇帝認定南部為敵人了。現在不是南部該團結一致的時候嗎？」
「因為以你與克琉迦公爵為中心的同夥，一直在操控犯罪組織！與我們無關！」
「好說好說。三分之一以上的南部貴族與那犯罪組織有所牽涉喔？同樣身為南部的貴族，你斷言與己無關會不會太過分了？」
「少在那裡自說自話！大部分都是受你們要脅才被迫協助的吧！就像西塔赫姆伯爵那樣！」
大發雷霆的托拿特伯爵朝德勞多侯爵靠近，卻被騎士們的長槍攔阻。
托拿特伯爵咂舌後，又拉開距離繼續跟對方談。
「看你的態度是不會改變答覆？」
「當然！我們不會加入什麼南部聯盟！我們是帝國的貴族！」

「哈！說得好聽。可是，包含你的領地在內，所有的南部貴族都已經加入南部聯盟了喔？」

「因為你跟克琉迦公爵抓了我們當人質！」

「誰會相信那些話？現在，皇帝的敕使來到了城裡。南部全體叛亂讓皇帝慌得坐到談判桌前了。這樣你們這些人就與我等無異。南部貴族早就是命運共同體了。」

德勞多侯爵耀武揚威地告訴他。

聽見他的說法，托拿特伯爵氣歪了臉。

在場的眾多貴族都是被克琉迦假意邀請，因而淪為人質。他們聽說這次要就南部的未來進行建設性討論，才會聚集到此，結果全成了人質。

任誰都感到詫異。之前他們不覺得克琉迦是真心要向帝國揭起反旗。

「皇帝陛下會坐到談判桌前的保證在哪裡？倘若遭到宣戰呢？」

「抗戰到底。這事早就知會過他國。」

「帝國有實力將其剷平！一旦近衛騎士團出陣，南部可會化為焦土啊！」

「在那之前就會議和。我與克琉迦公爵的安全將在承諾下受到保障。」

德勞多侯爵說著露出了卑鄙笑容。

原本德勞多侯爵就只把托拿特伯爵他們當棋子看待。

一旦爆發戰爭，他們會適時向敵國出賣這些棋子。在那之前，與帝國交戰的也幾乎都是有人質被抓的貴族騎士。

完全不弄髒自己的手。托拿特伯爵已經看透其心思，厭惡感畢露無遺。

「你這傢伙……！這樣還配自稱貴族嗎！」

「當然，我可是淵源正統的貴族。」

托拿特伯爵向得意的德勞托侯爵追究。那又被騎士們攔阻，但這次有另一群男貴族朝騎士們展開突擊。

托拿特伯爵趁隙搶了騎士的劍。

可是，此時其他騎士已經把長槍指向了待在房間角落的貴族女子們。

「耍、耍小聰明……但是你不在乎人質了嗎！」

德勞多侯爵舉起手臂作勢要脅。只要他揮下手臂，騎士們就會毫不留情地殺了她們吧。托拿特伯爵懊惱似的垂下目光。

然而——

「托拿特伯爵。你不用在意我們。」

這麼說道的是一名年紀略長於托拿特伯爵的女性。

她用有骨氣的視線望向托拿特伯爵，大膽得不像被人用長槍指著。

「晉梅爾伯爵夫人……」

「我不會說這是為了帝國……但與其拖累留在領地的家人，我寧可選擇一死。」

「哈！妳只是虛張聲勢！」

「德勞多侯爵……最愛護自己的你應該不懂吧。為孩子著想的母親可以無比堅強。要殺就動手！」

晉梅爾伯爵夫人說完便豁出去朝騎士們逼近。拿不了主意的那些騎士便看向德勞多侯爵。

德勞多侯爵帶著扭曲的臉色動腦。現在殺了人質，托拿特伯爵會率先朝自己撲來。非避免不可，德勞多侯爵如此判斷後，就用下巴指示騎士將晉梅爾伯爵夫人抓住。

「帶她過來！」

「放手！」

「怎麼樣？托拿特伯爵？這樣你還要跟我鬥嗎？」

德勞多侯爵拔出短劍，並且抵向晉梅爾伯爵夫人的頸子。

托拿特伯爵臉上顯露出明確的遲疑。見狀，晉梅爾伯爵夫人便閉上眼睛做出覺悟。

隨後——

「托拿特伯爵……儘管動手。」

「……我明白了。」
兩人下定決心。見狀，德勞多侯爵退後一步。
然而，德勞多侯爵卻貌似惱羞地笑了。
「哈、哈哈、哈哈哈！那麼想死嗎？愚蠢！人要活著才有戲唱！送死的都是傻瓜！賭命能保住什麼？你們就算賠了命也保不住任何東西！帝國不會救你們！」
「不，皇帝陛下不會對有心的貴族棄之不顧。」
回話的人聲傳出。與此同時，有嗡鳴聲在整座房間響起。
聽見那音色的人全都板起臉孔，還有人跪倒在地。睡魔突然來襲。難以抵抗的那股魔力連騎士們都深受其制。
「唔……這是……？」
「失禮了。因為這不好調整。」
如此回話的少女走進房裡揮舞長槍，手腳被砍中的騎士因而遭到無力化。當少女的長槍停下之後，喚來睡魔的那陣音色就停止了。
「謝謝妳。琳妃雅小姐。」
「不會，這就是我的工作。」
琳妃雅一如往常地淡然回話，並且迅速將晉梅爾伯爵夫人帶離德勞多侯爵身邊。

夫人因睡魔而腳步不穩，琳妃雅便過意不去地低聲賠罪。

「讓您受到波及了，萬分抱歉。」

琳妃雅的武器在魔槍型態下，能夠藉著舞動槍花發出誘人入睡的音色，但是卻無法期待效果能精準到只對房間裡的某幾個人產生作用。

頂多可以選擇朝前方發出嗡鳴聲，或者將目標固定於一人。假如像剛才那樣有多人聚集於室內，便只好讓所有人都成為目標。不過，騎士就因為這樣而遭到無力化了。

有一名少女站到了尚未掌握狀況的德勞多侯爵面前。

「唔……妳是什麼人……？」

「菲妮・馮・克萊納特。我以皇帝陛下的敕使身分來到了此地。」

「蒼鷗姬……？妳怎麼會在這裡……？」

「我是來解救人質的。」

「豈有此理……衛、衛兵呢！快來人！」

「他們都睡了。警備漏洞百出，我想你的指望是落空了。」

瑟帕從回話的菲妮身旁出現。這間別館的警備人員全被瑟帕不出聲響地無力化了。

因此德勞多侯爵完全沒察覺他們接近，因而受到琳妃雅的奇襲。

「不、不可能……克、克琉迦公爵不會允許那種事發生！」

「克琉迦公爵這時候應該已經被李奧納多皇子逼到絕路了吧。畢竟，作戰原本就是如此規劃的。」

「假、假裝成使者發動奇襲嗎！卑鄙！」

「這並非奇襲。皇帝陛下的命令是『下跪臣服』。克琉迦公爵予以拒絕了，因此只有受罰的份。話雖如此，我不否認這麼做很卑鄙。確實卑鄙吧。既然有性命會因而獲救，要多卑鄙我都甘願。何況我們固然卑鄙，你也一樣卑鄙。沒理由要受你批評。」

菲妮斷言以後，琳妃雅就用長槍將德勞多侯爵打昏，彼此的對話就此告終。

目睹那一幕的菲妮轉而望向托拿特伯爵等人。

「請容我重新自介，我是皇帝陛下派來的敕使，菲妮．馮．克萊納特。是我們救助來遲，萬分抱歉。」

「陛、陛下……沒有棄我們於不顧……！」

「感謝敕使大人……」

房間深處的年邁貴族貌似感慨萬千地哭了起來。

菲妮用柔和的笑容望著那些貴族。

而且等他們情緒鎮定後，菲妮才開始說明內情。

「我有事情拜託各位。這座城堡裡有各位的臣子在，他們是因為各位成了人質而與我方敵對。希望各位能幫忙說服他們。」

「這是當然。」

「……您是托拿特伯爵對不對？」

「是的。」

「我方……斬殺了您的騎士。臨終之際，那位騎士透露了你成為人質的情報……您有位好臣子。」

菲妮不道歉。她認為托拿特伯爵與死去的騎士要的並不是道歉。

托拿特伯爵緊咬嘴唇，然後靜靜地點頭。

「那麼，請各位儘快移動。到顯目的地方，讓城裡的騎士們知道各位平安。」

「那是無妨……不過城裡還有其他人質。」

「還有其他人質？」

「在這裡的是其中一半。克琉迦花了幾天工夫將多名貴族帶進城裡。」

菲妮對托拿特伯爵所言露出不安之色，並且看向琳妃雅。

琳妃雅也浮現了類似的神情。

感覺那實在不會是單純讓人質移動而已。

「當中有詐啊。」

「……希望那些人平安。」

「現在無從確認他們的狀況。現在的首要之務是先讓那些騎士得知在場各位平安。只要城裡騎士的抵抗少一些，要找剩下的人質也會比較容易。」

琳妃雅擬定當前目標，然後向菲妮說明。

菲妮也表示理解，並且點頭。

不安感卻無法抹滅。有某種負面的預感。

如此感受到的菲妮觸碰髮飾。為了獲得前進的勇氣。

9

「城裡的各位騎士，我是皇帝陛下的敕使，菲妮・馮・克萊納特。」

菲妮從城堡的正門朝城裡這麼喚道。

一旁擺有擴音器。原本那是城裡用來向市街喊話的道具，不過現在被菲妮等人搶到手裡，就用來向城堡喊話。

「目前，我們救出了眾多淪為人質的貴族。剩下的貴族也一樣要救。各位若是聽見這道呼喚，請把劍收起！我們沒有理由要互相搏鬥！」

菲妮的呼喚沒有得到回答。

即使如此，她仍繼續呼喚。

「我知道，各位是因為有人質被捉住才會戰鬥。本著皇帝陛下敕使的權限，我不會懲罰各位。請將我的聲音聽進心裡。不可為了這場有違尊嚴的戰鬥捐軀。各位該保護的並非克琉迦公爵才對！」

發出聲音就會洩露位置。騎士們紛紛朝菲妮等人的所在地聚集而來。

他們穿的鎧甲屬於克琉迦公爵家。

琳妃雅等人舉劍備戰，菲妮卻對他們說道：

「若要一戰，我不會阻止你們……但是，請懷著相應的覺悟來挑戰。想清楚對皇帝陛下的敕使兵刃相向有何意義，再踏出這一步。唯有本身正義未受陰霾籠罩之人，才有資格與我的騎士搏鬥。」

覺悟與正義受質疑的騎士們不禁停下腳步。他們並非全是壞人。大部分只是單純以騎士身分在侍奉克琉迦公爵而已。

因為有命令才挺身戰鬥，他們並不曾自己思考。因為思考那些就會受罰。

然而，當著眼前受到質疑便不得不思考。

在如此局面中，又有一群騎士趕到。
「伯爵！托拿特伯爵！」
「噢噢！是你們！」
那群騎士侍奉的是先前淪為人質的貴族。
他們確認主子平安，便流了眼淚當場下跪。
看他們連連賠罪，克琉迦公爵家的騎士們也心生迷惘。
「趁現在或許可以拉攏這些騎士。菲妮大人。」
「我明白了。」
琳妃雅這麼對菲妮細語，菲妮就開始遊說騎士們了。
「你們同樣只是奉主子的命令而戰吧。此刻你們若能收起劍，改而協助我們，就能免於被問罪。不過，要在這裡兵刃相向的話，罪狀將累及你們的家人。因為此時此刻，你們正以手中兵刃對著帝國。」
菲妮把話說得比想像中更重，讓琳妃雅吃了一驚。
那不僅是遊說，還有效地威脅了對方，說來並不像菲妮的作風。
於是琳妃雅想起方才瑟帕說過的話。
她開始變得跟艾諾特大人相像了。想起那句話，琳妃雅露出苦笑。

「原來如此。或許確實是有變得相像的部分。」
那位皇子應該會毫不在意地用上威脅的手段吧。因為那最具效果。
騎士們打這場仗同樣不是出於情願。他們是愛護自己或家人才追隨克琉迦。然而，克琉迦目前處於劣勢。那樣的人容易去巴結強者。
「真、真的不會問罪於我們嗎！」
「是的，不會問罪。就算你們涉及再多的惡行，也不會問罪。不過，你們可要拿出相應的貢獻。」
騎士們對菲妮說的話產生畏懼。
克琉迦一直在為非作歹，騎士們是知道的。當然也協助過那些事。
菲妮明白那一點。即使如此，她仍刻意向眾人明言不會問罪，是因為她覺得以個性來想，克琉迦不會把要緊事交給基層的騎士去辦。
然後，沉默一段時間的克琉迦公爵家騎士們當場就開始下跪了。
「——我們願聽從敕使大人指示。」
「感謝你們有那樣的勇氣。那麼，能不能告訴我成為人質的其他貴族在哪裡？」
「這……」
騎士們面面相覷。事到如今，他們並不是吝於提供情報。

因為他們也不知道。
「我們只曉得貴族們被帶到了城堡的地下。普通騎士不能靠近城堡地下，因此也就不清楚詳細的位置……」
「地下……」
討厭的字眼讓琳妃雅產生反應。於帕薩被抓的小孩也是被關在地下。而且明顯有對他們做過類似實驗的行為。
知情的琳妃雅狀似不悅地變了臉。
畢竟這裡是做出那些指示的大本營。
「菲妮大人。雖令人於心不忍，對地下的調查恐怕要緩一緩。」
「為什麼？」
「對付城裡的騎士還守得住，但是，最糟的情況下會有惡魔出現。那樣的話，我方戰力便不足。在制壓城堡前請先稍待。」
「……意思是會發生跟帕薩一樣的狀況？」
「不無可能。最糟的情況下，就算整座城堡灰飛煙滅也不奇怪。應該等上頭的戰鬥做出了斷。」
「我也贊成那樣做喔。要預先防範從地下出現的變數。假如無人能抑止，李奧納多大人他們可就沒辦法撤退了。」

瑟帕從戰略觀點如此建議。

菲妮稍稍垂下目光。她已經冒了危險，堅持過己見。既然願意體諒菲妮想法的兩人都提出慎重論調，她就不能繼續任性。

「我明白了。我們繼續在這裡遊說騎士們。」

發表方針的菲妮又向城裡喊話。

同時也祈願戰鬥能盡早結束。

■■■

「動作快！」

克琉迦逃到了城堡頂層，在那裡固守不出。

而他能指望的一線生機是自己與珊翠菈共同研發的新藥。

為了服用那種藥，克琉迦正在催促老研究者。

「請再稍待一會！」

提煉藥物需要時間。更何況，之前克琉迦並沒有想過要用在自己身上。

為了製作那種藥，克琉迦已經失敗過好幾次。這種新藥也未必安全。即使如此他仍伸出手，為了讓自己活下去。

然而，有人擋住了那樣的克琉迦。

「喝啊啊啊啊！」

李奧劈開被堵住的門，並且翻了跟斗闖進房裡。

敵方騎士們把劍指向那樣的李奧，李奧卻沒有跟對方過招，瞬間就將其逐一砍倒。

「殿下！很危險！」

拉斯對衝在前頭的李奧這麼提出忠告，但李奧聽不進去。

李奧的直覺正在告訴他。讓克琉迦喝下藥就糟了。讓他喝下那東西會使眾多的努力白費。順從其直覺的李奧變得更加急進。

他隻身殺進敵方騎士當中，並且用自己的劍將所有人砍倒。

「好強……」

在房外跟其他敵人作戰的傷痕騎士精兵發出嘀咕。即使看在他們眼裡，此刻的李奧仍顯得強悍出眾。

隻身殺進敵群，掃平一切。簡直有如傳聞中的姬將軍。傷痕騎士們一面懷著這樣的感想，一面也攻進房裡，盡可能削減朝李奧靠近的敵人。

另一方面，李奧只看著克琉迦。

從四面八方而來的凶刃，他全靠反應閃避。以往的李奧不會冒這種危險，也不會用這種戰法才對。李奧應該會尋找安全取勝的方式。他不會想到憑直覺行動。

然而，那樣的李奧卻把身體交給了直覺。當然，他並未放棄思考。李奧沒有深思。不過他冷靜地預測下一步行動，並且任由身體反應來斬殺敵方騎士。

那是最理想的行動，也是最佳的判斷。眾多士兵交相混雜，為了以寡敵多而採取的戰法。莉婕上戰場學會的那套，李奧也透過南部事件領悟到了。

將突圍擺在第一優先的那套戰法，遠超出克琉迦想像。

雖說李奧武藝出色，也只是擅使劍術罷了。克琉迦對他有這樣的認知。然而，此刻李奧身上甚至有萬夫莫敵的強者氣息。

來不及了。如此判斷的克琉迦伸手拿起仍在提煉中的新藥。

「大人，那還沒有完成啊！」

「沒完成也無所謂！」

與其在這裡被捕，克琉迦寧可變成怪物反殺回去。

如此心想的他拿出了行動。那是接近於賭博的行動，也算是克琉迦拿出自身勇氣的決策。然而，目睹那一幕的李奧順從直覺，做出了更大的豪賭。好比克琉迦捨棄安全，李奧同樣捨棄了安全。

來這裡經歷了許多辛勞。得到了許多助力。要是讓那一切回歸於無，就沒有臉面對在帝都等待的眾人。

如此心想的李奧在受敵方騎士包圍的情況下舉起劍。

「你休想——！」

他朝克琉迦擲出了佩劍。那柄劍朝克琉迦直射而去，並且漂亮命中克琉迦拿著藥的手，砍斷了那條手臂。

「唔哇啊啊啊啊啊！」

克琉迦發出慘叫，但李奧也不是全然無事。周圍全是武裝過的敵方騎士。李奧處於手無寸鐵的狀態。劍逼近而來，李奧予以閃避，然而缺了用兵器接招的選項，那便無法長久持續。

有一柄劍朝李奧的胸膛逼近。

李奧也感到不妙。然而，那柄劍沒能觸及李奧。

「受不了，您真令人困擾。」

這麼說著將劍擋下的是拉斯。

拉斯將李奧保護在背後，並且出劍讓包圍李奧的那些騎士瞬間腦袋搬家。

「謝謝你……上校。」

「不會，保護您是我們的工作。」

拉斯說著便笑了笑。然後他看向至今仍在慘叫的克琉迦。

「抓住他。傷勢也要處理，別忘記。」

「是！」

「勉強趕上了……」

「多虧殿下的活躍才能趕上。實在精彩。」

「身體自動有反應罷了。」

李奧開口表示謙虛。不過，他的臉色很滿足。

抓到了可說是這次元凶的克琉迦。最後的手段也防範於未然。

「喂，臭傢伙。這藥是什麼藥？」

「噫！饒、饒我一命……」

「反正你回答就對了！」

「那、那是能化為吸血鬼的藥！將吸血鬼的血液納入體內，進而讓人類變成吸血鬼的藥！」

李奧聽見那句話，因而板起臉孔。

考量有吸血鬼一詞出現，便無法不讓人聯想到東部發生過的事件。

「東部發生的事件也是你在穿針引線嗎？」

「唔唔唔……呵呵，哈哈哈……我只是得到對方提供的血液……別臆測好嗎……」

「那麼，只要循線追查，吸血鬼事件的犯人也會跟著辨明吧。」

「你們有那種空閒嗎……？」

「什麼……？」

「在研發這種藥的過程中，我完成了奇妙的藥……其成果再過不久就會現形……」

當克琉迦這麼告訴眾人的瞬間。

城堡底下傳來大量叫喊聲。南部之戰尚未結束。

10

「您是用了什麼樣的魔法？」

擊退帝國軍猛烈攻勢的隔天。

我正從城牆上看著轉進回營的帝國軍，亞羅士便問了這樣的問題。

「你問的是什麼時候？」

「昨天。老實說，我本來不覺得能撐過這關。」

「呵……有少年領主親自上前指揮，任誰都會拿出拚勁啊。」

「那也是您下的指示。我認為會有效果，卻不覺得那樣就能擋下一萬敵兵。」

「你似乎無論如何都想歸功於我的魔法？」

「我只是想知道實情。」

聽他一說，我稍作沉默。

說出來是無妨，但我覺得白白透露就浪費了。

「呼嗯……不然就當成考題吧。你覺得是用了什麼魔法？」

「想得到我就不會問了啊……」

「勇於提問很寶貴。但思考也很重要。試著用用腦袋。我方的強處是什麼？」

我像在教導學生一樣地說道。於是亞羅士乖乖地開始動腦。他正在依循記憶，探討昨天的勝因吧。接著亞羅士略顯沒有自信地豎起兩根手指。

「我能想到……有兩項要因。」

「說說看。」

「其一是敵兵比想像中弱。其二則是我方士兵比想像中更強吧。」

「換句話說，你的答案是我方變強與敵方變弱。表示我用了這兩種魔法，對嗎？」

「是的……我認為是那樣。」

他大概是每一句都沒有自信吧。我開始向姑且點頭的亞羅士揭開謎底。

「一半答對，一半不對。」

「意思是其中一項有說對嘍？」

「是的，為避免我方因戰意激昂而失控，我用了魔法讓他們的心態保持正常。這樣任誰面對敵人都能保持冷靜，細心觀察對手再打倒，並且細心聽從指示。我用的魔法就只有這一項。」

重點是冷靜。這在戰鬥中會成為非常大的優勢。正常來想，除非對自己格外有自信，否則面對敵人是無法保持冷靜的。一次都沒有廝殺過的外行人更不用提。

軍隊會仔細訓練士兵，讓他們在那種狀況也能保持冷靜。

所以是我的魔法將外行士兵拉抬成老練士兵了。

「只有那樣嗎？那麼，敵兵會弱是因為……？」

「日前城門放了一把熊熊大火，將敵方的一千精兵焚滅。見識了生還者的說法及其傷勢，必然會造成恐懼。或許接近城門就有什麼機關。或許今天的作戰也會遭到看穿。那種遲疑將讓人失去冷靜。帝國軍的士兵固然訓練有素，卻不是人人都以一擋百。只要喪失冷靜就構不成太大威脅。」

「就因為這樣……」

「兩軍廝殺正是靠這樣決定勝敗。攻城戰原本就屬守方有利。一旦強攻的那方心生遲疑，結果便顯而易見。」

「您看準那一點，才用策略破了敵人的奇襲部隊？」

「對。既然對方按照教條進攻，要擬定對策不難。照教條辦事很容易，因此士兵的恐懼會從中而生。巴著一度被看穿的教條不放，會死的可是自己。而且帝國的指揮官都照著教條下達指示。心生遲疑，喪失冷靜，行動因而變得笨拙。這裡的士兵沒錯失那些破綻。如此而已。」

只是要撐過一天的話，靠這點技倆就夠了。而且撐過去以後，敵人就會判斷我方並不好對付。

那麼一來，能在短期內突破防守的手段便不多。

「那麼，表示您已經出了下一計嘍？」

「為什麼你會這麼想？」

「藉著打倒奇襲部隊在敵軍心中植入恐懼，讓昨天的戰鬥占盡優勢。既然這樣，您在昨天的戰鬥中也會預先留下退路才對。」

「你滿會動腦的嘛。不過還差了點。」
「請問這是什麼意思？」
「我預留退路並不是在昨天。」
將奇襲部隊逼到潰滅那天。我當時就已經預留退路了。
「您在昨天之前就已經留下退路了嗎！」
詫異的亞羅士想向我追問，卻立刻就回過神自己思考。
那乖巧的行動令人欣慰，我便把手放到亞羅士頭上。
「昨天大家都拚命在抗戰，所以沒有人察覺吧。不過你應該早就看在眼裡。」
「看在眼裡？」
「對，你看在眼裡。我方昨天抗戰時缺了些什麼。」
聽完我的提示，亞羅士努力動腦。缺了些什麼。在昨天的時間點。正常會察覺到的欠缺。那是在我方可以找到的。
亞羅士嘟噥著偏過頭。不過，他察覺到某件事之後就睜大了眼睛。
大概是想到了吧。
「怎麼樣？」
「昨天……我一次都沒有見到約旦先生……」

我對他的答案露出微笑。

於是我用放在亞羅士頭上的手輕輕拍了拍。含意是答得好。

「既然碰上不好對付的敵人，就不能照往例行事。帝國軍應該會下一些工夫。而且他們會用全力來突破我方的防守。那正是破綻最大的時候。只要趁機發動奇襲，連大軍都要遭到衝散。但是，敵人也會有警戒。我們應該早就受到監視了。一旦派出機動隊將立刻露餡。」

「所以……您在擊破敵方奇襲部隊時就派人出發了嗎！派一百人？」

「霍克特騎士團長很優秀。他與敵方周旋並沒有讓那一點穿幫。即使一千人變成了九百人，在敵方看來也沒有多大差距。雙方戰力差距也因為千人部隊潰滅而無改變。」

「原來您做了那種安排……要發動奇襲？」

「是的，會發動奇襲……但不是普通的奇襲。」

將一百人擱置於城市外頭，萬一有狀況，或許就會穿幫。

所以我有指示他們，要隱匿蹤跡。指定的藏身處則是周圍村落。

約旦人面廣，在凱爾司周圍的村落當然也認識不少人。

透過他們協助，有一百人混進了凱爾司周圍的村落。

「你覺得敵人為什麼一片安靜？」

「因為他們正在準備攻略這座城。」

「沒錯。但是他們有所侷限。一是時間，二是偵察隊的名義。因此他們不能求助於援軍，更不能召來強大的魔導師。這對想打短期戰的敵人來說很要命。既然這樣，他們能用的手段剩下靠奇計攻城。再不然就是研發兵器。」

「研發兵器？建造攻城兵器嗎？」

「動員士兵的人力就能解決。只要有簡易的攻城兵器，打這場攻城戰將輕鬆許多，敵人應該也從抗戰過程看出了我方並無魔導師。就算製造巨大的攻城兵器也沒問題。」

但是，那將成為盲點。想急著打下城，肯定會讓敵人走出一步壞棋。不得不走。

「而要製造巨大複雜的攻城兵器，最好多找人手。像這種時候，帝國軍就會砸錢向周圍村落僱用人手。」

「難道說……」

「我方有一百人已經混進敵人陣營之中。哎，光是那樣，對他們應該仍構不成威脅吧。畢竟我只有下過指示，假如帝國軍來找人手就配合要求行事。混進去的人頂多只能小小搞鬼。但是，由我過去的話呢？」

「可是敵人一直都在監視……」

「與我無關。我要去哪裡都是自由的。」

「啊……」

「從敵人的觀點，應該就像突然冒出來的吧。當然，我可不會承認自己用了魔法。藉此剝奪敵人的兵糧與攻城兵器。那樣就能做出了結。敵方只剩下撤退一途。畢竟就算攻破這座城也無法進軍，缺了攻城兵器也趕不上。」

說明完接下來的規劃以後，我望向亞羅士。

雖然還是個孩子，但他是領主。非得先向他說明才行。

「完成奇襲後我就會離去。對你有危害的傢伙我會先除掉，所以儘管放心。不過，你得努力的是在那之後。」

「我明白……畢竟我們對抗了帝國軍。」

「李奧納多皇子現在應該是跟敕使一起行動，你要向他求助。克琉迦公爵垮台後，你確認過人質平安就要立刻去向皇帝謝罪。畢竟這有酌情發落的餘地，皇帝不會愚昧到處決擋下一萬帝國軍的年幼領主。你不會受到多重的處罰才對。」

「我明白了……我會聽從您的指示。」

「很好。那我們該下去嘍。風開始變冷了。」

「您什麼時候會出發？」

「那是祕密。」

話說完，我在最後拍了拍亞羅士的頭，兩個人便一塊從城牆走下。

11

夜晚。靜靜瞬移至敵人陣營的我躲在樹後死角，並且朝約旦喚道：

「請直接往東走。我在大樹附近。」

我順風發出只有約旦才會聽見的說話聲。

約旦恐怕是在跟受徵召的村人們談笑，突然聽見聲音讓他睜大了眼睛，但約旦立刻就一派自然地朝這裡走來。

「喂喂喂，剛才那是什麼花樣？軍師大人。」

「跟戲法類似。重要的是事情辦得如何？」

「攻城兵器幾乎完工了。我們的人已經打散就位。手上當然沒武器。」

「武器我帶來了。還有許多村民在這裡？」

「對，訂金拿了三分之一。剩下的預定明天領。」

「那真是對他們過意不去。」

「沒關係啦。來這裡的傢伙也都不喜歡霸道的軍人。」

「那倒是好消息。再過兩小時就起事。做好準備。」

「懂了。可是，有很多看守耶？」

「我會讓看守把注意力轉向外頭。沒問題。」

「既然軍師大人這麼說就行得通吧。我去把收工的消息告訴大家。」

約旦說完便離去。

就我所見，徵召來的村民似乎人數可觀。建造的兵器應該相當大費周章。

反正傾注心力製造的兵器愈巨大，毀壞時造成的打擊就愈大。

「那麼，來一場盛大的收工儀式吧。」

如此嘀咕的我從現場瞬移離去了。

■■■

當眾人安靜就寢時，以約旦為首的百名士兵正靜靜地在林中移動。

隊伍有我帶頭。

「投石器、弩砲及攻城塔。虧他們能在短短期間內造出這些。」

每項兵器各有兩座。而且結構相當複雜。應該是索妮雅設計的。受了挑釁的她似乎動真格造了這些。多虧如此，村民才會受到召集，敵方的注意力都朝著外頭，如果我們失手，敵人就會朝這裡來。或許是危險的賭注。

「看守的人數果然很多。」

「不，狀況好像有點不同。」

看守的模樣顯得緊張。大概是長官要來吧。

我猜的那一點立刻得到了證明。有穿著制服的將校從不遠處走來。

「那傢伙是……！」

「誰啊？」

「雷茲上校。臨時的指揮官。」

「原來如此。他親自來視察嗎。」

看來被逼得可急了。沒看到兵器狀況安好，他大概是坐立難安吧。畢竟這對那傢伙來說可是僅存的希望。

不過，出來露面倒是下策。原本就在硬撐的士兵們更緊張了。

雷茲確認過攻城兵器狀況完好，便帶著部下離去。

指揮官不在，緊繃的空氣隨之放鬆。

還能看到士兵打呵欠的身影。我就對那樣的他們有機可乘。

我設了安眠結界。效果沒有特別強。只是誘人入睡的結界。然而，對已經愛睏的人效果奇佳。

他們努力想對抗睡意，但僅止如此。光要站著就耗盡精神了吧。

「走吧，開始我們的完工儀式。」

「沒、沒問題嗎？對方還在警戒……靠這種裝備……」

有個士兵不安地嘀咕。發給他們的武器是短劍。畢竟總不能依人數把長短兵器全都帶來。然而，要殺對方有那就夠了。

「警戒的是來自外頭的敵人。他們在等外頭的看守報告。並不認為自己所在的位置會突然成為最前線。換句話說，警戒歸警戒，他們仍是鬆懈的。」

「鬆懈……」

「沒有問題。各位已經騙過帝國軍了。一切都會順利。打贏這場仗，然後凱旋回去凱爾司吧。各位將成為功勞最大的人。」

我這麼一說，堅毅目光就回到了原本臉色不安的眾人眼裡。見狀，我伸手指示大家慢慢前進。

混在黑暗中，蹲低姿勢節節靠近。即使來到正常應該會被察覺的距離，看守仍沒有察覺。而且，結果他們到短劍捅入自己頸子前都渾然不覺。

意識半已睡著的看守跟沒有一樣。由約旦領頭的士兵們就這麼逐步將看守除去。花不到多少時間，看守就統統除掉了。當我確認有沒有看守活著時，就發現了睜著眼睛死去的看守。

我悄悄地接近，然後為他闔上眼睛。他應該也有家人，更不是自願投靠戈頓麾下的才對。基層士兵根本無權選擇上司。但犧牲的永遠是他們。正因如此，帝位之爭才讓我覺得窮極無聊。手足無謂相爭會讓該保護的人民性命變得不值。

「抱歉……我遲早也會過去，到時再聽你們抱怨吧。」

留下這句話以後，我把帶來的油潑向攻城兵器。為了帶這些油，我沒辦法帶太大的武器過來。然而，這些油將讓帝國軍萬劫不復。

朝所有攻城兵器潑完油，我便向約旦發出最後的指示。

「行了，準備脫離。我立刻就會放火，要趁亂逃脫應該很容易。」

「軍師大人接下來要做什麼？」

「放完火以後，我有事情要辦。」

「……必辦不可嗎？」

「是的，必辦不可。」

「這樣啊……別丟了一條命喔。你是我們的恩人。將來一定要找機會答謝。」

「我明白了。先期待有那麼一天吧。」

話說完，我送走約旦等人。確認他們已經拉開距離，我就朝攻城兵器放火。接著我喚來風勢，將火頭吹起。

「那麼……該辦最後一項工作了。」

我一邊看著火勢逐漸籠罩攻城兵器，一邊從現場離開。

■■■

「這是怎麼回事！」

「屬下不清楚！突然間就著火了！」

「火頭不可能突然就燃起！看守在做什麼！為什麼沒能察覺敵人奇襲！」

「敵人並沒有動靜！」

「你說什麼！」

敵軍的司令部大感混亂。而我在司令部設下了比剛才安眠結界更強的結界。那使得結界內的士兵都開始昏昏欲睡。

「什、麼……？」

「晚安。雷茲上校。」

我一邊緩緩走進司令部，一邊向雷茲搭話。

放這傢伙活命的話，帝國軍或許就會強行突擊而造成損害。

不能讓這種人活著。

「你是……？」

「古瑞……流浪的軍師。」

「就是你這小子……！可惡！你做了什麼！」

「我在你們的飲食動了點手腳。」

「什麼……？」

雷茲看向司令部的水。我完全是在扯謊，卻聳聳肩表演得像是他說中了。

雷茲不甘心地板起臉孔。我朝著那樣的他拔出短劍。

「慢著……如果殺了我……戈頓殿下可不會默不作聲喔……？」

「那又如何？」

「下任皇帝將會盯上你這個人喔……？還不如來協助殿下吧……他會有效運用你的能力……」

「我倒聽說軍師被他冷落了？」

「沒、沒那種事……」

「彎腳的謊話。會欺騙割捨他人的傢伙，其麾下是召集不到人才的。」

話說完，我將短劍捅進了雷茲胸口。那句話也能套用在我身上。所以我是不會站到檯面上的。騙子當不了好的君主。

「這樣帝國軍就只有撤退的份。妳說是吧？半精靈軍師。」

「呼……呼……看你幹的好事……古瑞！」

「呵……一切都將歸於灰燼，我應該說過吧？」

索妮雅氣喘吁吁地趕到司令部。速度快得不尋常。恐怕在察覺起火時，她就將攻城兵器放棄了。而且敵人要動手就會找指揮官，因此她才趕來這裡。

我手上一直都預留退路，她應該是想到放火也有退路吧。猜得漂亮。

「我一直都監視著。即使如此，奇襲部隊還是來了……那表示，你是在我展開監視之前就……」

索妮雅朝我的方向走來，卻腳步踉蹌地伸手扶了桌子。

結界仍在。踏進司令部就會受到睡意侵襲。

「沒錯。我在受監視前就先派出了奇襲部隊。我來的方式倒是祕密。」

「唔……？這是……結界？」

「到底瞞不過半精靈嗎。」

精靈本就擅使魔法。

繼承其血統的索妮雅自然對魔法有抗性，感應力也天生過人。連我盡可能避免被她發現而設下的結界，踏入其中還是會察覺。

如果先知道我會用魔法，索妮雅就不會這麼大意地踏進來吧。

這也是我技高一籌。

「能施展如此巧妙的魔法……你是什麼人……？」

「我會是什麼人？知道那一點對妳有何意義？」

我說著就把染血的短劍指向索妮雅。

一瞬間，索妮雅露出抵抗的意志，卻立刻認命似的垂下了目光。

「要殺的話……就隨你高興吧……」

「認命得真快。妳應該有能力抵抗啊？起碼對護身術有心得吧？這可不是在自豪，要動粗我是不如人的。」

「哈哈哈……有趣……說得簡直像是希望我抵抗……無所謂。夠了。」

「什麼意思？」

「保不住指揮官，城市也沒能攻陷……我應該會被追究責任。畢竟人是你殺掉的，殺掉原本該負責的人。」

「因為放他活路會造成危險。照理說，妳的立場不至於被究責吧？」

「跟立場無關……反正戈頓殿下肯定就是那種人……被殺倒還好。成為人質的家人要是遇害，我承受不了……」

索妮雅眼中並無英氣，亦無活力。之前見面時她還有那些，現在已喪失了。

表示索妮雅就是如此苦惱並如此疲憊吧。人質被抓，還要獨自待在敵營，應該就是這麼地折磨人。

「即使活下去……我也會被迫殺害他人……對家人造成困擾……那樣的話，被殺死還比較像樣……」

「這是依賴。」

「……你什麼都不懂……！」

「我懂。妳是因為人質被抓，才只好對戈頓皇子就範的吧？所以又怎樣？光是慨嘆那份不幸，任誰都會。」

「……我已經盡力了……！避免戰爭激化！同時設法保住人質！我有努力過了……

努力是努力過了……」

「靠著頭一條計策就暢行無阻，這種事可說微乎其微。所以得先準備後路。要積極設法智取，以便在下次扳回一城。出計策的人……就是能不死心地設法打破局面的人。那指的是不放棄用腦袋的人。因為失敗就垂頭喪氣而死心的人，稱不上軍師。」

「唔！」

聽完我說的話，索妮雅像是受了刺激跌坐在地上。

索妮雅確實失敗了。接下來應該有難受的事在等著她。然而，自己的計策一度被破就垂頭喪氣，便不能戰勝苦難。苦難不會等我們。它總是突然來臨。

讓天才參謀養育的索妮雅確實有腦袋想出豐富策略，腦裡也裝著許多的奇計才對。然而，她的現場經驗似乎不足。

那對軍師來說是最需要的東西。

「半精靈軍師……索妮雅・樂士培德。我調查過妳的背景。妳是讓人稱天才參謀的養父養育長大的對吧。而那名養父現在成了人質。妳會聽命於戈頓皇子是可以理解的。但是……別輕易放棄讓養父救回來的生命！妳的養父養育妳，並不是為了讓妳央求死在別人手上！若妳以為這條命只屬於妳一個人，可就傲慢得嚇人了！」

話說完，我朝著索妮雅使勁揮下短劍。索妮雅立刻用雙手護著臉。

我的短劍便掠過索妮雅的臉與雙手，扎在地上。

「啊……」

「要我殺妳也是可以，不過殺了妳的話，妳的養父未免太過可憐。假如妳還有一點求生意志，就掙扎給我看。」

「唔……！聽你在自說自話！我……並不希望有人死去！而且也討厭有誰因為我而受到傷害……！即使如此……我……！」

淚水從索妮雅眼裡湧出。人質被抓，使得她一直在為人質勉強自己吧。索妮雅太過心軟了。還不如生得一副漠視他人的性格，免得讓自己受苦。

未曾親臨現場的軍師就算再優秀，要稱作軍師仍是不成氣候。

經驗原本是要慢慢累積。然而，索妮雅卻跳過那些階段直接被派到了現場。置身於攸關他人生死的局面。

自己一聲號令、一動手指就會有眾多人喪生。盤面上的棋子換成了活人。戰勝不了那種現實的恐懼就無法成為軍師。

索妮雅非做出那樣的覺悟不可。一切都是戈頓害的。

「明明……我只是想安靜地生活……！」

「我同情妳。」

「那麼……你就幫幫我啊……」

我無法立刻回應那句話。因為我聽見遠方有笛聲在呼喚。

所以我霍地通過了索妮雅的身旁。

「抱歉，我先跟別人有約了。還有，妳要先盡力而為。別輕易地向他人求助。試著傾盡心思去做自己能力所及的事。從自己也能辦到的小事做起。那麼一來，妳眼前遲早會豁然開朗。」

話說完，我走出司令部。從裡頭傳出了嚎啕大哭的聲音。

或許這樣對她太狠心。或許我應該伸出援手。

可是，即使我伸出援手，能救的也只有索妮雅。肯定救不了索妮雅的人質。我無法救連下落都不知道的人。在尋找人質的過程中，戈頓就會揮下凶刃。索妮雅應該也不會希望那樣。

如果想要最理想的未來，只能靠索妮雅自己振作。戈頓肯定不會殺她。或許這會讓索妮雅飽受煎熬，但只要她不放棄，救人的機會終將來到。

我一邊這麼想，一邊用瞬移魔法離開了現場。

12

「趕快到城外！」

拉斯讓傷痕騎士的士兵將克琉迦抬走以後，便命令所有人從城裡逃脫。理由是城堡地下傳出了詭異叫聲。直覺事態不妙的拉斯尚未確認，就做出了應該離開城裡的判斷。而且那樣的判斷沒有錯。

「喂！這種叫聲究竟是什麼名堂！」

「這、這個嘛……！」

拉斯逼問雙手被綁的老研究員。研究員卻莫名驕傲地挺起了胸膛。

「是我們創造出來的傑作正在吶喊！」

「那不重要！說明狀況就好！」

「噫！請不要揍我……為、為了讓人類變成吸血鬼，我們製造過各式各樣的藥物，卻都因為吸血鬼的血效力太強而失敗。受驗者因此變得身軀巨大，即使力量變強，也會喪失語言能力……該怎麼說呢，我們都管那些叫半成品。」

「原來那鬼東西是這麼來的……」

來此途中，眾人曾碰上巨大怪物。拉斯想起那怪物，便狀似不快地變了臉。那表示該男子也是受害者。

「所以呢？這種叫聲是那鬼東西發展後的產物？」

「不不不！跟那個可不能比！我們在實驗階段為了戰勝吸血鬼的血，就用上了某樣物質。那使得藥效有了急劇的改善！」

「所以那是什麼玩意！」

「被惡魔附身的人類血液。我們將惡魔的血與吸血鬼的血搭配在一起！」

「唔！」

聽完那些話，趕路的所有人都無言以對。那想法已經脫離了常軌。

在那當中，李奧靜靜地問道：

「你們用的惡魔血液……是從哪裡取得的？」

「我不清楚。可是那帶來了絕佳的效果！受驗者雖失去了言語能力，外表的變化卻控制在最小，還獲得了特殊能力！他們具有讓被咬到的人陷入相同狀態的能力！」

李奧將視線從欣喜談起這些的老研究者身上轉開。

吸血鬼正如其名，喜好吸血。然而，被吸血的對象會變成吸血鬼的說法純屬迷信。

吸血鬼本來就沒有那種能力。終究只是為了嚇唬小孩才會編出那種故事。居然有人將其實現了。

李奧難以理解地閉上眼。愈是細想愈覺得頭痛。

「我們將他們取名為『惡鬼』！只要把這種惡鬼派往敵地，感染爆發後就能輕易地攻城掠地！」

「……克琉迦公爵。你把那用到了誰身上？」

李奧把視線轉向被人架著的克琉迦。結果，克琉迦有股謎樣的從容。屬於克琉迦的勝利明明早已消失。

「你不是心裡有數了嗎……？當然是用在南部的貴族們身上啊！協助我的貴族自然不用說，成為人質的那些也一樣！」

「……你不配為人。」

「哈哈哈！我看你是輸不起吧！不殺惡鬼就會禍延帝國！但是，殺他們又會讓南部貴族留下仇恨！遺族終將成為第二個我！帝國遲早會被這股仇恨壓垮！」

克琉迦說著便放聲笑個不停。李奧一邊板著臉，一邊默默走下城裡的樓梯。於是當來到入口時，那裡已有許多騎士正在阻擋多名半成品。

「全員撤退到正門！上校！封鎖所有城堡與市街的來往途徑！」

「殿下，您先撤離！」

「不……看來沒那種空閒了……」

從地下深處傳來了大量腳步聲。聽見那股震動，李奧便催促拉斯。

「動作快！」

「唔！我知道了！封鎖城堡！」

拉斯朝部下發出指示，要他們去把區隔城堡與市街的四座門統統封鎖。

這段期間，李奧則將據點設在正門前。

「沒用！地下已經完全開敞了！會有眾多怪物從中湧出！」

「你住口！就我的觀察，他們會靠近在活動的人！上校！別讓任何人走散，一起到正門附近！」

「我了解了！」

傷痕騎士與在場的各方騎士。總數約六百人聚集到了正門。

「菲妮小姐她們逃到城門外了嗎……」

「從門跳下去就可以脫逃……但情勢應該等不了所有人都逃掉。」

「想逃的人可以逃。但是，必須有人在這裡擋住敵人。有我們在的這段期間，他們就出不去。菲妮小姐會趁這段期間讓民眾避難才對。」

聽了李奧說的話，沒有人逃走。留下的騎士本來就是帶著捨命的覺悟才駐足於此。

當中既有克琉迦公爵家的騎士，也有其他貴族家的騎士。他們選了這裡當贖罪的場所。

當然，也有人選擇不留在這裡。不過，就連那些人都正在跟菲妮一起行動。另一方面，惡鬼遲遲沒有出城。它們正在攻擊那些來不及逃出城的克琉迦公爵家騎士。

「如果能力正如剛才所聞，代表留在城裡的騎士全都會成為惡鬼……」

「克琉迦公爵。城裡有多少騎士？」

「呵……差不多兩千吧。」

「假設有五百人伏誅，五百人投靠了我們，算起來還有剩下的一千人會變成惡鬼。他們的戰鬥能力如何？」

「頂、頂多變強一點。應該是因為惡魔的血納入了吸血鬼的血，進而產生大幅度的變質所致……」

「就算只是變強一點，威脅性依然夠高了。」

那並非遭惡魔或吸血鬼附身，而是將雙方的血液一併注入人類體內。

被注入的人類光是沒有死就堪稱奇蹟。那或許是強大血液相斥造成的結果，李奧一邊思考這些，一邊望著變得安靜的城堡。

從中有個男子緩緩走了出來。穿的衣服質地上等。應該是南部的貴族。然而其腳步簡直像病人一樣搖搖晃晃。

臉抬起以後，就能認清對方有多異常。眼睛一直是翻白的。目睹那模樣，李奧背脊發冷。但是，惡鬼並沒有立刻朝李奧等人過來。
等城裡有大量半成品走出，惡鬼才慫恿他們群起而攻。
「他在率領半成品嗎！」
「我、我沒聽過那樣的報告！」
老研究者慌了。李奧一面心想事態棘手，一面帶人背對城門組成了半圓形的陣勢。
半成品們就這麼撲來了。
「擋住他們！」
「殿下！果然還是得請您先脫逃！」
「我不是為了在這種局面退縮才來的！」
「可是！我們沒有辦法對付等在城中的那個惡鬼！直接跟對方衝突的話，我方也會出現受害者！」
那樣一來，惡鬼的數量無論經過多久都不會減少。只有靠三倍，或至少兩倍的戰力予以殲滅才是辦法。拉斯是這麼想的。然而，李奧不是。
「我有一個對策……」
騎士們也在奮戰，戰況卻相當艱辛。要是讓惡鬼就這樣湧過來，難保不會出現眾多犧牲。

「雖然這純屬我的推測……假如是惡魔的血納入了吸血鬼的血……代表他們接近於被惡魔附身的人類。」

「是那樣沒錯……」

「既然如此，或許可以靠聖魔法淨化。」

消滅魔魅的聖魔法是高階魔法。

然而，其效果也相對明確。

「被惡魔深度附身者，其身軀也會被認定成魔魅……但如果是效力減弱的血，或許可以只消滅那些血，讓他們得救。」

「那太過有勇無謀了！連是否可行都不確定！萬一可行，除掉的只有惡魔血液又該怎麼辦？會有大量的半成品隨之誕生！」

「你怎麼看？」

李奧朝身旁的老研究者問。

老研究者顯得難以啟齒，不過李奧把右手伸向劍，他就快言快語地回答了。

「我、我想不會發生那種情形……惡魔的血與吸血鬼的血經過調和，因此惡魔的血消失後就會變回原本的人類才對……我、我個人是不希望那麼做……」

「他的看法是這樣。」

「請不要說得好像很容易……要淨化城裡所有惡鬼，必須用效果範圍廣的聖魔法。若我記得沒錯，在場能用高階聖魔法的只有殿下。」

「對啊，原本就是打算由我來。」

「太魯莽了！效果範圍廣的聖魔法，非得要能手級的魔導師才可使用！魔導師動用超出實力的魔法，導致魔力耗竭而亡的事蹟多有所聞！我不能容忍殿下這樣胡來！與其那樣不如對我們下令！我們必會殲滅惡鬼！」

「比起讓傷痕騎士冒著變成惡鬼的風險……我認為賭這個做法會比較好。順利的話就能救活許多人。就算沒那麼順利，也可以解決當前的事態。」

「如果不順利，您或許就會喪命！縱使不致喪命，您待在危險地帶也會無法動彈！請理解您的存在有多麼重要！只要有您在，要動員南部的騎士或軍隊都行，喪命於此就沒有方法解決這個事態了！您理解嗎！」

「我知道你想表達的意思……可是，我不想捨棄救回所有人的機會。而且只要當下讓任何一個惡鬼逃掉，感染的災情肯定會在帝國境內蔓延開來。就算我活著也收拾不了那種事態。除了此時此刻以外。」

李奧早就將自己的生存置之度外了。當下該怎麼阻絕災情？李奧的意識專注於此。拉斯看出其眼裡的覺悟，便後悔自己的認知太淺。

拉斯原以為遇到緊要關頭，李奧就會逃。但是，李奧心裡並沒有所謂的緊要關頭。趁著現在拚，或者不拚。李奧心裡只有考慮這個。目睹其覺悟，拉斯咬緊牙關說道：

「若您感覺到生命有危險，要立刻停止。我將斬遍一切將此事解決給您看。」

「謝謝你，上校。」

「……殿下將準備施展大魔法！所有人集中防禦！不許讓敵人對殿下造成任何一道擦傷！」

拉斯的號令讓傷痕騎士與各方騎士提振戰意。

李奧一邊信賴地望著那樣的他們，一邊開始準備魔法。

拉斯下定決心用雙手握了劍。就在此時，有笛聲響起。

在場眾人聽不見的笛聲。然而，確實有人聽見了那聲音。

13

艾諾用古瑞的打扮出現在汶美上空，汶美的情勢讓他看得偏了頭。

「嗯？什麼情形？」

以為菲妮遭受危險的艾諾急著尋找她的身影。
立刻就找到菲妮了。她手拿魔笛，一個人爬上了城牆。
「老實說，我吃了一驚。畢竟我是打著救妳的想法趕來。」
「艾諾大人……」
面對以古瑞打扮現身的艾諾，菲妮毫不猶豫地叫了他。其臉孔竟顯得泫然欲泣。
「出了什麼事？」
「拜託您……！李奧大人會喪命……！」
「……瑟帕。」
「是。我在這裡。」
看到菲妮懇求，艾諾便放棄向她問情況了。
然後他叫了自己這位能迅速說明情況的管家。
「說明給我聽。」
「是。克琉迦公爵研發了用惡魔血液與吸血鬼血液調和的藥物，有半數成為人質的南方貴族因為那種藥而變成名為惡鬼的怪物。這種惡鬼具備讓咬到的對象也變成惡鬼的能力，因此城裡有一千名騎士都變成惡鬼了。目前我們封鎖了城堡，都市裡的民眾正在逃難。」

「原來如此。所以李奧選擇了什麼手段？」

「……李奧大人想用大魔法淨化惡魔血液，將成為惡鬼的眾人救回來……可是……大魔法從剛才就一直沒有進展……」

菲妮如此說明。艾諾看向瑟帕，瑟帕便靜靜點頭。艾諾認為這種判斷很符合李奧的作風。

即使是十成中做到六成就能滿意的狀況，李奧仍會以十成為目標。這在攸關人命的狀況尤其顯著。他無法放棄拯救人命，而且會設法將損失抑制至零。實在很符合李奧的風格。艾諾的感想是如此。然而——

「笨傢伙……明明只要封鎖都市，朝南部國境軍發下號令就行了。他去拯救所有能救回來的生命了嗎？」

「那是非常崇高的志節！可是……光靠李奧大人還不足以成事！艾諾大人，求求您幫忙……」

「我拒絕。」

一口回絕。艾諾如此表示，菲妮便受了刺激似的睜大眼睛。

城牆上吹起強風。當風停以後，艾諾嘀咕：

「這是家人間的規矩……」

「家人間的規矩……？」

「大可順心而為，只不過責任自負，那就是我們家人的規矩。李奧有次佳的選擇，或許那不算完美，或許那並非最理想的做法，即使如此，要拯救眾人仍然有其他選項。或許殺了南部的貴族會產生仇恨。但還是能阻止戰爭，保護許多人。可是，李奧拋開了那個選項……決定去救所有人。那就是他的責任。這屬於李奧的問題，應該由李奧設法解決。」

「可、可是！以往您也幫過李奧大人啊！」

「以往我用席瓦身分幫忙對付的，全是李奧支應不來的對手。吸血鬼、龍、惡魔。全都屬於非人之物，需要單純的力量。可是，現在不同。只要李奧多做取捨就能夠因應事態。假如那些惡鬼具備壓倒性的強度，我可以用魔法消滅他們。可是，照那種程度，李奧憑手上的戰力也能設法將惡鬼封鎖在都市裡。那麼做的話……或許會失去傷痕騎士的眾多成員。即使如此，撇開那一點仍有次佳的結果。李奧將其捨棄，想要去爭取拯救敵我雙方的最佳結果。他是靠自身之力去爭取的。」

「那麼做……難道是錯的嗎？此刻，李奧大人賭了命想拯救眾人……！艾諾大人，那就跟平時的您一樣！」

「那是理所當然的事……菲妮。從安全範圍出手能救的生命有限。想救更多生命就必須進一步靠近死地。李奧不惜連累追隨自己的臣子們，仍要去拯救更多的生命。正因如此，賭上自己的命是理所當然的。」

救人並非容易的行為。何況要救超過一千人，風險便會隨之提高。

既然不惜讓自己的臣子背負風險，李奧當然要賭命。艾諾的想法正是如此。因為他認為辦不到那一點的話，就沒有資格立於眾人之上。

「……就算是理所當然……李奧大人目前正在拚命！他需要您的協助！拜託您！」

菲妮開口懇求，並且低頭。因為她自己能做的只有這些。

然而，艾諾說了殘酷的話：

「菲妮……我是救不了他們的。古代魔法中沒有用來淨化惡魔的魔法。聖魔法原本就是五百年前魔王現世時，才創造出來的魔法。存在於更久以前的古代魔法當然就沒有聖魔法。我能做到的只有消滅惡鬼。你要這樣的我從旁制止……叫李奧認命放棄，然後出手消滅他想救的那些人嗎？」

「怎麼會……艾諾大人，您肯定還有什麼辦法……」

「我並不是萬能的。畢竟我對現代魔法毫無天分。李奧追求的結果只有他自己能夠主導。唉，即使能辦到些什麼，我還是不會介入。如果李奧的臣子受到他的理想連累就太沒道理了，所以到時候我大概會出手，但只要李奧還在掙扎，我就不會介入。畢竟這是李奧的問題，也是李奧要負的責任。」

「可是……就算那樣……」

艾諾看著菲妮露出苦笑。從菲妮眼裡有大顆淚珠落下。

艾諾一邊用右手幫她擦掉，一邊笑了笑。

「別擔心。沒有什麼好哀傷的。」

「我會哭……並不是因為哀傷……而是覺得自己太沒用……」

「那就沒必要哭。妳做了妳能辦到的事。我也做了我能辦到的事。而且，李奧現在正在做他能辦到的事。雖然有一點點逞能……妳看著吧。那傢伙是我弟弟。任何高牆他都有辦法跨過。」

艾諾說著便看向專注於魔法的李奧。

或許是因為得不到所需的魔力，連唱誦階段都仍未進入。施法者欠缺魔力的典型兆候，像這種情況，一般都會立刻喊停。因為肯定會牽涉到生命安全。

「信賴固然是好事，但情況依舊很危險。」

「死了表示他的能耐也就如此。但是……我弟弟死不了的。」

「李奧納多大人也真辛苦呢。畢竟關係最密的至親給了最高的期待。」

「這還用說。最了解李奧有多厲害的是我。」

「但您也了解他弱在什麼部分，不是嗎？」

「呵……也對。那我就拿出大哥風範為他聲援吧。」

艾諾說著便靜靜吸氣。然後緩緩地把話道來。

「李奧……你聽得見嗎？」

■■■

「唔、唔唔！」

李奧感受到力量正從體內流失。受到有如血液被抽離的感覺折磨，連要保住意識都逐漸變得困難。而且李奧一邊流汗，一邊喘氣看向腳下。

真的，心情真有那麼一點變得消極。或許撐不住。或許作罷會比較好。由於意識變朦朧了，怯懦便湧上心頭。

在這個時候，有聲音傳到了李奧耳裡。

『李奧……你聽得見嗎？』

「哥……？」

李奧認為那是幻聽。意識朦朧而造成的幻聽。

原來自己被逼到這種地步了？李奧如此自嘲起來。英勇地做出要拯救一切的決斷，卻在頭一步就受挫，甚至落到產生幻聽的下場。

然而，那陣幻聽卻在替李奧打氣。

『怎麼了？居然低著頭。地上有什麼東西嗎？』

「呼……呼……對我真嚴格……」

『當然了，畢竟我是你哥。反正你受了旁人阻止也沒聽進去，仍執意要這麼做吧？無論提出多少建言，你還是想著「即使如此」而做出了決斷吧？你不想放棄那些生命，對不對？』

「真是敵不過你呢……哥……」

幻聽有著哥哥的嗓音，還看透了自己心思。李奧對這個狀況苦笑。不過，身體倒是有了苦笑的力氣。為什麼呢？因為聽見艾諾的聲音。

『你做的選擇是個笨選擇。挑安穩的選項，人生才會好過。人不可能永遠拿滿分。要緊的是適時放棄。』

「說得，也是呢……」

『不過你明知道這些，仍做出了決斷吧？那現在就別放棄。哪怕難受，哪怕煎熬，你都要咬牙忍過去。你讓眾人受了自己的任性拖累。可沒有放棄的權利。』

「……是那樣沒錯……可是……憑我的魔力……」

心情變得積極正向了一些。可是，卻沒有任何問題解決。

魔力不足，魔法無以成形。幻聽卻毫不留情。

『沒有「可是」。這不是辦不辦得到的問題。你就是要「把這事搞定」。魔力不足？你擠出體內的一切了嗎？明明就還有力氣講話吧。明明就還有力氣思考吧。那還不能算你的極限。別停在自己畫出的界線。男子漢做了要拯救一切的決定。起碼要超越那樣的極限給所有人看看！』

不容許依賴的打氣聲正在逼迫李奧。然而，每當聽見那聲音，李奧的身體就會恢復活力。認為有理的內心點起了火光。自己連血都沒有吐。腳也還站得住。餘裕仍在。

李奧重新體認到那些都是依賴心理，便懷著豁出去的想法開始釋出魔力。

『應該有人會認為你的決斷不過是理想而予以否定。應該有人會嘲笑那是唱高調。或許那確實是在一百人當中，一百人都不會做的選擇。不過，你就是那第一百零一人。奇蹟只會降臨於那種人身上。用成果讓所有否定嘲笑你的傢伙統統閉嘴吧！』

「嗯……我會那麼做的……我要救所有人……我做了要救給大家看的決斷……！」

『好！來吧，面向前方。你期盼救的人還有等著你救的人，都不在你的腳下。』

李奧緩緩面向前方。附近有傷痕騎士與各方騎士正在對抗半成品。再過去則有待在

城裡要對我方不利的惡鬼們。翻了白眼、行動蹣跚的模樣很是異常，感覺似乎已經無法拯救。即使如此，李奧仍然心想。如果每個人都死心認為救不了，又不願意付出努力去拯救，那就會什麼都救不了。

因為無力。因為無能。那都不成理由。非得挑戰不可。來到這裡的理由終歸是出於那一點。

因為想救人所以才救。就算有誰認定救不了。自己仍要成為有能力予以否定的人。李奧一直都以此為目標。此刻，他真正的價值受到了考驗。

「我……是來這裡救人的……我是來阻止戰爭……並且拯救一切的……！」

惡鬼的身影給了李奧力量。他鼓舞自己，要拯救那些人。逞強造成了反蝕，一口血已經湧上喉嚨。李奧將那吞了下去。

自己不能露出丟人的模樣。要堅持，要顧面子，要拿出風範才行。當皇帝就是在重複那些。此刻辦不到的話，將來也不可能辦到。

「我……會成為能拯救他人的皇帝……！我要救活倒在路上的所有人！即使有人說那是辦不到的……不敢追逐理想，又怎麼當得了皇帝！」

『是啊……你當得了的。你是讓我驕傲的弟弟。之後的事都不用擔心。專注於眼前就好。假如你耗盡了一切，我就會把一切都搞定——畢竟我可是哥哥。』

「嗯……！」

霎時間，李奧感覺到背後似乎被推了一把。順著那股氣勢，李奧雙掌合十。

他咬緊牙關，將最後的魔力全部朝魔法推送而去。

於是李奧周圍開始充滿金色光芒。

〈救濟之光從天而降——〉

唱誦隨之開始。

目睹那模樣，艾諾滿意地露出微笑。

「看吧，用不著擔心啊？」

「不擔心的可只有艾諾特大人而已。」

菲妮寬慰地用雙手捂住了臉。

而艾諾一邊摸了摸菲妮的頭，一邊緩緩環顧四周。

「有幾隻老鼠在呢。」

「恐怕是擄人組織的成員吶。」

「他們是想干擾李奧。」

艾諾說著便賊賊一笑。他說過什麼都不用擔心。

他叫李奧專注於眼前就好。為守住那句承諾，艾諾採取行動。

「菲妮交給你照顧嘍，瑟帕。」

「是。」

「艾諾大人！」

「等著吧。立刻就會結束。」

艾諾說著就使出了瞬移。為了保護弟弟。

14

不知道從何時開始的。我有了身為哥哥的自覺。母親都平等地待我與李奧。她不曾說過「因為你是哥哥」這種話。我並沒有被當成哥哥養大。但是那不知道從什麼時候就改變了。我開始會表現得像哥哥。不知道那是起自何時？我在思索間完成了瞬移。

有幾座立於都市的高塔。魔導師正從那上頭瞄準李奧。

所以我毫不留情地貫穿那傢伙的胸口。沒用到技巧。單純靠魔力的強橫手刀。

不過，這樣就好。這比較不會讓敵人察覺到我的存在。

「嘎……？」

突然現身的我讓魔導師在驚訝之間斷了氣。

與此同時，我再次瞬移，並且飛到另一名魔導師身邊。

「啥！」

對方大概沒想到竟有人會瞬移現身吧。面對出現在眼前的我，魔導師連一項有效的對策都拿不出來就被貫穿了胸口。到了這時候，從其他地方瞄準李奧的魔導師們也察覺情況有異。但是，我展開瞬移比他們採取行動更快。

瞬移後貫敵胸口。我飛快地連續重複這一套過程。

在塔與塔之間瞬移的過程中，我想起一件事。我看過理想的哥哥。

那個人每天都來探望被關進牢裡的我。無論有多忙碌，他都會來陪我講話。他做的就只有這樣。沒有說過要放我出來之類的話。也沒帶東西來探望。因為他知道我不想要那些，就只是陪著我講話，以免我寂寞。

而且當我從牢裡出來的時候，他輕輕地摸了摸我的頭。

還添了句「出來就好」。那句話讓我希望自己能變得跟他一樣。我想成為能夠對弟弟逞強表示肯定的哥哥。同時，還要是可以幫忙弟弟收場的哥哥。沒錯。如同李奧懷有的憧憬。我也對他懷有憧憬。對曾是皇太子的長兄。我想成為像他一樣的哥哥。

「畢竟我們是兄弟……做為目標的人也都一樣。」

我一邊嘀咕，一邊捅穿魔導師胸口。

血汙飛濺。但是，當中並無同情。這些傢伙不是被帝位之爭牽連的士兵。

他們都是自願犯罪，還打算趁現在擴大災情的臭傢伙。

儘管應該讓法律來制裁他們，反正都會判死刑。由我在這裡收拾掉他們也不會構成問題吧。

「噫！」

剩下兩人。有一人發出哀號。但我不會遲疑。貫穿其胸口後，我立刻直接瞬移。

最後一人放棄迎戰我，還將雙手向著李奧。專注至極的李奧無從閃避，傷痕騎士的注意力也都放在前方。恐怕沒人能防阻。

所以我抓住魔導師的手臂，直接折斷。

「咕哇啊啊！」

「此刻，我弟弟正在努力長大——別壞事好嗎？」

「你、你叫他弟弟……？」

「這很累人，真的。『弟弟做了蠢事要訓斥他笨』、『要從旁協助以免他失手』，兩者都要兼顧，就是做『哥哥』的難為之處。」

「難、難道……你是艾……唔！」

話並未繼續說下去。因為對方被我捅穿了胸口。我就這麼看著魔導師像斷線的傀儡一樣倒下，然後守在那裡。李奧的魔法唱誦順利。

〈為帶給眾人救濟．其光輝為神的慈悲．其金色光華為天上的奇蹟．魔魅皆應向其懺悔——〉

唱誦持續著。於現代魔法被奉為最高階，長達七節的誦詞。考量到聖魔法的難度，搞不好比古代魔法更高階的那道魔法，當然是位階最高的聖魔法。

研發用來對付惡魔的聖魔法。那是人類的武器，不容魔魅玷汙。

為什麼李奧會用那樣的魔法呢？他恐怕是在南部事件後學會的吧。那時候，李奧曾希望自己用得了。

李奧對南部事件的結果一點也不滿意。那樣的心思讓他學會了這招。然而，剛學的這招要立刻投入實戰就太過魯莽了。

剛才唱誦就差點中斷。大概是內臟受了負擔，血已經從喉嚨湧上。李奧拚命地把那吞下，努力想將魔法繼續唱誦完成。

所以我決定替他營造比較容易唱誦的環境。

〈時間之神聽吾之宣言．吾乃違抗定理者．汝所定的時流永恆不變．時間流逝不絕．無人能阻無人能擋．宏大時流永將延續．吾在此向時流昭示叛意．就為窺見剎那間

的未來──既視魔鐘。〉

操控時間的古代魔法大多難用。基本上幾乎沒有可以用在施法者自己的魔法，能對他人用的術式也效果有限。

明明如此卻要耗掉大量的魔力，所以並不實用。在那些魔法當中，這招還算能用。這道魔法能讓他人看見片刻之後的可能性，使其產生既視感。

他人會看見的並非已成定數的未來。只是揭露尚未確定的幾種可能性。

而且僅限於片刻之後，因此能用的場合真的很少。

即使如此，在戰鬥中還是十分有用。既視感會提醒什麼行動將帶來危險。光是這樣就能救命，更能讓人有所活躍。面對城裡出現的巨大怪物，有個年輕士兵一鼓作氣攻了過去。這是危險的行動，然而對他來說應該並不危險。我不知道他看見了怎樣的可能性，但他判斷那是最好的做法，並且採取了行動。

於是那個士兵將劍刺入巨大怪物的頸子以後，就跟著怪物一起倒下。

從沙塵當中，那個士兵翻跟斗現身了。

「看來你守住了承諾。列爾納少尉。」

年輕士兵，也就是列爾納少尉漂亮拿下了戰果。接著他拿起新的劍挺身而出。人人都在為李奧奮戰。即使李奧做的是笨行為，他們仍願意追隨。那肯定不是因為李奧身為皇子。

「因為他是讓人想聲援的傻瓜吧……」

有個詞叫做愚直。與李奧非常貼切。他正直過了頭，即使退讓會比較精明也不願意退讓。即使如此，李奧身邊還是有人聚集而來。因為那份愚直是他們自己沒有的。

人會憧憬自己沒有的事物。能做到跟人不一樣的事，也是傑出君主的資質。

予以阻止或者巧妙扶持，則是臣子的職責。而且李奧有足夠的度量將那種臣子留在身旁。如同父皇身邊有宰相在。李奧肯定也會找到那樣的人。

「來吧，李奧。大家已經為你開路了——讓敵人吃你這招吧。」

〈天不會棄善良之人於不顧．這道金光即為破邪之煌輝——神聖光輝！〉

彷彿要將城堡籠罩，有一道金色圓圈浮現，而且從圓圈中還有金色光彩流洩而出。那是結界。為了不讓任何人逃過即將來到的破邪豪光。

城堡上浮現複雜的魔法陣，巨大的金色光柱從中降下。那道光柱覆蓋了整座城堡，將一切逐步淨化。

不久，光芒逐漸淡去。假如惡魔之血深蝕體內，就沒有任何人能得救。應該一切都會被淨化得不留痕跡。然而，金色光芒褪去後，有眾多人們倒在地上。

歡呼大舉湧現。巨大怪物也被拉斯等人打倒了，危機已去。

眾人高喊李奧的名字。李奧想回應他們，身體卻已經達到極限了吧。

李奧不支倒下。然而，在撞向地面的前一刻，列爾納少尉把他接到了懷裡。

目睹那一幕以後，我便用瞬移回到菲妮身邊。

「勉強搞定嘍。」

「辛苦您了。」

「並沒有多累啦。這次我完全是幕後人員。」

「那個……艾諾大人……我……」

「嗯？」

菲妮有口難言似的嘀咕。

接著她猛然低下頭賠罪了。

「萬分抱歉！我盡是講那些任性的話！」

「妳並沒有錯。無論是判斷要吹笛把我叫來，或者剛才說的那些話。比起對大局的判斷，我這次是以個人對弟弟的信賴為優先。假如眾人因此而犧牲，我跟犯罪者應該也差不了多少。不好意思。我們兄弟倆都是傻瓜。」

我說著露出苦笑，菲妮便連忙揮手否定，但她似乎不知道該說什麼才好，嘴巴正在忙著開開闔闔。被菲妮那副模樣逗樂的我噗哧一笑，然後告訴她：

「不過，這次我相信李奧。經過許多思考，我認為他有那個能力救人。在妳看來，那肯定是既冒險又讓人膽顫心驚的判斷。對不起。盡給妳添困擾。」

「沒、沒有那種事！我才不會困擾！添困擾的人……是我……都沒有幫上忙，真的很抱歉……」

看菲妮沮喪地垂下肩膀，我把視線轉向瑟帕。畢竟我不知道菲妮有什麼樣的活躍。

本以為她是不是犯了致命的失誤，瑟帕卻搖搖頭。

「菲妮大人做得非常漂亮。應該沒有人會說她幫不上忙。」

「瑟帕是這麼說妳的喔？」

「那、那是因為……」

「這有什麼不好呢。每個人有自己的角色。沒辦法樣樣皆通。我和妳都一樣，當然李奧也是。因為做不到才要合作互補。或許妳在戰鬥幫不上忙，卻有其他的能力。那是我所沒有的能力。我一直都信賴著妳。」

「艾諾大人……」

「因此我有件事要拜託妳。睡在那裡的傻弟弟就麻煩妳了。令人操煩的傢伙。這事只能拜託妳。回去之前都算遠足。妳可要帶李奧回到帝都。」

「好的！我明白了！」

看菲妮恢復精神，我便露出笑容打開瞬移的傳送門。

接著我望向瑟帕。視線的含意是要他照顧菲妮，但這位萬能管家似乎光這樣就參透一切了，還優雅地鞠躬目送我，彷彿在表示「遵命」。

無懈可擊的傢伙。

下次來找找瑟帕的弱點好了，我一面這麼心想，一面靠瞬移回到了帝都。

15

「第二皇女珊翠菈．雷克思．阿德勒。我命妳無限期閉門自省。在我允許前，不容妳離開後宮的房間，更不可與任何人見面。當然——也不許妳再涉及帝位之爭。」

南部變亂結束了。前往鎮壓的李奧已經回來，因此事後的清算也開始了。

首先遭受處分的自然是珊翠菈。

「皇帝陛下……我確實是克琉迦公爵的外甥女，然而在那之前更是皇族的一分子。我絲毫無意向帝國揭起反旗。沒能察覺克琉迦公爵的圖謀，我固然萬分過意不去，但我根本沒有協助他。」

「我可以相信妳這段話。然而處分不會改變。妳是克琉迦公爵的血親，並且曾以他為後盾。這兩點無論妳怎麼說都無法開脫。這是我身為父親要說的話，妳仔細聽好……放棄帝位吧，珊翠菈。」

對珊翠菈而言，那應該是接近宣判死刑的一句話。

當著召集來的眾多權貴面前，皇帝昭告她已經從帝位之爭出局了。

屈辱的情緒讓珊翠菈臉孔扭曲。接著她惡狠狠地瞪著父皇說道：

「請問……您就這麼討厭母親大人嗎？」

「這並不是我基於個人感情做出的決定。」

「不，父親大人。您現在正是流於個人情感。您相信了那些無恥的傳言，認為暗殺第二妃子的就是母親大人對吧！我知道從那天起，您便沒有把我當成自己的孩子！」

珊翠菈上前一步。

周圍的近衛騎士朝劍伸手，父皇卻予以制止。

「我有把妳當成自己的孩子。若有意疏遠，我早已跟妳保持距離。」

「假惺惺的回答！您眼裡對我跟母親大人的憤怒從來就不曾消失！從那天起我理應已經說過好幾次！殺害第二妃子的並不是母親大人！為什麼您就是不懂！」

「珊翠菈。這件事與第二妃子之事無關。」

「假如您真的把我當自己的孩子，應該就會相信我的話！舅舅反叛卻罪及外甥女，未免太不講道理了！」

「珊翠菈……判處妳閉門思過，是我對妳的仁慈。」

「那才不叫仁慈！為了成為皇太女，我已經賭上一切！」

「……妳果然沒有稱帝的器量。放棄吧。」

父皇心寒似的告訴珊翠菈。那句話的份量與先前說過的不同。

父皇直直地望著珊翠菈說道：

「事事只顧自己的人當不了皇帝。皇帝要優先考量的是國家。接著是人民。自己則應該排在那些後面。克琉迦公爵的惡行於民間已經人盡皆知。他一直在經營從民眾身邊擄走孩童的組織。這麼處分是當然的。對此妳並無理解。」

「我理解！」

「既然理解……為什麼妳談到的盡是自己？國家本身的顏面，民眾的心情。無論從哪個層面來看，妳要稱帝都是不被允許的。與反叛者互為血親。還與折磨民眾的惡徒有牽扯。即使妳對叛亂並不知情，妳與犯罪者合作仍是事實。民眾正在憤怒。必須以公道示人。要知道，沒將妳斬首示眾已是我身為父親的情面。」

「父、父親大人……我……」

「退下。我不想聽心裡只想著自己的人說話。」

父皇伸手指示近衛騎士們。

有兩名近衛騎士抓住珊翠菈的手臂。

見狀，珊翠菈瞪向那些近衛騎士。

「無禮之徒！你們以為我是誰？我可是皇女！放手！」

「請饒恕。殿下。」

「唔！你還說！我不會饒你們！放開我！父親大人！父親大人！父親大人啊啊啊啊啊啊！」

珊翠菈被拖離房間。處分比想像中還輕。原本我以為連處刑都是有可能的。所以我對這樣的懲處感到不對勁。珊翠菈的陣營採取了什麼措施嗎？

然而，有什麼措施能讓父皇對她從寬處置？

想也想不出答案。而且，在我思考這些時，父皇已經準備處罰下一個人。

父皇疲倦似的吐了氣，並且將體重靠向椅背。

其目光向著戈頓。

「看了剛才的珊翠菈……你有沒有話要說？戈頓？」

「沒有。」

「是嗎……連部下都管不住，陷敕使一行人於危險，還差點與南部全面開戰。這罪可不輕啊？」

「是的。一切都是我辦事不力所致。甘願受罰。」

難得看戈頓安分。不過從某方面而言，那是因為他仍有餘裕吧。前線會發生小規模衝突，是因為將軍遭到暗殺。戈頓可以堅稱那是他無從因應的事態。

態度安分就不會受到重罰。戈頓是這麼盤算的吧。

實際上，這事並沒有釀成大禍。唉，鬧大就是跟南部爆發戰爭，到頭來也無暇處罰戈頓。

「看來你似乎有所反省。不過，處罰照樣得處罰。派你至北部國境守備軍。兩個月別回來。去前線重新體認保衛國家是怎麼一回事。」

「……我明白了。」

戈頓咬牙告訴父皇。

過去戈頓曾接到要他擔任北部國境守備軍司令官的消息。那時戈頓以帝位之爭還有北部的國境優先度較低為由，將事情推辭掉了。話雖如此，我知道真正的理由。因為那顯然會讓他與同樣是國境守備軍司令官的莉婕皇姊受到比較。

對戈頓來說，這應該是屈辱。被派赴一度推辭的地方，而且連司令官都不是。

之所以沒派去南部，是因為那裡正在復興，父皇考慮過讓戈頓於南部混亂之際進駐的危險性吧。

西與東都有大國。派戈頓去那裡就難以使喚，結果還是北部較好，也最能造成他的屈辱。

「處罰之事就談到這裡。各位都辛苦了。靠各位提供助力，事件造成的影響已控制在最小。」

父皇這麼說完，便朝著在場眾人致意。

雖然埃里格不在現場，他也以外務大臣的身分去了別國。為了牽制外邦，以免帝國在內亂徵兆濃厚時遭到來犯。任務內容樸素，卻能收得確實而有益的效果。

李奧固然爭取到了分數，但埃里格也加了分。珊翠菈被擠下台，李奧現在已經足以跟戈頓比肩，甚至來到了可以迎頭追上的位置，但是離埃里格的背影尚遠。

「尤其是不在場的埃里格，還有李奧納多。你們都貢獻良多。」

「我只是做了身為皇子該做的事。」

「別謙虛。聽說你最後動用了大魔法？身體不要緊嗎？」

「是的。並沒有問題。」

「這樣啊……艾諾特，你也很努力。做得好。」

父皇將視線轉向我。肯定是指傷痕騎士那件事吧。

我一邊苦笑，一邊搔頭。接著我做出覺悟說了某句話。

「哎呀，沒那麼誇張啦。反正這次各方面都進展順利。到最後『又沒有發生戰爭』。應該可以說一切順利吧？」

被誇獎的我裝成純屬得意忘形，脫口說出了這句話。

守在旁邊的大臣們同時板起臉孔。因為他們都明白說這種話，會讓父皇有什麼樣的反應。

父皇舉了人民的事告誡珊翠菈。換句話說，父皇相當了解人民的觀點。

如此一來，結果顯然易見。

「你剛才說，又沒有發生戰爭……？蠢材！『戰爭已經發生了』！即使在我們看來只是小規模的衝突，前線仍然有一座城市蒙受了戰火！對他們而言，那就是一場大戰！『戰爭已經發生了』！」

「是、是我失言……請父皇饒恕。」

「你什麼都沒有懂！我們的職責就是將國家經營好，以免讓人民有那種感受！只會用高姿態看待事物的話，你跟珊翠菈可沒有差別！你也想要閉門思過嗎！仔細思考！」

我一邊遭受斥責，一邊垂下臉龐。

父皇當然生氣。然而，這樣就能抵銷我拉攏到傷痕騎士而提高的評價。雖然說這是必要的手段，我仍然在檯面上活動得多了一些。我還不想受人警戒。拿出了成果，卻是個處事粗心的皇子。能這樣收尾應該是最理想的。

話雖如此，代價還是很大。父皇一直不停說教。我一面覺得自己付出的代價還真是龐大，一面把說教內容當成耳邊風，心裡只能祈禱事情趕快結束。

終章

Epilogue

「辛苦妳了。累不累，菲妮？」

「是的。我不要緊，艾諾大人。」

父皇將處罰發落完以後，我回到自己的房間跟菲妮在一起。之後父皇說要盛大舉辦派對。剛回來的李奧與菲妮連休息的空閒都沒有，所以讓人擔心。畢竟這次他們倆去了一趟路途遙遠的旅程。

「從帝都到南部行軍趕路，在那裡發生了戰鬥，回來還有善後事務要忙，妳不可能不累吧？不用勉強自己。我會幫妳跟父皇解釋，要不要休息？」

「感謝您關心。不過，我真的不要緊。再說派對也令人期待啊。」

菲妮說著就露出了表裡如一的笑容。看來她真的不要緊。換成我早就累得抱怨絕對不參加什麼派對了。

「沒想到妳意外能吃苦。」

「因為在路途中，傷痕騎士的各位都對我相當體貼。移動完全不會覺得辛苦，還有琳妃雅陪我說話，因此都不會無聊。所以我不要緊的。艾諾大人……我反而擔心您。」

「我嗎？我沒事啦。畢竟這次又沒用到大魔法。」

「或許確實如您所說吧，但這次遇上了那樣的對手。您不是比平時消耗了更多精神嗎？」

「唉，索妮雅的確不好對付，可是也就這樣而已。」

「我不是那個意思……您不是在內疚沒能幫助她嗎？」

菲妮忽然拋來一句切入點銳利的話。簡直讓我懷疑她是不是會用讀心的魔法。我可不認為自己的心思有那麼容易看穿。

「……我是在內疚。她是帝位之爭的受害者。應該要幫助的人。我該向她伸出援手的。可是，我沒有那麼做。因為我沒有從根本解決問題的方法。」

既然不知道人質的下落，我就沒辦法幫索妮雅。索妮雅並不會希望只有自己獲救。要是動用身為席瓦的全副能力，或許也可以找到人質。但是，現在的我沒有那種空閒。沒有錯。我是因為沒空才沒有幫她。我以自己的方便為優先，對帝位之爭的受害者擱置不管。當然，抓人質的戈頓絕對有過錯。可是，擱置不管的我亦屬同罪。或許反而是我的罪比較深重。

「雖然我對妳說過沒有人是完美的……即使如此，我也會有希望自己完美的想法。

有了想救對方的念頭，就會想要足以拯救對方的能力。」

「很像艾諾大人的作風呢。但是，我認為比起有那樣的能力，有那樣的念頭才更加重要。想救人的念頭是寶貴的。缺了那種念頭的話，有能力根本就不具意義。我認為要與念頭相輔相成，才能讓事情往好的方向發展。所以請您要一直懷著想救對方的念頭。因為死心並不像您的作風。」

「……也對。妳說得有理。」

內疚很容易。誰都可以辦到。可是，就算沒能救對方，也不能永遠低頭內疚。我想救的人並不在下面。

要向著前方，從自己能辦到的事開始做起。過程中肯定會有機會的。

「我不會放棄救索妮雅。放棄可不行。為了爭帝位而捉人質走，還讓少女不情願地上戰場。假如認同那種事，而且就此放棄的話，我們跟戈頓也沒有差異了。」

跟菲妮說話能讓我寬心。能讓我積極向前。那肯定是因為菲妮肯關心我。跟她相處很舒服，會讓我不由自主地產生依賴。

但是，我不能光是依賴。

「父皇說的派對，我本來是想中途溜掉的……但我決定留到妳退下為止。雖然這樣並無用處。」

「不會，您幫了大忙。然後，還有一件事……呃……」
菲妮有些難以啟齒似的變得語塞。她好像低聲說了些什麼，我卻聽不清楚。
「嗯？有什麼事要拜託我的嗎？」
「是的……那個……去派對禮服要換上禮服……」
「嗯，對啊。」
「那個……皇帝陛下替我準備了許多禮服……實在很不好選……艾諾大人，如果您不嫌棄……能不能陪我一起選呢？」
我還以為有什麼事讓菲妮這麼難啟齒，原來是這種事啊。菲妮個性貼心。應該是在煩惱穿哪一套才能讓父皇高興。
「當然可以啊。就當成順便吧。妳也幫我選衣服好嗎？」
「好的！」
話說完，我們便從座位起身。這時候，瑟帕唐突出現了。
「有什麼狀況嗎？」
「我耳聞了令人在意的情報。」
「什麼情報？」
「其實，佩露蘭王國的第一王子殿下似乎正停留於帝都。」

「佩露蘭的第一王子？我可沒聽到那樣的消息喔？」

「對方似乎是微服出訪。收到派對的邀約也拒絕了。至於停留的理由……」

我伸手制止想說出口的瑟帕。他國王室成員竟會私訪帝都，這事並不尋常。應該有什麼特殊的內情。

而且不尋常的事情還有一項。珊翠菈受的處分讓人不解。原本我預料會有更嚴厲的處分，處分卻意外地輕。雖然說她已經被父皇宣告從帝位之爭出局，但是命還在就可以捲土重來。

足以改變父皇決定的影響力。若有帝國之外的人牽涉其中便能夠理解。何況對方是佩露蘭王國的第一王子。應該會有一場對父皇來說還不壞的交易吧。

「我猜猜。他是來討老婆的吧？」

「猜得漂亮。據說對方近期內就會向帝國提出迎娶珊翠菈殿下的要求。」

「哼，珊翠菈用這套手段，還真是好懂。終於把以往堅持不肯用的底牌打出來啦。表示她就是被逼得這麼急吧，這下事情棘手嘍。」

「艾諾大人，請問這是什麼意思呢？」

「珊翠菈說過，她要自己決定自己的結婚對象。既然目標是稱帝，要當她丈夫的人便舉足輕重。原本會從帝國內的權貴來挑選，這時候卻來了個王國的第一王子。這表示珊翠菈能向王國求得助力。對王國來說，能介入帝國內部應該也是求之不得的事。當然也會有壞處就是了。」

假如毫無風險，珊翠菈從最初就會打這張牌。既然會欠下人情，珊翠菈便不能無視王國及第一王子，而且肯認同嫁予他國王族為妻者稱帝的人僅在少數。

珊翠菈可以採取的動作將變得有限。即使如此，與其受到嚴懲而斷送未來，她應該是判斷這樣做還比較划算吧。

「父皇應該不會立刻讓珊翠菈出嫁。畢竟這次的事情讓她風評變得相當糟。大概要等輿論平息以後，才會看時機順勢發表吧……珊翠菈會趕在那之前出招。提高警覺。」

「遵命。」

話說完，瑟帕就當場離去。我輕嘆一聲，並且把手伸向房門。

「那我們走吧，菲妮。」

「沒關係嗎？」

「無妨啦。這不是立刻就能處理的問題。可以放鬆時不先放鬆可不行。」

接下來又會有一場激烈的鬥爭。

我一邊在心裡這麼嘀咕，一邊與菲妮走出了房間。

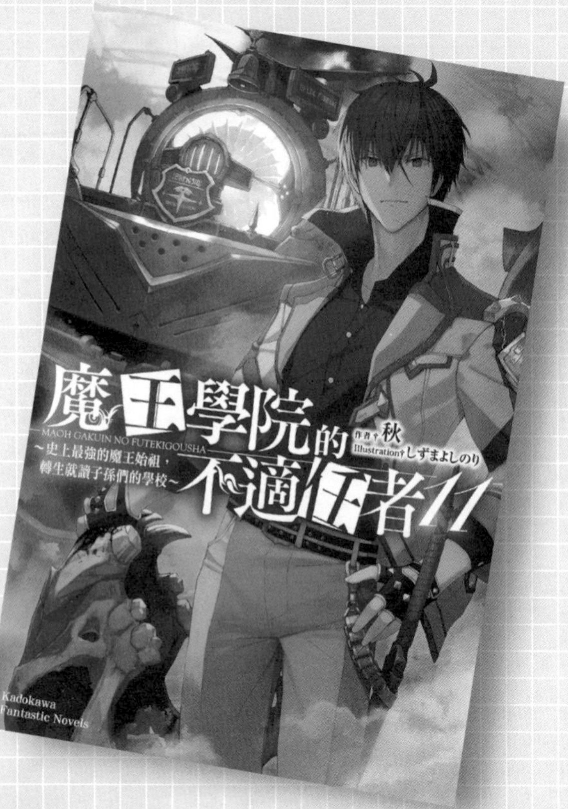

魔王學院的不適任者～史上最強的魔王始祖，轉生就讀子孫們的學校～ 1~11 待續

Kadokawa Fantastic Novels

作者：秋　插畫：しずまよしのり

追尋消失的「火露」下落，
故事舞臺終於來到「世界的外側」！

打倒艾庫艾斯後，世界進行了轉生。然而至今流失的「火露」仍然下落不明，阿諾斯等人因此得出一個假設：「在這個世界的外側，可能存在另一個世界。」就像要證實這一點似的，當阿諾斯他們在摸索前往世界外側的方法時，身分不明的刺客襲擊了他們——

各 **NT$250~320/HK$83~107**

雙星的天劍士 1~2 待續

Kadokawa Fantastic Novels

作者：七野りく　插畫：cura

轉生英雄與美少女們藉著武術在戰亂時代
闖蕩天下的古風奇幻故事，第二幕！

我與白玲成功擋下玄帝國的入侵。然而原本的友邦「西冬」現今成了敵人。目前最需要的是能夠擬定戰術和戰略的軍師。此時一名自稱仙娘的女子——瑠璃忽然現身。先前找出「天劍」的她雖然厭惡戰爭，卻在隻影等人攻打西冬時提供了驚為天人的戰術！

各 **NT$260/HK$87**

判處勇者刑 懲罰勇者9004隊刑務紀錄 1~2 待續

Kadokawa Fantastic Novels

作者：ロケット商會　插畫：めふぃすと

極惡勇者部隊集結完成！
深入越發激烈的鬥爭與陰謀的漩渦……

討伐了魔王伊布力斯後，懲罰勇者部隊成功守下了謬利特要塞。但平穩的生活並未來臨。不知為何以「劍之女神」泰奧莉塔為目標的暗殺教團、混在人類當中的魔王斯普利坎等等，大量敵人阻擋在賽羅等人面前，最後更發展成毀壞整座城市的大亂鬥——！

各 **NT$280/HK$93**

我想成為影之強者！ 1~5 待續

作者：逢沢大介　插畫：東西

教團企圖解放迪亞布羅斯的右手，
神出鬼沒的闇影大人當然不會坐視不管！

在安穩的米德加魔劍士學園裡，數名學生竟然接連下落不明。於是七影之一潔塔展開調查，席德也跟著亞蕾克西雅潛入姊姊克萊兒的房間，卻在空無一人的地方發現不為人知的黑歷史！整起事件背後，迪亞布羅斯教團圓桌騎士第五席也在蠢蠢欲動……

各 **NT$260/HK$87**

異修羅 1～5 待續

Kadokawa Fantastic Novels

作者：珪素　插畫：クレタ

為求真正勇者之榮耀，寶座爭奪戰白熱化！
2021年《這本輕小說真厲害》雙料冠軍！

在眾人的各懷鬼胎之中，第五戰以無疾而終收場。接下來的第六戰裡，將由窮知之箱美斯特魯艾庫西魯出戰奈落巢網的澤魯吉爾嘉。面對不只能運用彼端的兵器，還能於無限的再生復活後克服自身死因的最強魔像。小丑澤魯吉爾嘉將會──

各 **NT$280~300/HK$93~100**

轉生為故事的黑幕～以進化魔劍和遊戲知識傲視群倫～ 1~2 待續

Kadokawa Fantastic Novels

作者：結城涼　插畫：なかむら

「我的劍就是為了這種時候存在的。所以──」
連的故事，又有了重大的變化──！

和聖女莉希亞與其父克勞賽爾男爵談過之後，連決定暫時留在男爵宅邸，一邊處理男爵家的工作，同時一邊在公會當冒險者發揮本領。而為了協助男爵家，他在莉希亞的目送下前往某處，邂逅了一位意料之外的少女。她和掌握故事重要關鍵的人物有關……？

各 **NT$260~300/HK$87~100**

國家圖書館出版品預行編目資料

最強廢渣皇子暗中活躍於帝位之爭：佯裝無能的SS級皇子背地支配王位繼承戰 / タンバ作；鄭人彥譯. -- 初版. -- 臺北市：臺灣角川股份有限公司, 2024.03-
冊； 公分. -- (Kadokawa fantastic novels)
譯自：最強出涸らし皇子の暗躍帝位争い：無能を演じるSSランク皇子は皇位継承戦を影から支配する
ISBN 978-626-378-637-0(第4冊：平裝)

861.57 113000360

Kadokawa
Fantastic
Novels

最強廢渣皇子暗中活躍於帝位之爭 4 佯裝無能的SS級皇子背地支配王位繼承戰

（原著名：最強出涸らし皇子の暗躍帝位争い 4 無能を演じるSSランク皇子は皇位継承戦を影から支配する）

2024年3月25日　初版第1刷發行

作　者：タンバ
插　畫：夕薙
譯　者：鄭人彥

發行人：台灣角川股份有限公司
總監：呂慧君
總編輯：蔡佩芬
主編：林秀儒
編輯：楊玟恩
設計指導：陳晞叡
美術設計：李思穎
印務：李明修（主任）、張加恩（主任）、張凱棋

發行所：台灣角川股份有限公司
地址：104台北市中山區松江路223號3樓
電話：（02）2515-3000
傳真：（02）2515-0033
網址：www.kadokawa.com.tw
劃撥帳戶：台灣角川股份有限公司
劃撥帳號：19487412
法律顧問：有澤法律事務所
製版：巨茂科技印刷有限公司
ISBN：978-626-378-637-0